尼勒克之恋

卞优文 著

江苏凤凰美术出版社

图书在版编目（CIP）数据

尼勒克之恋 / 卞优文著 . — 南京 : 江苏凤凰美术
出版社，2022.6（2022.7 重印）
ISBN 978-7-5580-9979-3

Ⅰ.①尼… Ⅱ.①卞… Ⅲ.①散文集 – 中国 – 当代
Ⅳ.① I267

中国版本图书馆 CIP 数据核字（2022）第 096524 号

责任编辑　孙雅惠
责任校对　吕猛进
责任监印　生　嫄

书　　名　尼勒克之恋
著　　者　卞优文
出版发行　江苏凤凰美术出版社（南京市湖南路 1 号　邮编 210009）
制　　版　南京锐凡创意设计有限公司
印　　刷　南京新世纪联盟印务有限公司
开　　本　718 毫米 ×1000 毫米　1/16
印　　张　20
版　　次　2022 年 6 月第 1 版　2022 年 7 月第 2 次印刷
标准书号　ISBN 978-7-5580-9979-3
定　　价　88.00 元

营销部电话　025-68155675　营销部地址　南京市湖南路 1 号
江苏凤凰美术出版社图书凡印装错误可向承印厂调换

卞优文

江苏常州人，1963年生，1984年毕业于南京师范大学中文系。曾任中学语文教师、校长、区教育局长等职，现任区文联主席。2015年开始文学创作，2019年加入中国作家协会。在《钟山》《雨花》《青春》《四川文学》等杂志发表中短篇小说多篇，长篇小说《行吟图》《山居图》发表于《钟山》长篇小说专号。

目录

contents

你好，尼勒克！

自序一

中国人形容人与人之间的关系，有一种说法叫"白发如新，倾盖如旧"。意思是说，有的人相处到老还是陌生的，有的人却停车一交谈便一见如故了。

这说明人与人感情的厚薄不是以时间长短来衡量的。

人与人是如此，人对一个地方的感觉也如此。我之前只知新疆，只知伊犁，不知有尼勒克。但刚一见面，我便喜欢上了尼勒克。所以尼勒克之于我，就像一位一见如故的新朋友。而尼勒克之于武进，自 2011 年对口结缘起，已是相识十年的老朋友了。

武进，春秋战国时称延陵邑，为吴国季札封地，秦置延陵县，汉改称毗陵县。三国吴帝孙权崇尚武功，嘉禾三年（234 年），取"以武而进之"之意，下诏改名武进。

我是土生土长的武进人。从小我就知道，武进是一座古城。但现在我知道了，尼勒克之"古"不下于武进，而其民族和历史的复杂性，则远超武进。

尼勒克系多民族聚居之地。古代的塞种人、大月氏人、乌孙人、匈奴人、突厥人都曾在此栖息繁衍。乾隆二十四年（1759 年），在平定准噶尔和大小和卓木之乱后，清政府将西域改称新疆。乾隆三十年（1765 年）以后，厄鲁特营下五旗佐领在此地放牧，地名称"呢勒哈"。中华人民共和国成立后，经标准化正音为"尼勒克"。

先说说我这个武进人对尼勒克的第一印象吧！

朋友，你看过世界经典影片《指环王》吗？看过其前传《霍比特人》吗？那绿如翡翠的辽阔草原、高耸入云的连绵群山和令人陶醉的幽深峡谷，为《指环王》和《霍比特人》系列影片打造了一个如梦似幻的中土世界。当我漫步唐布拉大草原，当我驱车孟克特古道，当我骑马上山看仙女湖，我首先联想到的就是电影里那个"如梦似幻的中土世界"。

"中土世界"的拍摄地是新西兰。而以尼勒克为拍摄地的电影是《天山的红花》，那是 20 世纪 60 年代一部以新疆哈萨克族人民生活为主题的电影，由三位知名导演联合执导：陈怀皑、刘宝德、崔嵬。电影中的草原、雪峰、激流，展示了永远美丽的唐布拉，永远迷人的尼勒克。

2021 年夏天，为创作长篇小说《尼勒克之恋》，我来到尼勒克采风体验生活。来了之后我才明白，为什么有人说不到伊犁不知新疆之美，不到尼勒克不知伊犁美在哪里。

那么，尼勒克究竟美在哪里呢？细细梳理，简直是数不胜数——尼勒克的美，美在她的名字。尼勒克系蒙古语，意为"婴儿"，寓意"希望、新生命"。尼勒克的美，美在她的山川。尼勒克四面环山，护卫着这个"婴儿"的四座山是：科古尔琴山、博罗科努山、伊连哈比尔尕山、阿布热勒山。尼勒克的山，四季变化，美妙绝伦。尼勒克的山，山顶终年积雪，叫雪冠。

尼勒克的美，美在她的河流。尼勒克有三大水系，即巩乃斯河、喀什河、阿夏勒河。尼勒克像一片柳叶，喀什河由东向西穿流而过，像是这片叶子的主脉，其他100多条河流，就像叶子的脉络。尼勒克的美，美在她的湖泊。尼勒克分布着95个高山自然湖。湖，俗称海子，哈萨克语称库勒。这些湖泊涵养着水源，维持着大自然的生态平衡。尼勒克的美，美在她的温泉。尼勒克有温泉2873眼。这些温泉水质良好，有的可以饮用，有的可以防病治病。尼勒克的美，美在她的古迹。尼勒克境内有奴拉赛古铜矿遗址、喀什回子古城遗址、曲勒图木坎布喇嘛塔、喇嘛召寺庙等诸多古迹。尼勒克的美，美在她的资源。尼勒克拥有品种繁多的动植物资源——哈萨克牛、马、羊，伊犁双峰骆驼、伊犁山羊、伊犁马、伊犁白猪，新疆细毛羊、新疆褐牛，澳尔托夫马、澳洲美利奴羊、西门塔尔牛，天山马鹿、旱獭、雪豹、雪鸡、大头羊。还有沙棘、贝母、雪莲、党参、柴胡等名贵中草药100多种。雪鸡、雪莲、鹿茸和贝母被誉为尼勒克的"四大特产"。尼勒克的美，美在她的柯赛绣。"柯赛绣"是哈萨克族的传统刺绣技艺，包括十字绣、钩绣、平针绣、珠子绣、贴花绣、镂空绣、钩针等七种绣法。"柯赛绣"色彩艳丽、线条流畅、精美绝伦。尼勒克的美，还美在她是一个多民族的大家庭。哈萨克族、汉族、维吾尔族、回族、蒙古族等32个民族，和睦共处，共同生活在这片美丽的土地上。

当然，尼勒克最美的，还是她世所罕见的绝美风景。唐布拉草原的蓝天、白云、绿草、流泉、溪水，云杉密林，冰峰雪岭，美不胜收。唐布拉草原处处苍翠，步步风景，被称为"百里画廊"。有人说，她不仅是草原，也是一条荡漾着的花的河流。

孟克特古道神秘古老，山峡、飞流、森林、草场、温泉、冰川、古道，应有尽有，景色神奇，如诗如画。但我觉得最美的还是她的天际线，蓝天上大朵大朵的白云，与巍峨的天山浑然一体。

唐布拉草原，孟克特古道，无论站着、坐着、走着、躺着，都会让人产生一种幻觉——这里，还是在人间吗？

尼勒克不仅美在风景，还美在她的特色产业。

蜂产业、渔产业和畜牧产业，是她的靓丽名片。

尼勒克种蜂场荣获国家级"新疆黑蜂保种场"，黑蜂产品荣获第46届国际养蜂大会金奖。尼勒克黑蜂约有五万多群，年产五六百吨，产量不算很高，但它是世界四大名蜂之一。尼勒克黑蜂抗病能力强于其他任何品种的蜜蜂。

三文鱼，属冷水性鱼类，原本分布在大西洋与太平洋、北冰洋交界的水域。但是，凭着新疆独有的优质冷水资源，新疆天蕴有机农业有限公司经过科技创新，在尼勒克县喀拉苏乡建起了三文鱼基地。公司年可繁育三文鱼苗种800万尾，年产能6000吨。公司因此获得了"农业产业化国家重点龙头企业"称号。从此，三文鱼也成了尼勒克的一张名片。

说到天蕴有机农业有限公司，自然不能不说董事长张秀了。张秀是浙江人，2014年2月来到尼勒克县，成了一名懂科技的新型"渔民"。2021年7月28日，我们参观了公司养殖基地、生产加工流水线。

张秀给我留下的最深印象，一是讲政治。作为一名民营企业家，张秀的政治意识很强，政策水平很高，对党和国家的各项重大政策尤其是农业政策非常熟悉，并且能落到实处。二是有情怀。2016年末公司收获了第一批商品鱼，张秀主动向县委、县人民政府提出带动喀拉苏乡609户贫困户，成立扶贫性质的鱼水情公司。自2017年11月起，609户农牧民共收获四次分红计人民币6394500元。2020年新冠疫情暴发，他第一时间捐款100万元物资和50万资金。

朋友，我再问你，你听说过低氘水吗？我来尼勒克后才知道，2016年，尼勒克县布隆大峡谷海拔4000米处发现了4处世界上罕有的高山低氘冷泉。氘含量较低的低氘水，被称为轻氢分子水，也被牧民称为"圣水"。布隆大峡谷中的冷泉对皮肤溃烂和创伤愈合有神奇功效。专家研究得出结论，低氘水能显著抑制肿瘤细胞的分裂繁殖，对癌症的防治和辅助治疗有着非同一般的作用。那普通人怎么能接触到这种神奇的圣水呢？告诉你吧，在尼勒克，这已形成了知名品牌——弥玥泉护肤品牌，倡导"以自然之力，让肌肤回归自然"的护肤理念，利用新疆地区天然的药材资源和水源基地，专注打造药妆产品。

馕在新疆，那是再普通不过的食品了，就如南方人的米饭，中原人的馍馍。但是呢，尼勒克有一个地方的馕却号称"馕王"，那就是苏布台"旱田馕"。它以苏布台乡"旱田面粉"为原料烤制，旱田面粉用旱田小麦磨制而成，这种小麦产于干旱少雨的丘陵旱地，小麦产量较低，但日照时间较长，富含蛋白质、碳水化合物、维生素、钙、铁、磷、钾、镁等矿物质，是纯天然的绿色食品。

现实的尼勒克是美丽多姿的，未来的尼勒克更是值得期待的。

展望"十四五",尼勒克县制定了"一新、三稳、五创建"的经济社会发展目标:一新即繁荣富裕文明的尼勒克整体实现新跨越;三稳就是社会大局持续稳定、经济实力更加稳健、乡村振兴稳步提升;五创建是:创建全国生态文明示范县;创建国家康养旅游示范区;创建全国乡村振兴示范县;创建全国畜牧业绿色发展示范县;创建全国平安建设先进县。那么,尼勒克美好愿景能否实现,信心在哪里呢?我想,信心首先来自中央的治疆方略,来自新疆维吾尔自治区的正确决策。其次来自于尼勒克和武进对口支援工作组的干部。说到干部,不能不提尼勒克这几位干部。曾任尼勒克县常务副县长、政协主席的王强同志是我在尼勒克接触较多的一位县领导,他是在尼勒克这片土地上成长起来的优秀干部。他政治素质好,为人豁达豪爽、热情好客,对县情政情了如指掌。他告诉我,尼勒克是畜牧业强县,全县牲畜存栏量超百万头。尼勒克矿产资源十分丰富,已探明的有煤、铁、铜、金、铅、水晶石、石英、重晶石等20余种矿物质。他说,尼勒克是一个聚宝盆,地上跑的,地下埋的,到处都是财富。但是为了保护生态环境,许多矿藏不仅没有开采甚至还关闭了一批。从目前看,对县域经济是有影响的,但从长远看,却是有着深远战略意义的。王强同志是一个有魅力的人,因此在《尼勒克之恋》的创作中,我便大胆地把他写进小说了。当然,小说的情节是虚构的,并不是王强的真实经历。但在精神风貌上,小说中的王强与生活中的王强,应该是吻合的。对于尼勒克,木拉提·巴依霍加县长曾提出"甜蜜、多彩、宜居"三个推介词。木县长是新疆塔城人,哈萨克族,2016年2月任尼勒克县委副书记、政府县长。木县长任职以来,除了经济、抗疫等多方面突出贡献外,带领尼勒克摘掉戴了三十余年的"贫困帽"，给人留下了深刻印象。他用一次次走访细察民生疾苦，一步一个脚印丈量贫困群众的脱贫致富路，啃下了"智志双扶"最难啃的"硬骨头"，攻克了巩固提升最顽固的"桥头堡"。通过5年来的不懈奋斗，"两不愁三保障"全面落实，"五通七有"实现全覆盖，贫困群众出行难、看病难、饮水难、用电难、通信难等问题得到历史性解决。全县7052户26609名贫困人口全部脱贫，30个贫困村达标退出，贫困发生率降为0。全面脱贫是中国共产党执政为民的历史性壮举，仅凭这一点，木县长可以功载史册了。说到尼勒克，当然要说尼勒克最重要的干部——县委书记马健了。马健同志是2021年4月10日来尼勒克担任县委书记的，时间还不到半年。自任职以来，马健书记坚定贯彻自治区、自治州党委各项决策部署，全力推进尼勒克稳定发展各项工作。在社会稳定方面，重要节点亲自坐镇指挥，重点乡镇全覆盖下沉，扎实开展住户走访，最大限度凝聚人心。在疫情防控方面，认真研究分析八项监测预警机制短板弱项，高标准推进尼勒克县交通冷链邮件物流集中消杀场地、中医院发热门诊等硬件设备建设。以身作则，吃住在一线、战斗在一线、指挥在一线，做到乡镇、集中隔离点、重点场所走访检查全覆盖。在安全生产方面，深入全县各类厂矿企业、危化企业、景点景区、隐患道路等重点部位、重点行业领域进行实地检查，牢牢守住安全发展底线。在经济高质量发展方面，坚持走绿色发展之路，深入分析当前经济运行情况，深入调研寻找对策，创新方式破解难题，坚决杜绝不符合县域实际的同质化项目开工建设。实地调研唐布拉景区、乌拉斯台景点、湿地古杨景区、吉林台电站景区以及天蕴三文鱼国家级"三园"规划建设等情况，探索打造西部以"三园"为核心，形成特色种养殖、特色农产品深加工、特色旅游业为主的一二三产深度融合发展的格局。短短半年不到的时间，马健书记的工作给我留下了三点印象：统揽全局的战略思维；一切从实际出发的务实作风；走群众路线的亲民情怀。

尼勒克的风景是美的，尼勒克的领导是好的。因此我坚信，尼勒克的明天一定会更加美好。

温情援疆楼

自序二

　　小说是一门虚构的艺术。《尼勒克之恋》中的人物、情节，当然也是虚构的。但是，小说中关于援疆楼的描写却是真实的，是武进区对口支援尼勒克县工作组办公楼的真实写照。在小说中的人物祁远强眼中，援疆楼是这样的：

　　"这是一幢三层小楼，但院子不小，有健身步道，有篮球场，有各类果树，蟠桃、苹果、杏子、梨。还有两只狗狗，一黑一黄，热情地迎接客人。我想，这可真是个生活气息浓郁的地方。我一下子对这幢楼乃至楼里的人，有了一种亲近感。进得楼去，迎面墙上一行字：筑梦喀什河，添彩尼勒克。"

　　在真实性上，这段文字没有问题。但还不够全面。因为这是祁远强对援疆楼的第一印象，而我却是在这楼里吃住了一个月的。

　　譬如，院子里的两只狗狗，曾经跟我有过亲密互动，黑的叫坦克，黄的叫球球。楼后还有一个葡萄架，听说葡萄有点酸，口感有点小问题，但葡萄架是小院藏在背后的风景。我曾经在葡萄架下吃过烧烤，喝过啤酒。这样一来，葡萄架之于我，就不仅是景色，也有情谊在了。

在楼里，给我留下深刻印象的还有很多。譬如食堂。食堂不大，但温馨。菜品、水果、米饭、面食，普通而又精心，味道是江南的。听说大厨并非专业厨师，但她细心用心，以家乡的美味抚慰了援疆干部的胃。

食堂不仅是吃饭的，也是大家交流信息和情感的地方。虽说只有短短的一个月，但对我来说，大多数人都是在食堂认识的。因为我此次采访对象主要是援疆一代二代和当地干部群众，所以没有专门安排采访武进援疆干部。

裴晓冬是武进区对口支援尼勒克县工作组副组长，挂职尼勒克县政府副县长。我没有单独跟他接触过，只是在食堂见过几次，但他那精明干练的形象，却给我留下了较深的印象。即使在食堂，他每一次出现都是一副清清爽爽、干净利落的样子。据说他嗅觉特灵敏，因不吃羊肉，一闻见羊膻味就会快速离开。不喜欢闻羊膻味的人在新疆，还真是多有不便。在平静表面的背后，援疆干部克服了多少困难，自身的，家庭的，外在的，内在的，外人是难以得知的。

楼里的学习室，有几架书橱，几张办公桌。我从学习室门口走过，好多次看到徐治国组长、裴晓冬副组长和同事们或在开会，或商量工作。学习室的功能是多样的，既是学习的地方，工作的地方，也是交流的地方。书橱里的书，有政治经济的，也有文史哲的，有专业的，也有休闲的。书橱中关于新疆和尼勒克的书，我都借去看了，收获良多。楼里还有一个健身房，与院子里的篮球场，一内一外，相得益彰。

当然，在楼里，给我留下最美好印象的，还是那些武进的援疆干部和当地的工作人员。

巢云方是我认识较早的。为了这个创作项目，我们在常州就见过了。他思维缜密，沉稳能干，办事有条不紊。这倒也很符合他的身份，办公室主任：援疆楼的内当家。但偶尔跟他一起喝过一场酒，发现他还是一位激情洋溢的文艺青年。酒喝得好，爽气豪迈；歌唱得好，一首《美丽的尼勒克》，荡气回肠。

陆晓忠挂职尼勒克县委组织部副部长，但这位组工干部为人热情，乐于也善于跟人交流。虽然接触不多，但他细致周到，仅有的工作或生活上的几次联系，每一次都让我满意，而且感动。

黄华挂职尼勒克县发改委副主任，几乎跟我没有发生工作联系。但我们住隔壁，休闲时一起打过掼蛋。我和他打对家，因我水平差，连累得他也跟着一起输，但他始终乐呵呵的。他有一位漂亮贤惠的妻子，一个读初中的大女儿，还有一对双胞胎小女儿，才3岁，非常可爱。黄华是一个有福气的人。

戴玉虎是工作组办公室副主任。他是一个安静的人，也是个细致的人，楼里的具体事务似乎他都管。从网络线路到食堂伙食，甚至两只狗狗的起居。他喜欢钓鱼，在休息日，也许他会在河边待上一天。他还有一个"煎蛋侠"的外号，他煎鸡蛋又快又好，我也吃过。

在援疆楼里，我接触最多的就是张翼鲲了。在尼勒克期间，除了偶尔坐司机小秦的车外出，都是小张为我开车服务。小张可不仅是开车，我们外出，吃住行都是他安排的。他细心能干，样样在行，我的采访对象也都是他联系的。他祖籍山东，出生在尼勒克。除了当兵离开过几年，其他时间都在尼勒克，上学工作，娶妻生子。尼勒克的山山水水，一草一木，他都熟悉并热爱着。一个月时间虽短，但我跟小张成了朋友。我喜欢这个热情活络的尼勒克小伙子。

徐治国是援疆楼里的一号人物，武进区对口支援尼勒克县工作组组长，挂职尼勒克县委副书记。因为他比谁都忙，所以我没有主动联系过他。但他对这个文学创作项目很重视，几次邀我一起喝茶聊天。他对茶有爱好，也懂茶。到新疆后，他对尼勒克黑蜂蜜又有了研究，娓娓道来，很是专业。他虽然才四十出头，但履历非常丰富。三十来岁就当了武进区的一把手局长，后来又任职乡镇，当过镇长、镇党委书记，四十不到又当选武进区政府副区长。他是一个沉稳而低调的人，喜欢调研，喜欢思考，思想有深度，格局也大。他曾跟我谈过一些关于援疆和尼勒克发展的思路，也把他主持起草的一些调研报告发给我看过，有关于尼勒克牛奶产业的，有关于尼勒克旅游的，有关于尼勒克肉牛育肥的，等等。在我看来，调研是细致的，思考是深入的，举措是可操作的。

一个月的时间虽然短暂，但在生活上，在工作上，援疆楼里的许多朋友给了我帮助和温暖。那位哈萨克园丁，沉默寡言，但每当你刚站在大院门口，门就默默地开了，甚至你都不知道他身在何处。那位蒙古族保洁员阿姨，气质知性，周到而又热心。她的女儿在上海工作，很优秀，是她的骄傲。

感谢以上提到的，和没有提到名字的楼里的朋友们。总之，在我心里，援疆楼是那么美好而又温情。

作为个体的援疆干部，在新疆的时间是短暂的。但援疆的事业是长久的。我相信，通过一批又一批援疆干部、技术人员的努力，党中央的治疆方略，自治区的正确决策，一定能得到有效的落实。

如果拙作《尼勒克之恋》能为读者朋友所喜欢，能让更多的人了解尼勒克，那我就满足了，也算没白吃援疆楼一个月的好菜好饭了。

援疆楼里的朋友们，祝你们一切顺遂安好！我还会去看你们的。

尼勒克系蒙古语,意为"婴儿"。尼勒克县位于新疆伊犁河谷,草场肥沃,风景秀美。有人说,不到新疆不知中国之大,不到伊犁不知新疆之美,不到尼勒克不知伊犁美在哪里!

尼勒克究竟美在哪里?去看一看就知道了。

延州·尼勒克

第一章

京杭大运河迤逦南来，自扬州入长江后，过镇江进入延州，悠悠东去，曲折蜿蜒，流经一座名为"安桥"的江南小镇。东西南北四条老街如棋盘一般密布安桥，展示着小镇的精致和优雅。

老街上铺着青石板，石板路上人来人往，有慢慢悠悠踱步的，有匆匆忙忙赶路的，有男人，有女人，有老人，有小孩。有身份的男人，身体虚弱的女人，还有不能走远路的小孩，也会坐在独轮车上经过老街。车轮子在青石板上滚过，发出格楞格楞的响声，像一首缠绵婉转的江南民谣。

街边有商铺，也有民居，有平房，也有楼屋，青砖黑瓦，错落有致。住在平房里的人，脚踩在门槛上，手里做着活计，半个头伸出门去，对着门外就说开了：

"老张，今朝怎么有空上街了？"

"稻要黄了，该买镰刀锄头了。"

"哦，不出门我倒忘了，这下张大哥要大忙了。"

"嗯，嗯。"

"进来喝杯茶？"

"不了不了，下回吧。"

"回见。"

"回见。"

住在楼屋里的人跟邻居说话，推开向街的雕花木窗就行，不需要大声。女人们要是晾衣裳，把晾衣竿搁到街对面人家的窗框上就可以了。这时一低头，恰巧街上有熟人走过，便大声打着招呼：

"阿姐，上街了啊，吃了吗？"

"吃了吃了，晒衣裳啊？"

"嗯嗯，买嗲东西了？"

"勿买嗲，扯了几尺花布。"

"过年还早呢，办喜事啊？"

"嗯嗯，老二要订婚了。"

"噢，真快，老二都长大了。恭喜恭喜啊。"

"谢谢，请你吃喜糖。"

"好啊，谢谢了。"

小镇人家的生活，年年如此，日日如旧，绵延了数百上千年，温情而安闲。

安桥东街运河边，我家有一座老屋。房檐上常年长着几株野草花，有瓦松，有狗尾巴草，还有鸡冠花。春天默默地发芽生长，等到长得高出了屋檐，便随心所欲地俯瞰了东街的繁华与冷清。在风雨中寂寞地摇曳了半年之后，待西北来的秋风无情地刮起来，再悄无声息地慢慢枯萎老去，以平和的心态期待着来年。

老屋虽是平房，却还算轩敞，排门对着老街，一年又一年，神定气闲。老房子内有一小院，院中有石榴树一棵，枝繁叶茂，亭亭如盖。石榴树系我爷爷手植，但不知何年所植。爷爷是老革命，在安桥却人人皆知。

淞沪会战后，日本兵沿沪宁线一路向西，烧杀抢掠，无恶不作。占一座城就留下一支日军，不久又培植一支伪军。目睹日寇暴行，为了不当亡国奴，也为了不在家里受气，许多年轻人投军了。有投国军的，也有投新四军的。我爷爷投的是新四军。新四军苦些，装备也差，但纪律好是老百姓公认的。当时年轻人投军，也不会考虑太多，似乎也没觉得有啥大区别，都是抗日的队伍，都是为了打鬼子。

我们祁家祖上是出苦力的。先是给人家挑水劈柴，日子久了也积了些钱，就开了个老虎灶，给人家送开水。老虎灶开成了，接着就蒸馒头卖馒头。有开水又有馒头，坐下来吃早点的就多了，在我太爷爷手上，就又开了个茶馆。烧开水蒸馒头之外，也给客人下面条，还雇了一个师傅专做贴麻糕。如此一来，一个茶馆兼小吃店就像模像样了。祁家的日子虽也小康了，却是手指头上做出来牙缝里省出来的。

佟家是我家斜对门邻居。佟家是书香门第，祖上曾出过一位举人老爷，所以一代一代传下来，以教书当官为主业。有人当官，有人教书，有人既当官也教书。佟茂祥在族中排行老三，最初当小学教师，不几年就当了校长。淞沪之战后，抗战烽烟蔓延到了家乡，佟茂祥便投了国军。后来国军撤往后方，佟茂祥因在当地有威望，便留在了家乡，当过延州国民政府县长、国民党县党部书记长。

爷爷从小是佟茂祥的跟屁虫，叫他三哥。爷爷这声三哥算是没白叫，后来，三哥救过他的命。

抗战结束后，国共谈判，共产党撤到长江以北。爷爷留守江南，转入地下。地下活动空间小，暴露可能性大。一次爷爷出门急了一点，天还没有黑尽，被一个熟人认出来了。也是爷爷大意了，只晓得那人是个酒鬼，但没想到都是街坊邻居的，他会为了几个赏钱去告密。爷爷被捕后，我太奶奶去找了佟家老太太。大家都是老街坊，在女人眼里，什么党什么派，她们才不管呢，她们心里只有儿子。佟老太太出面了，拄着拐杖去找儿子。儿子不在。不知是真不在，还是躲开了。佟老太太生气了，拐杖在砖地上敲得笃笃响，让手下人传话给儿子，说必须放了我爷爷。老太太说我爷爷是她的寄儿子，临走时撂下一句狠话："他是茂祥的弟弟，你们看着办。"

当天夜里，爷爷就被转移了。黑布蒙着双眼，黑咕隆咚的，跌跌撞撞走了不少夜路，来到一处陌生宅院。等到下半夜，月亮上来了，爷爷透过窗子，发现院落的墙上，竟然斜靠着个水车轴子。这种脚踏车水的东西爷爷太熟悉了，每到插秧季节，为了那几亩水稻田，一家人车水灌田，简直要"磨断轴心，车断脚筋"。但此刻见了这水车轴子，爷爷心都快跳出嗓子眼了，心里默默念道，天无绝人之路，莫非就应在这东西上了？夜，阒然无声。他悄悄挣开绑他的绳子，轻轻打开房门，居然无人阻拦。轻手轻脚走近水车轴子，手脚并用，轻轻巧巧爬上围墙。等他翻过围墙，跑出去数十步，才听到屋里有人叫嚷，不好啦，不好啦，人跑啦。

此时爷爷才明白，人家是故意放他的，否则世上哪有这么巧的好事。他一边跑，一边想，肯定是组织上营救自己的。但又一想，如果是组织营救，应该有人接应啊。哦，月色里一拍脑袋，爷爷明白了。爷爷虽不识几个大字，却也不是笨人。

解放军渡江前夕，佟茂祥逃离大陆，去了南洋。佟茂祥救我爷爷的事，他没提起过，我爷爷也没对人说过。但世上没有不透风的墙。有一个人，姓霍，这姓霍的为了谋生，曾在县党部做过事，因为这个，此后日子就不大好过啦。他暗中托人告诉爷爷，说那天夜里的水车轴子，就是他靠在围墙上的。

院中栽石榴，乃延州旧俗，取其多籽，寓意多子多福。爷爷奶奶生了多少小孩我不清楚，我只知道活着的有两男一女：我伯伯、我父亲、我嬢嬢，在那个年代，算是少的了。嬢嬢是延州方言，就是姑妈。

伯伯祁五斤早年支边，在新疆。嬢嬢祁榴花嫁到了乡下，离娘家也不近。在我幼年，父亲便带我离开老家了，偶尔回去，也是来去匆匆。爷爷奶奶过世后，老宅多年没人住，年久失修，越发老旧了。前几年，政府为了打造大运河景观带，把河边老房子整修一新，粉墙黛瓦，遍植杨柳香樟广玉兰，又栽了牵牛芍药风信子之类，美得公园似的。

我大学读的是汉语言文学系，平时喜欢看几本书，写几篇文章。文人墨客的东西接触多了，不知不觉就染上了怀旧的毛病。我一直计划着退休后，把老宅装修一下，陪父亲回小镇安度晚年。母亲在我还没有记忆时就去世了，父亲祁六斤尚属壮年，居然终生没有再娶，独自把我带大，实在太不容易了。而我自己呢，多年的高中校长经历，在高考、升学的不断搅拌中，也委实感到疲惫了。

谁知天不遂人愿，暮春时节，石榴花开得正艳，父亲却突然走了。当天早晨，他在小区对面的"马福兴"吃了早饭，一碗豆腐汤，一块大麻糕。马福兴是延州百年老店，是最权威的早餐店，品种也最齐全。各色面条，大馄饨，小馄饨，豆腐汤，豆腐花，应有尽有。各类点心，麻糕，麻团，油条，蒸糕，也是要啥有啥。早饭吃得满头大汗后，父亲便坐在门口喝茶。他住一楼，就在单元门旁边。看着人来人往，父亲跟张三打个招呼，跟李四闲聊几句。不知什么时间，邻居们也说不清，父亲不见了，喝茶的小桌子还在。等隔壁的老于——父亲的酒友兼棋友发现，父亲已快僵硬了。

父亲死于突发性脑出血。办完丧事，我在父亲房里默默地坐了大半夜。房间虽然简单，但满墙的照片却非常醒目，有父亲的，也有父子俩的，但主要是我的。大概从 2 岁起，我就至少每年要照一张相，直到我上大学，一年不缺。这在那个年代，几乎是一件很奢侈的事了。而且每次都要放两张大尺寸的，一张挂在家里，一张就不知去向了。问过父亲，他也不说。记得小时候，照相不仅是大事，也是父亲的心事。照片大多是照相馆照的，背景都是布景，各色各样，有大海，有草原，有蓝天，也有街景。我上大学后，就也养成了每年照相的习惯，父亲总在不经意间，问我要一张两张，也挂在了墙上。父亲告诉我，母亲去世时，我还不到 2 岁，所以没什么记忆。这个我相信。但我一直想不通的是：父亲那么年轻，为什么不再娶。而且母亲没有留下一张照片，我也没有见过外公外婆舅舅姨妈。父亲听了，先是一愣，接着就是叹气。叹完气后就告诉我，母亲是在育婴堂长大的孤儿，只知道老家在苏北一个小地方，远得都快靠近山东了，家里有没有亲人也不晓得。

纺织业曾是延州支柱产业之一，纺织厂多，所以在延州，工人家庭的女主人，很多是纺织女工。父亲跟我说，我母亲就是纺织女工。至于为什么不再娶，父亲没有直接解释，但却说到了另一个街坊，那一家后妈对小孩不好。父亲说这话时我上小学了，已经知道感动了。但我也渐渐懂得了，父亲不喜欢这个话题，一提起来就是叹气。从此我也就不提了。小小年纪我就知道，为一个没有记忆的人，惹一个最亲的人不开心，那不是犯傻吗？有什么意思呢？

父亲祁六斤退休后，像所有的老男人一样，喜欢喝点小酒，喜欢回忆，喜欢说话。也许因为我们父子关系亲密，也许因为不容易碰到满意的听众，所以每一次父子相见，父亲好像都准备了一箩筐的话要说。但即使是父子，即使准备了一箩筐，也总有说完的时候。所以说着说着，父亲也会说些十三点兮兮的话，见我听了笑哈哈的，还特别来劲。只要我们在一起喝酒，私底下父亲就什么话都说了。

在说话与喝酒之间，父亲常有无限感慨：

"咳！我这一生啊！咳！咳……"

对于走向衰老的父亲来说，儿子陪他喝一场酒，大概就是最开心的日子了。普天下步入老年的父亲，莫不如此。那天父亲喝多了，喝多了之后，父亲头一回告诉我，有一个女子是他的初恋。我听了很是兴奋，忙问：

"她叫什么，如今在哪里？"

父亲想了想，似在权衡说还是不说。过了好一会儿，他终于说："她还活着，在新疆。"问是谁，却缄口不语。

"有机会去看看她，到时候再告诉你。"父亲说这话时，表情语气很正式。

我的回答似乎也很认真，其实并没有过心，我说："没问题啊，新疆嘛，伯伯不是在那里吗？今年暑假我们就去。"

父亲皱着眉头，不接我的话。我又说："阿爹，你们兄弟是不是有什么过节啊，为什么这么多年也不见你们有什么往来？"

父亲重重地叹了口气，没有说什么。我跟父亲频频碰杯，眼看着父亲酒有点多了，我不敢再劝酒，也不提家事了。这时父亲茫然地看着远处，又长叹了一声，突然冒出一句：

"我们兄弟两个，都是苦命人啊！"

这句话像是憋了很久才终于说出来的，语气也很伤感。说完，突然趴在桌上，双肩耸动着，等抬起头来，已是老泪纵横。我想，大概是老了，想自己兄弟了。等父亲缓过神来，擦了脸上的泪痕，我安慰他说："是想伯伯了吧？今年暑假，我陪你去新疆，怎么样？"

父亲咳咳了两声，像是突然反悔了刚说过的话，说："咳！还是等我死了吧，等我死了你再去吧。"说完，一副不堪回首的样子。

父亲的失态，父亲的自相矛盾，让我感觉非常怪。

过了一个礼拜，父亲突然说走就走了。

父亲不喜读书，却喜欢干活，而且能干重活。父亲进入初中，就长成大块头了，且臂力过人。用西街冯麻子的话说，如果在冷兵器时代，父亲准能当个大将军。冯麻子是个白麻子，在安桥中学教语文，以说话阴损闻名。父亲没赶上冷兵器时代，但却赶上了那个大干快上的年代。父亲初中没毕业就辍学了，全民大炼钢铁时，他去了炼钢厂。

丧事是在老家的老宅里办的，这是父亲之前交代我的。老宅虽然老旧了，但父亲说，那里是他的"血地"，即他出生的地方。

父亲的丧事办完了，亲戚朋友都走了。父亲唯一的妹妹——我的孃孃祁榴花没有走。孃孃七十多了，在父亲这一辈人中，她是跟我们父子来往最多的亲人了。

但我怎么也没有想到，孃孃心里还藏着一个大秘密，藏了几十年没有告诉我。

对我来说，这是一个惊人的秘密。

孃孃说出这个秘密时，像是对着故去的亲人说话。

"按理说，说说也不要紧了。"孃孃喃喃自语，自我安慰道。"其实也不算什么秘密，在安桥，老一辈街坊都晓得的。"

我忙问："什么秘密？"

孃孃沉吟片刻，突然说起一件往事。说在我还没学会说话时，父亲祁六斤曾拎着一把菜刀，在青石板路上追杀一个人，吓得那人哇哇直叫。那人便是铜匠老佟。后来是我父亲自己停了下来，对着大街上看热闹的说了一句狠话，说，从今往后，嗲人要再敢嚼舌头，看我剁不死他。说完，把菜刀往青石板上一扔，哐啷啷响了好几声。

"从此以后，关于你的身世秘密，就谁都不敢往外吐一个字了。再后来，你爹带你去了厂里，故意躲着老街坊，不常回安桥了。"

"我的身世秘密？"我瞪大了眼睛问，"什么秘密？"

"你不是你爹祁六斤生的。"孃孃祁榴花一字一顿说道。

"那我，不是我爹的儿子？"我不禁呆住了。

"嗯。"她点点头。

"那我是嗲人的儿子？"我一个五十多快六十的人，居然还会碰到这种奇葩的事？

孃孃等我平静下来，才说："在新疆尼勒克，你有一个伯伯，你晓得吗？"

"当然晓得。"我点点头。其实在小时候，我只知道有个伯伯在新疆，尼勒克这个地名我都没听说过。

"你伯伯，跟你爹是双胞胎，你也晓得的吧？"嬢嬢又问。

一时之间，我简直怀疑嬢嬢患上阿尔茨海默病了。虽然这个伯伯不回延州，但这么近的关系，我怎么能不晓得呢？而且我晓得伯伯跟我爹属于生理学上说的异卵双胞胎。兄弟俩不仅长得不像，脾气也不对付，一生一世都不像亲兄弟，什么都是拧着来的。

"但是你不晓得，你爹就是你大伯祁五斤，你娘就是你大妈佟九妹。"嬢嬢愧疚地看着我，"远强，大侄子啊，你也别怪我，我答应过你爷爷，答应过我哥六斤的，所以一直也不敢说。"

又说："我也是黄土埋脖子的人了，六斤也死了，我也不怕什么了。"

又说："要是再不说，我就要带到棺材里去了，也太对不起大侄子了。"

我听了大吃一惊，说："嬢嬢，不对啊，听我爹说，我娘是育婴堂的孤儿，在我很小的辰光就死了呀。"

"那是瞎说八道，骗你的。"说完，嬢嬢长长地叹了口气，"说起来呢，六斤，咳，我这个哥哥，也是可怜。"

"哦？"

"是啊，蛮可怜的。"她压低声说，"别看他大块头一个，壮得跟牛一样。但是，可怜哪，20来岁，就不是个真男人了。"

"啊！？"

"是在炼钢厂出的事故，在医院里躺了一个来月，命是保住了。

咳，不提了，都 60 年了。"

嬢嬢告诉我，不知为什么，佟茂祥逃走时，把老娘和女儿留在了大陆。因为祁家跟佟家是对门，佟茂祥又救过爷爷的命，所以两家走得很近。

"我们兄妹三个，跟九妹天天在一起玩，九妹从小长得漂亮，两个哥哥都喜欢她。"嬢嬢说着，摇了摇头，又长叹了一声。"其实是六斤最先喜欢九妹的，但九妹却喜欢五斤，这是他们兄弟第一回闹别扭。你爹，哦，就是六斤，出了事故后，你爷爷就作主，让九妹跟你大伯，就是你的亲爹五斤，去了新疆，为的是避开六斤，怕他受刺激。"

哦，原来是这样。

"那，我是生在新疆，还是延州？"

"你生在新疆尼勒克，刚过了周岁就回老家了。五斤跟九妹生了你，断奶之后，你爷爷亲自去了新疆，把你接了回来，把你过继给了六斤。"

我脑子里浮现起爷爷的样子来。花白胡子硬喳喳的，一生气就瞪眼，全家没人敢吭声。爷爷没什么文化，但资格老，脾气也大。我心里五味杂陈，突然同情起自己的亲生父母来。但我又想，在中国传统社会里，为了延续香火，兄弟之间过继孩子不是很正常，甚至是天经地义的吗？我把这个意思说了，嬢嬢却说：

"是啊，是啊，旧社会这种事太多了。你爷爷本来也是这个意思，反正无论哪个儿子生的，都是自己的孙子，要保什么密呢？但六斤死要面子，不声不响在床上躺了三天，也不肯吃饭。你爷爷就心软了，才有了后头对你的那个保密，不让家里人告诉你，也不让旁人跟你说。"

我突然想起，我曾看过父亲一张照片，是刚进炼钢厂时几个年轻工人的合影。父亲可能还不到 20 岁，敦敦实实的，笑意挂在脸上。我好像一下子懂了，也理解他了。

我有些怅然，不再问什么，也不想说什么了。

嬢嬢祁榴花看着我说：

"远强啊，过去的事就过去了，你就不要再计较了啊。"

我苦笑了笑，心想，前辈的事，我有什么资格去计较，只是心里有点乱罢了。我猜想，大概这就是几十年来，大伯大妈，哦，不，是我的亲爹亲娘，为什么不回延州的原因了。

我第一次知道尼勒克，是有一天我突然接到一个长途电话，是新疆尼勒克打来的。对方一口延州方言，说她叫祁远妮，是我的堂妹。而且跟我是同行，在尼勒克某中学教书。记得爷爷奶奶在世时，跟新疆还有些书信往来，爷爷奶奶过世后，我爹跟新疆也就几乎不联系了。我对远妮说，方便时回来看看吧。她也顺口邀请了我，让我有机会去尼勒克看看。我想，虽说是堂兄妹，但因为没有见过面，所以也谈不上什么感情，通话的语气似乎也是淡淡的。哦，原来远妮是我一母同胞的亲妹妹啊！

临走，嬢嬢又告诉我：

"当年去新疆的事，你可以去问铜匠老佟的老婆，她叫霍美秀，你认识吗？她是跟五斤、九妹一道去尼勒克的。"

"认识，认识的，老街坊了。"我说。

嬢嬢走后，我想，我必须亲自去新疆，去尼勒克看一看，那个生我却没养我的地方。

正应了无巧不成书这句老话，就在第二天，新一轮援疆支教的文件下来了。老师援疆每期一年半,老师自愿报名,然后再筛选上报。我在文件上签到:请校办在内网上转发文件,并及时统计老师报名情况。签完文件,我突然冒出一个念头,这不正是个好机会么?我暑假退了二线,正好有时间了,不如也报名到尼勒克支教去,好好地在那里生活一段时间。用我爹祁六斤的话说,那里可是我的"血地"啊!这么想着,我就给教育局局长老汪打了个电话。老汪是我师弟,还曾同事过,关系很好。听我说完,老汪开口便说:

"我的校长大人,你一个快退的人了,你以为你是小伙子啊?"

又说:"支教的都是年轻人,你就不要添乱了。而且你去了,是要下课堂上课的……"

"不行就算了,我自己想办法吧。"老汪这口气平时没什么,但今天我听了心里就有点不爽。

老汪听了,口气就软了下来:

"老祁,要不这样吧,我建议你以教育专家的身份去,不占支教名额,算是柔性援疆,去个两三个月,或者半年,怎么样?"

"这还差不多,谢谢局座!"我调侃说。

老汪又说:

"这只是我个人想法,集体商量后,还要请示援疆工作组。"

"好,好。等你信息。"说着,我挂了电话。

这么多年不在一线,又上了些年纪,真要下课堂跟年轻人比高下,心里还是有点发怵的。过了几天,老汪的电话来了,但出乎意料,说集体讨论时意见不统一。我问是怎么回事,老汪说:有人提出来,一批退下来的校长不是一个两个,如果让你去正式援疆,怕你吃不消,如果是柔性,就有游山玩水之嫌,而且如果有人也提出来,那就很难摆平。

老汪最后说：

"我想来想去，还是暂缓为好。"

老汪这个人，咳！人是好人，就是耳朵根软了些，胆子也小，属于那种树叶掉下来怕砸破头的人。

挂电话不到一分钟，老汪的电话又来了，小声问：

"老兄，你告诉我，去新疆，到底所为何事？"

我没有回答，但又补充说：

"我个人请假去，总可以吧？"

老汪愣了愣，说：

"也难。一个一把手校长，刚退下就抛开工作，一个人请假去那么远的地方，领导怎么看？老师怎么看？社会上也会议论纷纷的。"

我没有说话。老汪知道我生气了，又问：

"老祁，我不会告诉任何人的，你这么急着去新疆，到底为什么？"

"以后有机会再报告领导吧。"说完，我把电话挂了。老汪这些说辞把我去新疆的决心一下子又强化了。

年轻时我曾读过一本书，说是有人问汤因比，如果可以选择，他希望什么时间，出生在哪个地方。这位世界级历史学家的回答是：希望出生在公元 1 世纪佛教已经传入的中国新疆。季羡林先生也曾说过类似的话，大意是：在这个世界上，历史悠久、自成体系的文化只有四个：中国、印度、希腊、伊斯兰，而四个文明体系汇流的地方只有一个，就是中国的新疆。当然，我此次去新疆，与汤因比或者季羡林无关。

　　不知怎么一来，我想去新疆又遇上困难的事，在延州传开了，甚至连教育圈外的朋友也晓得了。延州作家协会主席，姓郭，写诗的，旧体诗新体诗通吃，人称郭老。郭老写诗成瘾，几乎每天一首，发过公众号，再发朋友圈。有人夸他堪比乾隆，诗作破万，郭老便笑着借郭沫若先生的话自嘲：郭老不算老，诗多好的少。郭老是个热心人，因为我业余也喜欢写点东西，发表过几篇小说，出版过一本散文集，便与郭老成了朋友。郭老听说我要去新疆，便特意赶到我家里，拔口就说：

　　"老祁，你去新疆那么远的地方，准备去做些什么？教了一辈子书，不会是没过瘾，还想去教教新疆小孩吧？"

　　这个郭老，说话酸溜溜的，我看着他，不接话头。他便急了，自己透出底来，说：

　　"老祁，我想拜托你一个事，或者说，延州作协希望你做一件事。"说完看着我，眼里放出有湿度的光来。

　　"老郭，能不能去还没定呢。"

　　"唉，我来就是跟你说这事的，我联系了延州援疆工作组，问题不大。"我眼睛一亮。郭老告诉我，这一批援疆工作组组长叫许定辉，他与许定辉父亲是几十年的老朋友了。

　　郭老："这小许是我看着长大的。"

　　又说："不对啊，按理你也应该认识他啊。"

　　"是认识，但不熟悉。"我知道许定辉是我们学校毕业的。

　　郭老："你也应该熟悉啊，你是他母校的校长嘛。"

　　"是的，但我没教过他，所以不熟。"我不晓得郭老葫芦里卖的什么药，便来了个你问我答，不敢多言。

郭老："我找过他了，他答应了，你可以以作家的身份去。"

"什么意思？"

"延州当年去了好多支边青年，你晓得的吧？"

"嗯，晓得。"

"你的任务是：赶紧去采访采访他们，六十年了，人都老了，好多人不在了。"郭老说着，嗓子就有些沙哑。"不瞒你说，我有个孃孃，是嫁到新疆去的，姑父是当年去支边的。小辰光，孃孃是带过我的，感情蛮好的。前几年说走就走了，我这心里，一直感到遗憾，也蛮内疚的。"

我点点头，心里猛然一动。

"那一代人苦啊！我长大了问过我娘，孃孃怎么会嫁那么远？我娘叹着气说，你孃孃嫁那么远，还不就是为了省下一点嫁妆，好给你叔叔娶亲吗？我一想就明白了，农村人要面子，女儿出嫁，多多少少总要有些陪嫁，被子、箱子、桌子、凳子，还有马桶什么的，街坊邻居都看着呢。嫁到千里万里之外，嫁妆也不好带，人家也就不会议论什么了。几十年，也没见过几回面，我孃孃走后，我就经常想，要是早几年去看看她，让老人留下些影像，请她讲讲自己的故事，那该有多好？毕竟是至亲骨肉啊！"

郭老这番话像一支利箭，一下子击中了我。

郭老："小许对我的想法也很支持，他说了，如果以作家身份去，他们会给一个柔性援疆名额。"

郭老走后，当天夜里我就睡不踏实了。我去新疆是为了我自己，我的出生地在那里，我的爹娘在那里生活了一辈子。但我也接受郭老的意见，要去看看支边老人，或许能写一部《延州"支边青年"

口述史》也说不定。人一兴奋，反而睡不着了，心想，尼勒克到底在哪里，是个什么样的地方？忙打开手机上网搜了搜，知道了个大概——

尼勒克县位于新疆西北部，呈长条形，似柳叶状，面积 1 万多平方公里。科古尔琴山、博乐科努山、依连哈比尕山和阿布热勒山环绕四周，县境内有三大风景区：东部唐布拉百里风光旅游区、中部吉仁台峡谷风景区、西部喀什河谷次生林风景区。尼勒克为多民族聚居之地，由汉族、哈萨克族、维吾尔族、回族、蒙古族等 32 个民族构成，古代的塞种人、大月氏人、乌孙人、匈奴人、突厥人都曾在此地栖息繁衍。

信息量太大了，但对我来说，却又太抽象了。我决定先去找霍美秀。

魂断喀什河

第二章

霍美秀快八十了，但耳聪目明，头发黑多白少，老年斑也不多，就是牙缺了几颗，说话有点漏风。孙媳妇开了个茶室，专来喝茶的不多，打牌搓麻将的不少，她帮着烧个水扫个地什么的。我自离开小镇后，特别是爷爷奶奶不在后，回来得就少了。但我跟她儿子是发小，一直有往来，所以也不陌生。

"婶婶，我想听听你们当年援疆支边的事，有空吗？"我放下水果篓子，故意不说我们祁家的事。老太太是看着我长大的，见我来看她，特别开心。

"好呀，好呀，我没啥事体，嗲辰光都可以咯。"她满脸笑意，一口延州土话。这时孙媳妇拎了一瓶开水进来，她关照说："今朝你祁家叔叔来找我说事体咯，没嗲事体勿来打搅我们啊。"

孙媳妇听了，俏皮一笑说："不会的，奶奶。"说着，对我做了个鬼脸说："叔叔，你们说事体，完了在这吃饭，现成的，蛮客气。"

这是一个小包间，桌椅齐全，茶水齐备。霍美秀整了整衣裳，抹了抹头发，两眼放光。那神情那气场，仿佛当年的支边女青年回来了。

霍美秀说，她爹中华人民共和国成立前在县党部做过事，算是有历史问题，家里日子就过得不好。我马上想到，她爹应该就是搬过水车轴子，救过我爷爷的那个人。她是家里老大，当时还不满十八，心想：与其在家跟弟妹争一口饭，不如去新疆，过个三年回来，正好嫁个老倌成家。老倌也是延州方言，就是丈夫。

"那辰光的广播里，天天放那首歌，叫什么新疆好地方。"

"婶婶，那首歌，现在还在唱啊。"

我们新疆好地方啊，天山南北好牧场……

我随口念了两句，霍美秀抿嘴一笑，点点头，"那辰光啊，一首歌，几句话，我们的心就热了，就报名去新疆了"。

"那新疆到底好不好呢？婶婶。"

"好啊，广播、报纸上都说了，那里点灯不用油，犁地不用牛，走路苹果会碰头，睡觉葡萄掉你嘴里头。大侄子，你说新疆好还是不好？"

她说完，掩嘴笑了。

"真有那么好？"我笑着问。

"天底下哪有嘎么好的地方！"她也笑了。

"去了肯定后悔了吧？"我故意问。

霍美秀摇摇头，瘪了瘪嘴，叹了口气说：

"也不好这样讲。新疆苦是苦了点，住的是地窝子，米饭难得吃到，肉也难得吃到。但细细想来，那里地多人少，比家里日子还好过些，至少没饿肚子。"

说到这里，她突然开心起来，说："当时报了名，说是去新疆当工人，走的时候，给每个人发了好些东西。说着，她伸出手来，居然能一五一十报出账单来：一件棉袄，一条棉裤，一顶棉帽，一双棉鞋，一件大衣，是蓝色的。发了一条被子，是两斤半的，还有七斤一袋的炒米，七斤一包的饼干。"

"你说说，我们农村的，哪见过这些，能不高兴吗？能不满足吗？"

扯了好一会儿，我故意把话题引到了佟九妹身上，并告诉她我要去新疆。

"她呀！"老太太看了我一眼说，"她呀，咳，她去新疆，可害苦了她了。她家里又不会饿肚子，去什么新疆啊？"像是为自己的欲言又止表示歉意，老太太突然朝我一笑，转移话题说：

"那时的九妹啊，那是真叫一个漂亮。"

"婶婶，你也蛮漂亮的啊。"我这么一说，她粲然一笑，满是皱纹的黄白脸上竟飘过一丝红晕。

这个铜匠婶婶年轻时颇有几分姿色，也因此闹出许多绯闻来，让铜匠气愤又无奈，也给安桥人无聊的生活增添了不少色彩斑斓的谈资。传闻说她曾被铜匠老佟捉奸在床，但铜匠居然毫无办法，只能躲在灶屋里偷偷地哭。

"九妹，她漂亮，比我漂亮得太多了。"老太太语气肯定地说。

"哦，怎么个漂亮法？"我笑问道。

"那怎么说呢？我也不会说，我只能说，不是一般的漂亮。"说完，哈哈哈笑了，笑完接着又说："唉，漂亮的人啊，心气也高，脾气也犟，犟头倔脑的。"

"她心气怎么高了？"

"我也说不清，譬如吧，我们几家人在一起，总归是以她为中心，五斤也听她的，我们也听她的。"

"婶婶，你晓得我是佟九妹生的吗？"我突然问道。

"你爹，哦，六斤他，他终于肯告诉你啦？"老太太一愣，随即点点头说："看看，这算什么事嘛，弄得你，咳。"

我摇摇头，说："是我孃孃跟我说的，昨天刚晓得的。"

"咳！真是作孽，真是作孽啊！"霍美秀发着感慨。

"那，我娘，当年，一开始，跟我爹，他们兄弟两个，到底跟哪一个，关系要近一点？"我说完这句话，自己都觉得累了。

老太太一撇嘴，说："旁人也说不清了，但你爹呢，就是六斤，后来有点神经分分了，你信吗？"

"哦，为什么？"

"为什么？他喜欢胡思乱想，喜欢瞎编。"

哦，我爹跟我说的，看来有些可能是出自想象。我忙转移话题，问：

"婶婶，那照你的了解，我娘跟我亲爹，他们怎么样？"

"他们啊，他们恩爱着呢，嗯，不是一般的恩爱。"老太太像是陷入了回忆中，喃喃自语道："哦，你爹五斤，文气，爱看书，兄弟俩不像，长得也不像。"

"那他们后来的情况，你晓得吗？为什么这么多年也不回来看看？不回来看看他们的亲生儿子？"说完，我鼻子一酸，差点掉下泪来。

老太太看了我一眼，又是一副欲言又止的样子。

"是不是他们后来生了好多小孩，对我也无所谓了？"

谁知道我这话一出口，老太太脸色就不好看了，只是不停地摇头，憋了好一会儿，终于说：

"大侄子，你刚刚不是说你要去新疆，去尼勒克吗？你自己去问吧。"说完，瘪着嘴不再开口。

我们默默地坐着，过了好一会儿，我说：

"婶婶，我查过资料了，我们安桥去新疆的，有不少人呢，你后来为什么又回来了？"

老太太听了，手按在瘪嘴上，双眼放出光来。那目光，丰富而复杂，也不像一个老人的目光，是那么多情而又感伤。

"陈芝麻烂谷子的，你想听？"

"当然，婶婶是有故事的。"我故意激将她说。

"有故事？我们去新疆的，哪个没有故事？"说完，她轻轻摇了摇头，沉默了好一会儿，又微微叹了口气。

"从嗲地方说起呢？"她轻轻挠了挠头，喝了口茶。过了一会儿，像是自言自语道："还是从乘火车说起吧。"

据我多年观察，会不会讲故事是天生的，与文化程度不一定相关。有些农村妇女，甚至完全不认字，但说起事来，头头是道，连细节都很生动。我运气非常好，霍美秀就属于这类人。她又喝了一口茶，对我笑了笑，眼睛看着窗外，目光飘向了远处，开始了她的讲述———

去新疆的火车，是那种闷罐头车。没有凳子，啥也没有，大家都坐在地上。这倒也没什么，麻烦的是那个，拉屎撒尿。要说没地方吧，也不对，车厢里有马桶，火车开动了，摇摇晃晃，满了就会晃出来，蛮吓人的。男人倒是没什么，想撒尿了，拉开裤子就哗啦啦了。可我们还都是小姑娘，哪里拉得下脸？就只好憋着，等到了站再解决了。火车开得慢，真是急死人了。好在站站停，停的时间还不短。也有女的急得来不及上厕所，就钻到火车下面，在铁轨上哗啦啦了。

火车到了南京，就过江了。长江我们见过，过江不稀奇，稀奇的是摆渡。火车坐在船上，我们坐在火车上，这个是头一回，所以一直记得。

吃饭怎么办呢？那个辰光，大家特别想吃，也特别能吃。要是在家吃得饱，嗲人愿意离开？说句心里话，每天坐火车，吃点苦不算啥。毕竟长这么大，第一回坐了火车，也算见了世面了。要是不报名去新疆，也不晓得嗲辰光能坐上火车呢。坐火车是心焦，但最心焦的，还是吃。好像一顿饭刚吃完，就想着下一顿了。

火车不是开得慢吗，每到火车停下，差不多就到饭点了。叫叫（哨子）一吹，大家赶快下车，站台上开水、饭菜都备好了。说得不好听，就像野狗抢食，抢饭、抢水，吃饱喝够了，嘴一抹，上车，睡觉。那辰光我们都还小，懂什么呀，一日三餐吃饱了，就好像万事大吉了。火车摇摇晃晃开了五六天，看站牌才晓得，火车过了甘肃，到了新疆的尾亚了。

"尾亚晓得吗？"霍美秀突然停下，看着我问。我摇摇头。

"尾亚是个小村子，那么一个小地方，你没去过，怎么会晓得。"她自言自语，继续说道。

尾亚是个小站，但铁路到这里就没了。再往前，就是哈密了。当时我们哪里晓得。

"全体下车，全体下车。"

带队领导大声喊着，他姓俞，叫俞忠德，就是他从新疆来我们这里招人的。当时我记得是下午，太阳快要下山了。那个地方没什么遮挡，一望无际，都是戈壁沙漠。在太阳照耀下，甭提有多荒凉了，太吓人了，到死也忘不了。

新疆好地方，就是这么个好法？我们都去找俞忠德。

老俞是个能说会道的，否则也不会派他干这事了。他招呼大家在帐篷里坐下，说："你们是先吃饭，还是先听我说？"大家都说，先听你说。我们心里想，看你能说出什么鬼话来。

老俞站在那里，让大家席地而坐，等安静下来了，他才说话。说话之前，他先笑了。大家觉得奇怪，你老俞笑什么，有什么好笑的。老俞摆摆手，说："你们知道，新疆最大的特点是什么？"

大家都愣在那里，不晓得怎么回答。但老俞也憋着，就是不说话。这个辰光，有一个人说话了，他是我们隔壁乡的。也是后来才晓得的，他在上海当过学徒。他站起来，双手比画着说，新疆最大特点就是一个字：大。

老俞点点头，说："这位同志说得对，新疆就是地大物博。在新疆，戈壁沙漠看不到边，一点也不稀奇。绿洲美得像我们江南，也一点不稀奇。又说，这里只是临时停留，荒凉也好，风沙也好，关我们屁事啊。我们的目的地还远着呢，我们的目的地好着呢。"

老俞说了这句话，我们就欢天喜地吃饭了。吃完饭，我们就东倒西歪，在临时帐篷里睡着了。

那个说话的人，就是那个说新疆地方大的人，他姓蒋，草头蒋，十几岁就去上海学徒了，见多识广，人也长得精神……

霍美秀突然撇开去新疆的事，讲起这位上海学徒来。我觉得奇怪，又觉得里头有文章。

我就是这么认识他的，咳，不说了。她像突然发现了什么，停下来看了我一眼，又继续讲下去了。

太阳出来了，卡车也来了。我们吃了早饭，记得是每人两个馒头，那里叫馍馍，蛮有嚼劲的。但就是水紧张得不得了，不是免费的，一小杯要两毛钱，说是从兰州运过来的。我舍不得买水，就是那个人，那个姓蒋的，买了一杯水。他看我买不起，就又买了一杯，说是给我喝的。我不好意思，不肯喝他的水。他轻声说："反正买了，你不喝我就倒掉了。"说着，作势要倒的样子。我看看没人注意，又实在口渴，就接过杯子咕嘟咕嘟都喝完了。咳，这就算欠了他一份情了。大家吃饱了，出了大帐篷，就坐上了大卡车。大卡车敞开着，没有遮篷布。一路摇摇晃晃，灰沙吹过来，呛得人睁不开眼，也喘不过气来。

江南人，哪里见过这些？有人又去找老俞，老俞还是那套说辞。有人就去问那姓蒋的，他倒是积极，说："过了黑暗就是光明，过了沙漠就是绿洲了。"他可真会说，老俞也没他能说。

霍美秀说到这里，突然脸一红，掩嘴笑了。

终于到乌鲁木齐了。到了自治区首府，就是到大城市了。那辰光呢，新疆到处要人，看到我们一卡车的男男女女，就有人来问，问愿不愿留下，男的可以进工厂当工人，女的可以进商场当营业员。

我不晓得怎么办好，就去找九妹，问下不下。她说："去找五斤商量商量。"我们就一起找到五斤。五斤本来跟九妹是在一起的，刚刚被叫去开会了，是临时积极分子会议。五斤开完积极分子会议，果然变得积极了，说："这么远都过来了，现在中途下车，不是半途而废吗？"又说："听组织上的，总归不会错的。"五斤他就是这样，聪明，但也有点书生气。我跟九妹是一个街上长大的，她不下，我也就不想下了。我又看那个姓蒋的，看他也不下，我也就更不会下了。

老俞说："前面还要好，大家不要急，我们的目的地还没到呢。"

后来我问过姓蒋的，他见过世面，当时为什么没有下，是不是被老俞收买了。他摇摇头说，他也上了老俞的当了。他参加了临时积极分子会议，也不能不积极一下。再说，那时年纪轻，总有一种不到黄河心不死的念头。我也就相信了。如今想来，一切都是命中注定。

霍美秀喝了一大口茶，看着窗外，长长地叹了一口气。

从乌鲁木齐出发，我们到了玛纳斯，又出发，到了精河，又从精河去了伊犁。乌鲁木齐没下，其他地方也就不会下了，反正就跟你们走了。当时就是这么想的。我心里还有个想法，姓蒋的到哪里，我就去哪里，后来想想，真是痴透了，痴得莫名其妙。好在吃喝不愁，一路上都有接待站，搭着松柏门楼，拉着欢迎标语横幅。吃的是馒头，还有馕饼、小米粥。馕饼、小米粥都是第一回吃，馕饼太硬，硬得咬不动，小米粥不认识，以为是鱼籽。我们在老家，大人是不让小孩子吃鱼籽的，说吃了会笨，不认得秤。我们就问老俞，什么时候可以吃上米饭。老俞笑嘻嘻地说："米饭么，新疆的米饭比江南的还好吃，再往前面就有了，随便吃。"

　　终于到了伊犁，快到尼勒克了。当时我们并不晓得要去尼勒克，尼勒克听都没听说过。一路上，老俞总是提醒说："快看，快看，山上的雪峰，天上的白云，好看的吧？"我们听了，就看上几眼，也呒啥兴趣。我记得最清楚的，是快到尼勒克了，到了一个古道，叫孟克特，景色好看得不得了。当时是老俞告诉我们的，说这个孟克特古道不得了，是有历史故事的。到底是什么故事，我也不记得了。但老俞那一副神神秘秘的表情，我还记得。

　　孟克特古道景色是没得话说，但路也实在难走。一路上都是高高低低的山路，路是乱石铺的，汽车在路上颠来倒去，看着也吃力的。老俞说：大家下来走走，看看风景吧，让大卡车也休息休息。我们就下车了。在草原上走，看小溪，看野花，到了新疆还是头一回。老俞说得不错，风景是漂亮的。大家东看看，西走走，说说话，也蛮有意思的。

　　谁晓得过了没多少辰光，出事体了。一匹马跟着追过来了，马上一个人，手里拿着马鞭，一看就不是汉人。再一看，马前头一个人在拼命跑，再仔细一看，是裁缝老胡。到了我们眼前了，老胡也不怕了。但气喘吁吁，满头大汗的样子。老俞忙上前去问。这个辰光，那匹马也到跟前了。老俞有经验，就上前拦住了马。那马上的人是哈萨克族的，也气呼呼的样子。我们都过来看热闹。有人就问老胡是怎么回事。老俞也问。老胡气得说不出话来。那个哈萨克人没有下马，但看出老俞是头头，就对着他又是闹又是比画。老俞弄明白了，哈哈哈大笑起来。笑完了，对哈萨克人咕噜咕噜了几句，那人也不响了。大家没有弄懂，老胡也没懂。老俞就问老胡，你是不是对着小溪撒尿了？老胡懵懵懂懂点点头。老俞告诉大家说：在这草原上，小溪水是最干净的，放牧人要喝水，捧起来就要喝的，是绝不允许弄脏的。大家一听，懂了，也笑了。老俞又对着那个哈萨克咕噜咕噜了几句，说："我跟哈萨克人打了招呼了，他也原谅了。"哈萨克人跟我们是蛮要好的，以后注意了，一定要尊重他们的习俗。说完，从车上拿了一袋炒面送给那个哈萨克人，那人客气了一下，也就收了。哈萨克人骑马走了，走之前还瞪了老胡一眼。我们就都笑老胡，老胡脸红红的，他老婆金凤觉得脸上无光，也埋怨了几句。

伊犁也不怎么样，尼勒克是伊犁的一个县，怎么能跟乌鲁木齐比？我们一下子就觉得上当了，但也没办法。老俞说："既来之则安之。"大家心里清楚，来了想走，也难了。

终于到目的地了。这是个什么地方呢？起初，谁也不相信。难道这里就是目的地？这是人待的地方吗？简直是荒无人烟啊！远处是雪山，比天还高。近处是灰灰草，比人还高。

但老俞让大家拎着行李下车了。老俞再也说不出什么漂亮话了，只是鼓励大家说，这里要建一座大工厂，一切都会好起来的。真到了这一步，大家反倒不去怪老俞了。我们发现老俞的脸色也不好看，甚至有人说，可能老俞也是上了当了。再说，事情已经这样了，怪他又有什么用呢？我们延州人老实，也厚道。

夜里，有的住在木屋里，也不知啥年代的破木屋，屋顶透光，四面漏风。木屋住不下，就住在地窝子里。

啥叫地窝子？嫽看见过？你看看，你看看，你这么大年纪，都嫽见过吧？对，对，是听都没听说过。

地窝子，就是在地上挖一个大坑，再在上头盖一个草顶，一半地上，一半地下，门很低矮，进出都要低着头。对，对，就像动物住的地洞。我们江南人，鱼米之乡来的，哪见过这个。好些同伴，特别是女的，都吓得哭了。

还有剥面皮的事体呢。夜里睡觉，地上铺点草，就是宿舍了。我们去的人里头，还有几对夫妻的，刚刚说到的裁缝老胡，也是安桥的，就是夫妻俩一起去的。我们让夫妻睡中间，用行李箱一隔，两头睡没结婚的，一头男，一头女。我们心里虽然不开心，但实在是太累了，一倒下去就睡着了。那些睡中间的夫妻却还不安稳，一路上在火车上也不好做什么，一睡到一个被窝里，嘿嘿，就屏不住了。一开始我们还不懂，只听见哼哧哼哧的声音，后来晓得了，心里就觉得别扭，又有点好奇。

劳动工具都是早就备好的，锄头、钉耙，一样不缺。还有一种叫砍土镘的，有点像我们这里的铁锹，也是挖泥用的。

一路上过来，也混熟了。那个姓蒋的一直很关心我，到了目的地我才晓得，他叫蒋才兴。因为能干，老俞让他当了小头头，不记得是班长，还是小队长，管着十几二十来个人吧。小蒋有一回告诉我说："美秀，你发现没有，我们一起来的人，都是男女搭配好的？"我哪晓得这个，就摇摇头。他又说："不仅一男一女是搭配好的，连各种手艺人都是配齐的，打铁佬、剃头佬、木匠、瓦匠、裁缝，都有。"

我听了，就哭了。我告诉他，我是为了吃口饱饭来的，三年后是要回去找老倌的。他咂咂嘴，叹了口气说："别瞎想了，几千里路呢，哪里那么容易回去的。"见我哭得厉害，小蒋又说："你也不要哭了，真要回去，脚长在你身上，嗲人也不会绑住你的。"我听了，心里放松不少。他又说："回去又有嗲个好呢？哪里黄土不埋人？

过了三年你回去了，不还是找个老倌过日子吗？哪里的日子不是一样过？"

慢慢地，我就晓得他的心思了。他是喜欢我的，他想跟我配对。我后来就想，既然一男一女是配好的，九妹跟五斤，那自然是一对了。如果让我找人配对，还不如就找小蒋呢。那个辰光，那样的地方，人都是蛮现实的。心里有了这个想法，我和小蒋说话就多了，有事没事的，老是在一起，关系也就越走越近了。

起初大家就是修木屋，修老的地窝子，再挖新的地窝子。等住的解决了，老俞传达上头的命令说，离这里不远有一个煤矿，要在这里建一个炼焦的焦煤厂。所以呢，人要分成几拨，有挖煤的，有炼焦的，有基建的。那时我们领到工资了，每个月 33 块，15 斤面粉，好歹吃上了供应粮，也算是工人阶级了。

小蒋就跟我说："建厂先要修路，修路我们都是见过的，我们先去修路。等路修好了，再看看将来做什么好。"我说："我听你的。"我心里想，只要我们在一起就好了。他听了很开心，就去跟领导说。果然，我们一起分在了修路队。

修公路比我想象的要苦，因为新疆不比江南，我们这里都是平原。那里有山，有戈壁，高高低低不说，山石，松土，什么情况都有。我说一桩事体，你就明白了。

路太远，不能天天回宿舍，连地窝子都没有，怎么住？我们就住在野外，住在云杉树下。云杉你可能见过，但肯定没见过那么大的。我跟你说，那个树啊，又粗又大，树枝密不透风。一棵云杉树下，可以住 6 个人到 8 个人，落雨落雪都呒啥事体咯。

哼，后来想想啊，这个小蒋还真是鬼精鬼精的。反正有他在呢，我也傻乎乎的不动脑筋，铺盖都是他帮着张罗的。夜里要睡觉了，我才发现，我的铺盖旁边就是他，再往两边一看，人家都是夫妻。我就想换一个地方。小蒋说，革命同志，就是要互相帮助的。你说我帮你搬铺盖，难道会特意往远处搬？再说了，人家睡人家的，我们睡我们的，各归各，你怕个嗲？

我怕个嗲？我才不怕呢。我气呼呼地转了一圈，发现人家的铺盖都铺好了，哪里有我插进去的地方？我就回来睡下了，小蒋也睡下了。白天干活累了，一躺下就呼呼大睡了。

我们那棵大云杉树下，一共睡8个人。其他6个人是三对夫妻，就我们两个单身男女，你想想是嗲感觉？睡了几天后，人家就开玩笑了。有个促狭鬼编了一个顺口溜，说我们是"一棵云杉下，四对小夫妻"。还有难听的呢，不说了，不说了。后来我想啊，这都是小蒋有意安排的。你想，我们小队里的夫妻，一共才三对，怎么就这么巧呢？

霍美秀说着说着，脸上泛出与她年纪不相称的光芒来。过了一会儿，她突然长长地叹了口气，说：那棵云杉啊，说起来就是我们的媒人呢。

我脑子一闪，心想，她果然是有故事的。原来她在嫁给铜匠之前，还有过一个小蒋。她手里端着茶杯，眼睛望着远处，继续说着遥远的往事——

有一天夜里，月光特别好，我睡了一觉，突然就想撒尿了。睁开眼睛一看，一双亮眼正对着我看呢。我吓了一跳，刚想喊，嘴却被那人按住了。

"是我，小蒋。"说完，他才松开手。

我轻声问：

"你不睡觉，想做嗲？"

小蒋附在我耳朵上说：

"月光太亮了，我睡不着。"

你说说这个人，真是会瞎编。我不响，心想，看你还说什么。小蒋又把嘴附在我耳边，气息呼在我耳朵上，怪痒痒的。他说：

"美秀，我们起来去看月亮吧？"

好在天也不算冷，我就穿上衣裳起来，跟着小蒋离开云杉树。先跑到隐蔽的地方解决了问题，又跟着他跑到月亮好，没有遮挡的地方去了。这里没有路，地上高高低低的，走路必须小心翼翼的。不晓得嗲辰光，我的手就被小蒋捏住了，他牵着我的手，越捏越紧。这是我头一回跟一个男人牵手。

你说，这云杉树，算不算是我们的媒人？

我笑着点点头，没有说话。

我那时虚岁才十八，根本没有想过这么快就找男人。但孤身在外，心里还是想找个依靠。虽然九妹、五斤是自己人，但他们不在修路队。

我跟着小蒋走了好一段路，来到一块大石头旁边。他用手抹了抹石头，自己先坐上去了，又伸手拉我上去。我们坐在大石头上，看着天上，天蓝蓝的，月亮真好看。我那时小，不晓得说什么。小蒋比我大几岁，又是见过世面的，他会说话。他先问我家里有什么人，怎么想到来新疆的。我就老老实实告诉他，我是家里老大，主要是为弟弟妹妹省口吃的，也想当工人，不想在家种田，也想乘一回火车，不想老窝在家里。我说完了，就看着他。他就笑了，说：他跟我相反，我是老大，他是末梢把，上头有四个哥哥。四个哥哥都成家了，家里太挤了，也太乱了，不想在家里添乱，就跑出来了。

说完，小蒋看着我，呵呵呵笑了。

我说："你一个末梢把，爹娘怎么舍得你出来？"

他听了，低下头说："生我时，爹娘都快四十了。爹死了多年了，去年娘也生病死了。"

我一下子觉得小蒋好可怜，我爹娘当时还年轻，感觉爹娘就是家里的天，从没想过没有爹娘会是什么样子。我就问：你在上海不是蛮好的嘛，怎么回来了呢？小蒋就"咳"了一声，说：

"当初是为了娘回来的，娘叫我回来，实际上当时娘就已经病重了。再说，在上海也有在上海的难处。"

说着就说不下去了，像是在上海受了很大的委屈。女人心软，我也跟着难受起来，对他像是更亲近了几分。

那时年轻，也不怎么晓得累，做了一天活，夜里还能跟小蒋说说话，觉得也是蛮好的。否则呢，就成了做活的机器了。也不晓得为什么，跟小蒋在一起，好像有说不完的话。一段时间下来，我家的事，安桥街坊的事，只要是我晓得的，小蒋也都晓得了。他们家的事，他在上海学徒的那点事，我也差不多晓得了。人跟人啊，夫妻之间，说话真是太要紧了，要是碰上闷的人，真是闷死人了。咳，不说了，不说了。

我知道，她肯定是想到铜匠老佟了。延州有一句话，专门形容那类闷的人，叫三拳头打不出个闷屁。铜匠老佟就属于这种人。也不知她为什么会回来，又怎么嫁给了铜匠，小蒋又是怎么了？我不敢打断她，就不时地笑笑，或者点点头，以配合她的讲述。

修路队里的人，都晓得我跟小蒋要好了。也有打破牌的。后来我才晓得，打我主意的不是一个两个。有个姓熊的人，就直接找到我说："丫头，你还小，不要上了人家当了。"我一看那人看我的眼神，就是不怀好意的。我就说："我好歹也吃了十八年干饭了，上当不上当，我自然晓得，你管好你自己的一亩三分地就好了。"那人听了，屁都放不出一个，灰溜溜地就走了。那些已经成家的，还有领导，都是支持我们的。为什么呢？前头不是说了吗，来的时候，就是男女搭配好的，领导是希望我们快点成双成对的。配了对成了家，人就安稳了，老实了，不想着回家了。那些男人也都晓得，男女虽说是按比例的，但毕竟是男多女少，大家都在暗中比赛呢。谁不想先下手为强，抢先找个漂亮老婆呢？

小蒋不仅会说话，他还是个有文化的。他在家里是老小，所以爹娘宝贝他，让他念到了高小。那个辰光的人，念书念到高小，就算是知识分子了。像九妹那样的初中生，五斤那样念过高中的，那可真是大知识分子了。小蒋白天休息时，开始教我识字，教我背唐诗，床前明月光啊，白日依山尽啊，都是他教我的。空下来呢，小蒋还会说书，什么御猫展昭啊，锦毛鼠白玉堂啊，包公啊，五鼠闹东京啊，他都会说。不仅建筑队的人喜欢听他说，厂里的人也都喜欢听他说。等大家听书听上瘾，我们俩的单独时间就少了，但我心里还是乐意的。哪个女人不想自己的男人走在人前呢？

那个姓熊的见小蒋那么受欢迎，我跟小蒋又确定了关系，就吃醋了。那个姓熊的也念过几年书，对什么都能说个一二三来。他到处说小蒋的坏话，说：什么七侠五义，什么唐诗宋词，都是封建社会的东西，他蒋才兴嘴里能吐出什么好货来。小蒋晓得姓熊的是什么意思，也不跟他计较。时间长了，姓熊的以为小蒋怕他了，就越来越过分了。

所以啊，我从此就明白了，马善被人骑，人善被人欺。有一回，小蒋正给人说书呢，大家正在兴头上，那姓熊又说话了。他打断小蒋，指着他的鼻子说道：

"姓蒋的，你天天说书，说的都是封建的东西，什么企图？"

说书的，听书的，都愣住了，不知道怎么应付。那姓熊的说完就溜了，也没给小蒋说话的机会。小蒋一下子兴致全无。后来，小蒋对这件事非常后悔，不是后悔说书，而是后悔没有立即反驳，让姓熊的占上风了。小蒋对我说，等姓熊的一走，他才反应过来。他说："反驳的话是现成的，毛主席不是说过，要百花齐放吗？要古为今用吗？毛主席讲的愚公移山，不是遥远得不得了的故事吗？古代的故事怎么不能说啦？"但等他明白过来，人家已经走了，而且听书的，也没有一个人站出来为他说话的。从那以后，小蒋就灰心了，再也不肯说书了，嗲人说也没用。

一转眼，就是来年春天了。我们商量着，索性就结婚吧。在我们那里，结婚也不要领什么结婚证。只要打一个申请报告，领导批准了，盖上一个大红印章，再买几包喜糖发一发，就算是结婚了。但结婚毕竟是终身大事，我们还是请了假，特意赶到尼勒克县城拍了一张结婚照。我给家里写了一封信，附了一张照片，告诉爹娘和弟弟妹妹，我和小蒋在尼勒克结婚了。小蒋也给家里写了一封信，寄了几十块钱，请他大哥和大嫂代表蒋家，带上礼物和喜糖去了一趟我们霍家。这就算是两家结成亲戚了。

我们结婚后，路也筑好了。因为筑路时我们就属于基建队，所以路筑完了，依然是干基建，小蒋当了副队长。基建队干什么呢？从挖土、制胚、烧砖，再到打地基、盖房子，样样都是自己动手。等厂房盖好了，再盖宿舍，就把破旧的厂房拆了，我们也不住地窝子了。墙是砖墙，砌好了就算完了，也不抹石灰，反正尼勒克雨水少。我们住一间房，一隔为二，前房做饭、吃饭，后房住人，不管怎么说，也算是像个家了。

小蒋是个闲不住的人。春天，喀什河边，草堆里，杂树丛里，乌鸦乱飞。下了班，小蒋就去掏老鸦窝，一次就能掏一桶。那时候没啥吃的，一日三餐不见荤腥。这老鸦蛋看着恶心，吃起来味道还不错。那时候我发现自己怀孕了，嘴馋得很。小蒋越发起劲了，除了掏鸟窝，还做了弹弓，做了拦网。乘着夜色，去打鸟，去网鸟，回来炖了汤给我补身子。现在想起来啊，日子虽然苦，却是我这一辈子，最幸福最开心的日子了。

喀什河，它是一条河……

说到这里，霍美秀突然说不下去了，低头喝水，眼睛里含着泪水。

"喀什河，是不是在喀什？"为了缓解一下气氛，我问了一句。她摇摇头，过了一会儿，终于回过神来，笑着说："不是，隔着蛮远的。喀什是一个地方。"我点点头，不想再说下去，这是个地理问题，我百度一下就能找到答案了。

但话说到这里，霍美秀像是变了一个人，说话不再流利，似乎控制不住自己的情绪了。

"婶婶累了吧？"我小心翼翼地问道。

"累倒也不累，就是有点，有点……要不这样，大侄子，你改天再来吧。"霍美秀拿出手机，说："你来之前，打我一个电话，或者加我微信，我们联系一下。"

"婶婶还玩微信啊？"我想，这可真是个时髦的老太太。

"你们能白相的，我怎么就不能白相呢？"她得意地笑了，"人生在世，不就是图一个开心吗，你说是不是？"

"是，是，是的。"我忙不迭地答应着。

第二天，我还没起床，就收到一条短信：大侄子，啥时候来，提前告诉我一声。我忍不住笑了，她倒是比我还心急。这老太太，也太可爱了。

我查了下一周工作表，正好没有会议，就在校长群里跟副校长们说了一声，马上回复老太太：今天就可以来，上午还是下午请婶婶定。

过了一会儿，回复来了：就上午吧，老地方见。

我回了一个字：好。

我忙起床洗漱，匆匆吃过早饭，就开车往安桥赶去。

老太太见了我，像领导会见外宾似的，伸出手来跟我轻轻握了握，笑着说："辛苦大侄子了。"说完又笑了笑，像是有点不好意思。

我说："这话应该是我说，麻烦婶婶了。"

"欸，多少年没人找我这么说话了，是我该谢谢你。"她坚持说。我笑了笑，没有再说啥。我们进了茶室，见一杯红茶已泡好，她指着茶杯说："金骏眉，不晓得你喜不喜欢。"

"喜欢喜欢。"

"上了点年纪，还是要少喝绿茶，多喝红茶，养胃。"说完，她端起茶杯喝了一口，"温度可以了，喝吧。"

寒暄之后，就进入角色了。像是预先准备好的，她说话非常流利，非常细致，也更有条理了——

结婚后，我体会到，小蒋这个人非常心细，非常会照顾人。这一点是我没有想到的。一般人都觉得我是家里的老大，他在家是老小，我是女的，他是男的，应该我照顾他才正常。但实际上，里里外外都是他，九妹说我快赶上公主了。宿舍建成后，我们和九妹离得就比较近了，她还住集体宿舍。我说：想过把公主瘾吗？那赶紧跟五斤结婚，还拖拖拉拉做啥啊。

九妹这才告诉我，他们俩来新疆，是私自做主过来的。你爷爷还好，你奶奶还生着气呢，所以就暂时拖着了。

"我孃孃告诉我，说他们去新疆，是爷爷安排的，这到底是怎么回事？"我一时无法判断了。

"这有什么，人走了又拉不回来，就只好这么说了。人都是要面子的嘛。"老太太笑着说道。不知为什么，说完了，老太太就沉默了。沉默了好一会儿，才终于又说到了喀什河——

喀什河，就在我们旁边不远。那条河啊，我一直觉得怪怪的，它是从东向西倒着流的。这么多年过去了，我做梦还会梦见喀什河。喀什河水清凌凌的，有的地方窄窄的，浅浅的，水流也蛮小的，就像一条小溪流。有的地方呢，又像一条开阔的大河，比我们这里的运河还要宽。河水浅的地方，河床蛮宽的，好像好多条小沟小渠，杂七杂八地合在一起往下流。小沟渠旁边是一条条不规则的渠埂，长满了野草，春夏秋三个季节，会开满各色各样的野花，红的蓝的黄的，蛮好看的。但一旦到了发大水的辰光，喀什河就跟疯婆子一样，水大得不得了，横冲直撞，撞在石头上发出轰轰轰的响声，因为水是从山上冲下来的。我们在河边住的时间长了，也就习惯了。

小蒋为了给我补充营养，常去河里用渔网捉鱼。喀什河水冷，捉到的大鱼少，小鱼多，但蛮鲜的。什么小狗鱼，白鲦鱼，江南的河里是没有的。小蒋是长江边长大的，会捕鱼捉虾，水性也好。有辰光鱼捉得多了，或者鸟蛋收得多了，就会把九妹五斤叫过来，还有裁缝老胡一家。我们三家走得近，有了什么好吃的都在一起吃。有了小孩，就抱着小孩在一起玩。女人在一起说说话，男人在一起也喝点酒。

那天，是焦煤厂基建项目整体完工，队里说要庆祝一下，也就是大家聚个餐。小蒋是副队长，就说要去喀什河里捉点鱼回来。谁也没有想到，小蒋会出事情。谁有他的水性好呢？听同去的两个人说，收网了，鱼也捉了不少，三个人收拾收拾准备回去了。这个时候，小蒋突然说：让他们俩先走，他再下一次网，其中一个人说：那我们等了一起回去。小蒋说：你们先走，让食堂把鱼先弄起来，我收了网就回来。

"谁能想到，小蒋从此就……"她说不下去了，眼泪啪嗒啪嗒掉下来。

我默默地坐着，静静地等着，什么也不说，说什么似乎都不合适。她抹一阵子眼泪，才又开始讲述——

等到天黑透了，还不见小蒋回来，才又派人去找，哪里还见得到人？

有人就说，喀什河的水是突然会大起来的，水流急的时候，啥也挡不住，何况是一个人？

还有人说，喀什河水是雪山上下来的，冰冷冰冷，能冷到骨头里去。

小蒋是第三天才找到的,是下游好几十里的人发现的,尸体挂在河边的杨树丛里。大家事后分析,小蒋肯定是下水了,水流急,又冷,可能是脚抽筋了。我的命可真苦,才过了几天好日子,好日子就结束了。小蒋死了,我一个人带着小孩,小孩才8个月大。

更气人的是:人都死了,还有人嚼白蛆呢,说小蒋是死在我手上的。说我长得好看,小蒋是被人害死的。这个流言传出后,厂里就报了案,公安就来查了。那个姓熊的成了第一号嫌疑人。他那时也已经结婚了,他老婆晓得了,就到我门上来闹。我也不是个怕闹的人,我老倌都死了,我还怕什么?我是什么都不怕了。

说到这里,霍美秀突然什么都不说了。她眼里流露出一种我看不懂的非常复杂的感情。我晓得,故事还没有结束。但她似有难言之隐,不知道往下怎么说了。

“你怎么就回来了呢,婶婶?”为了打破沉默,我又旧话重提。她想了想,答非所问道:“我回来不多久,你就也回来了,后来你妈又生了你妹妹了。”

“我妹妹,就是远妮吧?”

霍美秀点点头,望着远处,不看我,也不说什么。又是好一会儿的沉默,我们喝茶,都不说话。

“有些事呢,过了多少年了,不晓得怎么说了,也不想说了。”霍美秀不看我,眼神缥缈,似乎飘出了人世间。

“婶婶,你刚提到了裁缝,他们还在吗?”我突然想到,这不又是一个知情者吗?

“还在,还在。”

“他们在哪里?”我急切地想知道,如果在延州,霍美秀不说的,也许就可以问他们了。

"在尼勒克，听说他们后来办过服装厂。"老太太说着，突然拿出手机，对着门外喊"丫头、丫头"。孙媳妇应声而来，问有什么事，老太太摇了摇手机说："帮我们拍一张照片。"我知道，老太太不想再说什么了。

"这两天把不晓得多少天的话都说完了。"老太太说着整了整衣裳，朝我笑了笑，"拍个照留个纪念，好不好"？

"怎么不好？太好了，婶婶。"我笑着感慨道："婶婶，像你这个年纪，能像你这么时髦能干的，可不多啊。"

"哎，眼神不济了，手机上的字看不清了。"她自嘲似的笑了笑。

"奶奶，还是用美颜？"孙媳妇说完，先自笑了。

"臭丫头，晓得还问。"老太太白了孙媳妇一眼，骂道。孙媳妇一边笑一边为我们拍照。拍了照，老太太又对我说："你在这里吃饭吧，随茶便饭。"

"不了，婶婶，下次再来看你。"该走了，我想。

"有的事体呢，时间长了，真说不清了，也不要太计较了，啊，晓得吗？"霍美秀送我到门外，又叮嘱说。

"晓得，晓得的，婶婶，你回吧，回吧。"我心里有数，晓得她还有好些话没有说。我坐进汽车，摇下车窗朝她挥手。等我车子开出去好一段路，才见她转身回屋去了。

《佟九妹自述》

第三章

自从知道自己的身世秘密后，我的生活似乎进入了一种梦幻般的境界。以前我能吃能睡是有点小名气的，最近却老睡不踏实。有时好不容易睡着了，那连绵不绝的梦又如影随形地来了。有一晚，我半夜突然坐起来，一副半睡半醒的样子。妻子也醒了，她打开灯，奇怪地看着我，问：

"出什么事了？"

"嗯，没什么，就是做了一个梦。"

"不要吓我好不好？"她叫匡若桐，出生中医世家，在中医院工作。

"你啥时候胆子这么小了？"我彻底醒了，但梦里的画面却依然清晰。

"做啥梦了？梦见谁啦？"

"梦见了一个不存在的人。"我突然意识到，一个长期存在于我心中的人，要离我而去了。在漫天的晨雾中，有一个女的，面容模糊，头戴纺织女工帽，朝我挥挥手，然后缓缓转过身，飘然而去。我想来想去，终于明白，那是在我心中"活"了几十年，但并未真的在人世间存在过，我爹祁六斤生前创造的一个人物——在我没有记忆时就逝去的我的"母亲"。

我把这个梦讲给我妻子听了。她听了有点紧张，说："可能是神经衰弱吧？让我来搭搭脉。"说着就来拉我的手。我手一缩，笑道："紧张兮兮啥呀，半夜三更的，睡觉，睡觉。"

我知道，生我的母亲，真实的母亲佟九妹出现后，那个虚构的母亲就必须退场了。

天刚一亮，我就醒来了。若桐虽没催我去医院，却把我当成了病人，并安慰我说，年纪到了退二线，不是很正常吗？哪个单位不是这样呢？我听了哭笑不得。

在此之前，关于退二线，关于柔性援疆，我都对她说过了，但没有详细说。我本来的想法，事情的来龙去脉没有完全搞清楚，不想多说什么，说也说不清楚。但我又怕她生疑。女人一生疑，想象力就丰富起来了。女人想象力丰富了，就指不定会出什么幺蛾子了。没办法，我只得把有关尼勒克，有关亲生父母亲的来龙去脉说了一遍。她一听，松了一口气，心情一放松她就来劲了，说：那你还不赶快跟你妹妹联系？你去尼勒克，我也跟着去。我说：你先别添乱了，等我去了再说吧，你不是老师，又没有暑假。她听了就说：不是有柔性援疆吗？我好歹也是个副主任医师，怎么就不能去呢？出门上班时，她又说："我去问一下啊，今年我们卫生系统是怎么派人的，还来不来得及。"我说："行啊，你问吧。"上一次说起到新疆去，她兴趣并不大。我知道，老夫老妻了，都有一种躲清静的隐秘心理。但一听说我生在尼勒克，那里还有我的弟弟妹妹，似乎就不一样了。

正在我想着该在什么时间，以什么方式联系远妮，电话里该说些什么的时候，她突然来电话了。

"远强哥哥，我是远妮，你的妹妹。"远妮突然联系我了，口气也与往常大不一样。

"哥哥，我今天联系你，是因为妈妈，我的妈妈，也是你的妈妈，她去世了。"远妮带着哭腔说。"我才知道，我们原来是亲兄妹啊。"

"是因为妈妈去世才知道的吗？"我语气冷静。

"是的，是的。难道哥哥早就知道了？"

"我是三天前才知道的，也正想着联系你呢。"我随即问道："妈妈去世，是什么时候的事？"

远妮："就在一周前。"

"为什么不在妈妈活着时联系我？"

"哥哥，如果妈妈能活着时联系你，就不会一直瞒着我们了。哥哥，你想一想就明白了。"沉默了一会儿，远妮才说。

我默不作声。远妮在电话里喂喂了两声，又对我说："哥哥，你应该能想明白，要不是藏着一个大秘密，怎么会有母子、兄妹几十年不相见的事情？"

"那你告诉我，除了我的身世秘密，还有什么别的秘密吗？"我想，我找过霍美秀了，难道她欲言又止，就是因为不肯说出那个秘密？

远妮："这样吧，哥哥，有些事呢，我也是在妈妈去世后，整理妈妈遗物才发现的，太复杂了，一时也说不清。"

"哦。"

远妮："妈妈在长期的寂寞中，以读书为乐，偶有闲暇，也写些文字。她曾写过一篇自传性质的东西，等你以后看了，有些事就明白了。"

"妈妈还能写东西？"

远妮："何止是能写，妈妈读书很多，文字功底很好，还差一点当上作家了呢。"

"哦？"

远妮："改革开放后，妈妈曾写过几篇散文，发表在《尼勒克日报》副刊上。后来不知怎么的，有记者晓得了母亲的身世，就赶来采访。母亲千方百计躲开了，从此也就不再投稿了。"

"为什么要躲开？"

远妮："你看了妈妈的文字就晓得了。"

"你的意思是？"

远妮："你看了妈妈的文字，你就知道她为什么躲开了。你也会知道母亲的文字非常干净，不当作家可惜了。"

"哦，我明白了。"我想，我们兄妹都是语文老师，也都喜欢舞文弄墨，可能就是来自母亲的遗传吧。说了这么多母亲，我自然而然提起了父亲。"远妮，伯伯，哦，不，父亲他，还好吗？"

远妮："爸爸？难道连爸爸不在世这么多年，你都不知道吗？"

"哦？不在世了？"我一听，惊呆了。我本来想至少我还能见到亲生父亲的，谁知他也不在世了。如果父亲祁六斤瞒着我，那孃嬢祁榴花为什么不告诉我呢?

"爸爸去世,还是我高考那一年,今年我都要退休了,你说多少年了?"但说完了这句话,不知出于什么原因,远妮似乎不愿意再说下去了,便立即转移了话题,"哥哥,你能抽空来尼勒克吗?"

"好的,我正有这个意思。"

远妮:"哥哥,暑假我正好退休,你来了我就有时间陪你了。"

"那真是太好了,我争取尽快过来。"说到这里,我突然想起多年前远妮打给我的那个电话,便问:"远妮,还记得你打给我的第一个电话吗?"

她一听,突然轻声笑了,说:"怎么不记得,那是妈妈刚学会上网,在网上搜到了你的信息,逼着我打的。"

"哦,懂了懂了。"挂了电话,我坐在办公桌前,脑子里一团糨糊。

但我清醒地知道,眼下要去尼勒克,应该是走不了。这个暑假我就要退二线了,谁来接替我当校长,学校新班子怎么定,都需要我参与。在这个时间节点,我一走了之,别人会怎么想?夜里,我编了一条信息发给了远妮,把来龙去脉简单说了一下。

远妮回复:哥哥,既然暂时来不了,那也不要太急了。我抓紧时间,把妈妈写的材料输入电脑,尽快发给哥哥看。

我回复:期待,但也不要太辛苦了。

这几天我的心情,可以用"翻江倒海"四个字形容。

为什么父母亲几十年不见我?为什么母亲去世了才联系我?

大概一个多礼拜后,远妮那边发来一条信息:

远强哥见谅!妈妈的书稿发你邮箱了。这部书稿是我流着泪输入电脑的,因为文字模糊以及我眼睛模糊,输入时间较长,为了更好理解和留存，我又加了几处备注。读完了书稿，你的许多不解之谜，或许就都可以解开了。

我读完信息，忙打开邮箱，首先映入眼帘的是题目：《佟九妹自述》

作者：佟九妹；整理：祁远妮

原文如下：

我叫佟九妹，出生于延州安桥镇一个乡绅之家。在同辈中行九，故有此名。但我不是嫡出，母亲仅是父亲的女友。有人说，她是抗日女英雄，与父亲情投意合，但母亲未曾在我记忆中留下痕迹。我是母亲生的，母亲当然是见过我的，或许是我在襁褓中吧，我不知道我们母女共处了多久。父亲把我带回家后，便交给祖母抚养。其时不知母亲还在世否，没有人告诉过我。在佟家老宅，父亲的正房太太见了我，那脸色真叫一个难看。但我似乎并不在意，只要有祖母的疼爱，对我来说一切都够了。在祖母庇护下，我天不怕地不怕，在野生状态下野蛮生长。

我家有一幢小楼，砖木结构，前后两进，中有小院，院中有金桂一棵。据说是长毛造反的时候，曾祖携家带口逃难江北，安全返家后为纪念劫后余生而植。屈指算来，已100余年了，不知如今是否安好。土改后，小楼里住进了外人，但楼上两间屋，依然是我跟祖母住着。

我的父亲佟茂祥，自幼好学，以学问为志。成年后，以教书为业，年轻有为，颇受乡人及同行敬重。抗战烽烟起，无暇教书治学，乃掷笔从戎，投身救国洪流之中。抗战胜利，内战又起，国民党败退孤岛。父亲计大陆无处安身，乃挥泪别故乡。我既为其亲生女儿，在大家庭中又无立足之地，祖母也不愿暮年远徙他乡，父亲就把我留给了祖母。这也正是我所愿意的。

在我的记忆中，父亲是难得回一趟家的。祖母常牵着我的手去运河码头，说是带着我去看轮船。码头是石砌的，年深月久，岸上系缆绳的石柱被勒出了很深的印记。一块块条石台阶斑斑驳驳，从上往下一直延伸到水里。机帆船拖着用油布盖着的各种东西，吃水很深，在叭叭叭的马达声中昂然远去。更多的是木船，大木船上那些撑船的，拉纤的，什么季节都是满头大汗的样子。那些捕鱼捉虾的小船，则在大船激起的一层层波浪里随波漂荡。懂事后我才明白，父亲回家大都是坐船，祖母是盼着见到儿子，才常去运河码头的。

我记忆最深的，是父亲离开大陆时的情景。一个暮春的深夜，父亲潜回家中，此时国共和谈已破裂。其时我还没上小学，祖母把我从睡梦中叫醒。父亲本想阻止，但祖母说，这次见过了还不晓得何时能再见面，睡觉天天有得睡的。在睡眼蒙眬中，父亲把我搂在怀里，泪流不止。我不记得父亲上一回抱我是什么时候。父亲是个矜持的人，在我印象中，对女儿最亲昵的动作，也就是摸摸头、拍拍肩、揪揪耳朵而已。那天夜里，父亲紧紧抱住我，想说话却又似乎说不出，临别，也只是哽咽着说了一句：

"听亲娘的话，好好念书，要乖哦。"

在安桥，小孩以"亲娘"称呼祖母。说完，放下我，出了房门。父亲穿一件洗得发白的蓝布长衫，我和祖母送他到院子里，父亲就不允许我们出门了。他开了院门，警觉地朝外看了看，然后回头朝祖母和我挥挥手，就消失在夜色中了。他那一回头一挥手的样子，像是刻在了我脑子里，此生永远也忘不了。

我在祖母温暖的怀抱中，快乐健康地成长着。父亲常从海外汇钱来，安桥乡亲又不以家庭成分白眼相加，所以我的家庭虽然是不完整的，但我的童年，不缺吃穿，也几乎无人管束，比同年龄的孩子甚至还要幸福些。在同一条街上，斜对门有一户姓祁的人家，对我和祖母极好，稍大一些后，才晓得父亲曾救过祁家叔叔的命。叔叔是个老革命，当过新四军，后来转业地方。祁家三个小孩与我年纪相仿，两位双胞胎哥哥，以其出生时斤两名之，分别叫五斤、六斤，一位妹妹，叫榴花，因祁家院中有石榴树之故。五斤六斤比我大2岁，榴花比我小1岁。因读书晚，兄弟俩仅比我高一年级，榴花比我低一年级，后来六斤因留级，又与我同班。

回想起来，我的童年生活几乎都是和祁家兄妹一起度过的。印象最深的几幅画面，我记得特别清楚，至今难以忘怀——

一、夏夜纳凉

夏天，太阳落山了。安桥街上的人家聚集在自家门口，或用两张板凳搁一张门板，或搬一张小桌子，一家人或围门或围桌而坐。空中是飞虫的交响乐，大的是蠓虫、牛虻，小的是蚊子、蠓丝子。人们右手拿筷子吃饭，左手摇蒲扇驱蚊虫，不时在自己或孩子身上拍打几下，打扇的噼啪声此起彼伏，响成一片。晚饭过后，东街的小伙伴们就聚集在一起，或沿着街巷乱跑，玩捉迷藏、捉强盗的游戏，或者找会讲故事的人听故事。安桥东街最爱讲故事的是霍家叔叔，他是美秀的爹。在我们小孩子眼里，当时他年纪蛮大了，如今想起来他还只是不到四十的中年人。小孩子们来了，霍叔叔晓得都是来听故事的，就故意摆起架子，慢吞吞地说：

"哆人替我卷背皮，哆人替我敲敲背，我就给哆人讲故事。"

于是男孩子们一哄而上，卷背皮的，敲背的，把霍叔叔围个水泄不通，他乐呵呵的，便讲开了故事。《卜灵望》《白泰官》是延州的故事，《大闹天宫》《三打白骨精》是书上的故事。一个夏天不晓得要重复讲多少遍，但小孩子们还是乐此不疲，百听不厌。

听霍叔叔讲故事，我去美秀家。不听霍叔叔讲故事，我大都是在祁家。四个小孩在一起，打打闹闹，说说笑笑，好不热闹。祁叔叔如果在家，会让五斤六斤榴花跟我围着他坐在一起。他不会讲故事，也不会说笑话，但他会说自己的光辉革命史。说他在大军北撤后，是怎么样白天躲在地窖里，天黑了才出来干革命的。说他有一次如何被人出卖，又是如何趁着敌人不注意，顺着院墙上的一根水车轴子，翻过围墙跑出来的。祁叔叔的革命故事我们听得多了，学校写作文，特别是写清明祭扫烈士的作文，我们的作文材料是最丰富的。好些烈士都是祁叔叔的战友，烈士的故事我们早就听过不知多少遍了。

当然，我们也有安静的时候，一家人就坐在门板上看星星：大人看着满天繁星告诉我们，什么是银河，什么是北斗七星，什么是长庚星，哪里是牛郎星，哪里是织女星，牛郎织女只有七夕才能相会一次。在小孩子眼里，每一个星座都是美妙的神话故事。等银河变得更清楚了，星星更灿烂了，空气也变得更凉爽了，我们才回家睡觉。

人间沉入一片寂寥之中。

二、石桥下钓虾

过东街不远，有一条小河直通运河。河上有一座小石桥，桥面是三块长条石。条石架在密密钉牢的木桩上，木桩的下端没在河水里。大虾就喜欢在那木桩间觅食、产卵、嬉戏。

水清清的，可以看到河底的水藻，水中的游鱼。伏在小石桥上钓虾是我们常玩的游戏，也是我们最大的乐趣。只要用一根小竹枝系上一根棉线，在棉线上系一个用铁丝弯成的小钩，在钩上串上小蚯蚓，钓虾的工具就做好了。五斤、六斤匍匐在石板上，我和榴花有时站着看，有时也伏在石桥上，在木桩之间寻找大虾。来了，来了，眼尖的轻喊一声，只见桥下的木桩之间，几根触须不停地晃动，随后两只大钳出现了。呵，好大的家伙！于是，我们把钓钩送到它的钳边。它的感觉灵敏极了，立即伸出两个钳子，捧着蚯蚓连钩送进嘴里。不急，再等一会儿，当它嘬着猎物准备退回洞府时，拉钩吧，一只大河虾就会乖乖的浮出水面。当它发觉上当拼命挣扎发出啪啪的弹跳声时，它已经成了我们的囊中之物了。我们把它从钩上脱下来，养到盛水的木桶中，开始重新寻找目标。大人睡午觉的工夫，我们可以钓到十几只大虾呢。

石板桥下，小河水中，演绎着儿时的无限童趣。

三、荷塘学游泳

东街再向东，出街半里地，有一个椭圆形的池塘。我们不知其名，便叫它荷花塘，因为池塘里长了半塘荷花。春天荷叶露出尖尖的小角，深秋满塘的败荷枯叶。荷花开放时节，只要走近荷塘，就会闻到一股沁人心肺的清香，幽幽的，淡淡的，还有一股凉丝丝的感觉。

夏天，池里的水清清的，看得清水底的小鱼小虾。碧绿的荷叶遮在水面上，有的紧贴水上，有的浮出水面，有的挺立如盖，澄澈的水面上一片碧绿。荷花开了，有的跳出水面，亭亭玉立。有举着花苞的，有含苞待放的，有鲜花盛开的。粉红的花朵点缀在绿叶之间，送来清雅的芬芳，给人以如临仙境的感受，让人流连忘返。

那时的乡村，孩子们游泳都是自学成才。会游泳的当"教练"，先把不会游泳的搋到齐胸的水深处，用手托住下巴，使其双脚离地浮到水面，脸朝着浅滩，手脚并用，拼命地敲水划水。当"学生"双脚扑通双手乱划时，教练突然松开手。学生下巴一下子没到水里，正在害怕时，几个扑通几下乱划，嗯，怎么双脚触到沟滩了？抬起头，一脸惊恐；看看前面，已是岸边，不禁一阵惊喜：

"哦，我会游泳了！"

惊喜让他忘掉了刚才松开下巴时喝的水。第二次，他会小心地自己走到齐胸的水里，双脚一跃，向岸边划去。反复练习刚才的动作，就能体会到游泳的乐趣了。

我们东街的孩子都是在荷花塘里学会游泳的。那时的女孩子一般是不学游泳的，但我看着有趣，想学，便悄悄告诉了五斤、六斤。五斤、六斤已经学会了，便十分勇敢地答应了。榴花怕，不想学。五斤告诉她：不学可以，但必须去看，且不许告诉大人。我们是推着洗澡盆去的，既是为了迷惑人，也是为了保险。中午，大人们睡午觉了，五斤、六斤抬着洗澡盆，我们悄悄去了荷花塘。五斤、六斤扶着洗澡盆两边，我双手抓住澡盆后沿，双脚并用，拼命敲打水面，水花飞溅，随着木盆前行，我向着塘中央"游"去。起初，我们说说笑笑，五斤、六斤不时地看我一眼。不知怎么一来，六斤手一滑，木盆倾斜过来，我"啊"的一声滑到了水里，双眼一黑，就什么也看不见了。嘴里咕咚咕咚就进了几口水。突然之间，一只手摸到了我，一把抓住了我的头发，我浮出水面了。我跟着"游"到岸边，抠吐出了几口水，睁开眼来，见是五斤惊恐地看着我，满脸通红。我们双眼对视了，就那么几秒钟。随即就是五斤的骂声，是骂六斤的。六斤不敢吭声，灰溜溜地上了岸，榴花跑过来，把我拉上了岸。她也是一脸惊恐，一只手拉我，一只手轻轻拍着胸口，说：吓死了，吓死了。那是一次惊心动魄的游泳。

小时候，跟榴花玩得多些，及至小学五六年级，与哥俩接触渐多，皆因读书之故。或者也可以说，与五斤接触渐多，因六斤不喜读书。我家阁楼上有三个大书箱，内装父亲藏书，尤以古书为多。在我寂寞的少年生活中，书籍成了我最亲密的朋友。渐渐的，与榴花玩女孩子的游戏，丢布袋、抓雀子、踢毽子什么的，已远不能满足我。一个偶然的机会，五斤发现了我家的藏书，惊喜万分。我由此发现，五斤原来是个读书种子，我也十分开心。屈指算来，那年我13岁，五斤15岁。当其他孩子玩耍或干活时，我们常躲在屋子里读书。五斤喜读《水浒传》《三国演义》，我则偏爱《红楼梦》《西厢记》，也因此，在那个年代，较之同年龄的女孩，或许我要早熟一些。

我与五斤以书结缘，相伴一生，也算是一部传奇了。但当发现六斤也喜欢我时，我心慌了。那是一节语文课，六斤人高，坐在最后一排。我坐在倒数第二排，在他的侧面。突然，冯老师指着六斤道：

"祁六斤，你眼睛看哪里？"

六斤辩解说：

"你说我看哪里了？我看你啊。"

冯老师，我们背后叫他冯麻子。也许因为是街坊，所以六斤说话语气就放肆了些。大家一听，哄堂大笑，冯老师那张白麻子星星点点的脸一下子涨得通红。把粉板擦往桌上一摔，冯老师发作了，也失态了。他指着六斤骂道：

"你看哪里了，还用我说吗？不是一回两回了，你眼睛老盯着佟九妹看，谁不晓得？"

听冯老师突然提到我，我惊呆了，脸上火辣辣的，恨不能有个地洞可以钻进去。六斤一气之下，"哼"了一声，拎起书包就走了。冯老师还不罢休，对着全班同学气呼呼地说：

"我都怀疑这小子留级的动机了。"说完，也"哼"了一声。

我一直低着头，心里想，这冯麻子真不是个东西，好好的你提我干什么。全班同学不知有多少双眼睛看着我呢，我总不能也拎起书包走吧，那算是什么呢？

第二天，六斤没来学校，我课间悄悄去问了五斤，五斤说：

"不对啊，早晨明明一起出门的，他还拎着书包呢。"

放了学，五斤到家，六斤也已到家。还没等五斤开口，六斤自己就说了，说不想上学了。祁家叔叔婶婶或许没当回事，或许是劝过或者打过，但我不晓得。六斤从此失学。如今想来，六斤本已厌学，那堂课只是诱因，甚至是他不想读书的借口而已。但我和六斤的关系，却从此进入了尴尬期。

我出门上学，或放学回家，或上街闲逛，有一双眼睛，或者在墙角，或者在树下，总在盯着我。我知道，那是六斤。我想跟五斤说，又怕五斤也尴尬。我为难了。夜里睡不好觉，人就没精神，也消瘦了。后来想起来，祖母其实早就看出来了。

一天夜里，祖母突然对我说：

"九妹啊，五斤、六斤，对你来说，都是街坊，都是同学，都是朋友。你就当什么都不知道，啊，懂了吗？"

我懵懵懂懂地点点头，就上床睡觉去了。我跟五斤的关系，依然是一起看书，一起说话。跟六斤呢，自祖母劝导之后，我不仅不避他，反而主动找他玩。说说笑笑，就当什么事也没有，也不问上学的事。好在不久，祁叔叔就安排六斤当了临时工，在粮管所扛大包。六斤是个大块头，流汗出力气的事，他倒也适应。五斤来了就是看书，跟我跟祖母说话。六斤也还是常来我家，来了就帮着做这做那，凡是家里的力气活，六斤都做。但我也明显感觉到，自从六斤失学，五斤与我日渐走近，兄弟俩的关系也微妙起来。有一回，六斤走到我家院门口，正要推门进来，恰好五斤要开门出去，随口问：

"六斤，你来啦？"

六斤的脸色马上就僵住了，说话便很"冲"：

"嗲意思？"

五斤意识到了什么，忙说：

"没嗲，没嗲意思。"

六斤一个转身，走了。我在楼上看见了，也不便再说什么。从此，六斤好像来得少了，但还是来走动的。祖母常做些好吃的，让我叫兄弟俩过来。印象最深的是过了几天，祖母做了一锅"满锅饼"叫他们来吃。满锅饼是一种特别费油的延州小吃，用面粉包了肉沫制成，小孩巴掌大一小块，须在油锅里烘过才行。那是个油料特别紧张的年代，谁家没事做这个小吃，那是非常奢侈的事情了。我家虽然条件好些，但这种东西也不是可以随意吃的。可能是祖母有意为之，为的是让兄弟俩在一起开开心心地化解尴尬。祖母，她可是个人精呢。

兄弟俩是提前过来的，听说是祁家婶婶交代的，不能吃现成的，要去给祖母做帮手。在祖母指挥下，六斤先帮祖母和面，然后又帮着烧火，是个壮劳力。五斤和我制胚、包馅，要轻松些。我和五斤一边做饼胚子，一边说说笑笑，好不开心，却没有顾忌六斤的感受。

满锅饼是吃了，兄弟俩吃得满嘴是油。但后果也是显而易见的，就是我跟五斤、六斤的关系，再也不复以前的单纯了。我跟五斤可以交流的东西多了，我看五斤、六斤的眼神，已然不一样了。这是事后祖母跟我说的。

男女之间的走近，是不需要具体事件的。需要的只是心灵相通，一个眼神，一个微笑，一个小动作，就尽在不言中了。但我和五斤的进一步走近，是我初中毕业之后。

（远妮注：哦，爸爸妈妈原来是这么的青梅竹马、两小无猜，怪不得后来能以那么一种特殊的方式，彼此相守，不离不弃。）

好像是高中招生需要内部政审了，我只是隐约知道一点，至今不完全了解真相。以我的家庭成分和我父亲的身份，当然是过不了政审关了。或者，也许是我偏科严重？我的成绩，有些学科譬如语文、历史等，是全班第一。但不喜欢数学物理等科目，成绩自然也就好不了了。那时候能不能上高中，学生只知是否录取的结果，并不知道分数及其他信息。上不了高中这件事，对我是生平第一次重大打击，把我一下子打蒙了。我忍不住哭了，哭了好几天不出门。我怎么出门呢，眼睛是红肿的，脸色是苍白的，情绪低落到了极点，书也看不进去了，祖母的话也听不进去了。老实说，幸亏有五斤陪着我。虽说放暑假了，但他们家是农业户口，是要下田挣工分的。我知道，肯定是他爸妈让他来，或者至少是同意他来的。

五斤是个聪明人，也是个细心的人。起初两天，他什么都不说，就是默默地陪着我。他能说什么呢，说了又有什么用呢，说不定还招我反感呢。到了第三天，我的情绪慢慢稳定下来了，五斤开始说话了。他也不说大道理，他说：

"九妹，看见你上不了高中，我也不想上了。"

我一愣，看着他问：

"你什么意思？为什么不上？"

他低着头，看着自己的脚尖，轻声说：

"我读书，你也读书，反过来，你读书，我也读书。既然你不读书了，我还读什么书？"

五斤的话有点绕口，但我听懂了。我脑子里嗡的一下，突然有了一种感觉。这种感觉是我第一回有，莫名其妙却又十分美好。我突然脸色通红，也低下了头。我心里本来想说：

"我不读书跟你有什么关系，你怎么能不读书？"

但话到嘴边我却什么也没说，好像默认了似的。我后来想，也许就是我这几秒钟的沉默，把我们俩真的连在了一起，也决定了我们的命运。

（远妮注：唉，爱就在一刹那间！）

因为我是居民户口，不上高中了，就只好在家等待分配工作。不知什么原因，一直也没有什么准确消息。我在家里帮着祖母做做家务，也到供销社站过柜台，算是实习的临时工。闲下来了就拼命看那些旧书，五斤一空下来就过来，既是陪我，也是看看书，说说闲话。在近一年的待业状态中，我从一个中学生变成了一个社会青年，与五斤的关系似乎也发生了微妙的变化。虽然我年纪比他小，但因为是女生，发育还比他早些，身体好像比他成熟了，男男女女七七八八的事想得也比他多了。他似乎越来越依恋我，更加离不开我了。所以我们之间的关系，就由以前的以他为主，逐步转变为以我为主了。我有空闲想问题了，想得多了，主见也多了。如果哪天我心情不好，对他爱理不理的，他就会很紧张，情绪也会低落下来。我发现了，就会有一点小得意，常常以此为武器捉弄捉弄他。我长时间闷在家里，情绪常不稳定，忽冷忽热的。后来想起来，五斤可是受了不少冤枉气。

好像是前一年敞开肚皮吃饱饭，把粮食吃透支了。这一年，国家进入了困难期，无论是高中还是高校，招生比例已大大降低了。后来，甚至一些学校都解散了。也就是这一年上半年，好像是从3月份开始的，报纸上，喇叭里，到处都在宣传国家的号召：

"到边疆去，到祖国最需要的地方去！"

"支援边疆，全家光荣！"

上头的精神马上传达到了公社，传达到了大队，说是要选派身体好、成分好、表现好的有志青年去新疆等地方，支援边疆的社会主义建设。过了一段时间我才偶尔得知，上一年中央就下达文件了，要求江苏5年内选派60万青壮年去新疆支边。

有一只喇叭就在东街上，在我家窗外不远。在百无聊赖中，天天听着"社员都是向阳花"的歌，听着"到边疆去"的号召，再想想待在家里的苦闷，不禁心动起来。我跟五斤商量，既然上不了高中，招工也渺茫，不如就去新疆吧。所以说，当年我们选择援疆，是以我为主的，也是有逆反情绪的。五斤也赞成，说要是我去新疆，他也去。但我担心自己的家庭成分，也担心五斤真的跟我去了，岂不耽误了他上学？暑假之后他就要上高三了。五斤看出来了，说：

"先不管别的，你去报名试试看，人家会不会要你。"

我也没跟祖母说，心想，人家要不要还不晓得呢，那就先偷偷去报个名吧。我趁祖母不注意，偷了家里的户口本就去报名了。那天也真是巧了，本来按我这种情况，大队干部是不敢拍板要还是不要的。正好新疆过来招人的负责人在公社干部陪同下，到我们大队检查了解情况。听说我要报名去新疆，而且是初中毕业生，就特别感兴趣。那人便是俞忠德。旁边的大队干部拉拉他的衣角，朝他眨眨眼，悄悄拉他往一边走。我知道，肯定是在说我家成分不好了。谁知老俞听了，不仅不避我，反而故意大声说：

"新疆最缺有文化的人，这样的初中生，有几个我要几个。"

说着就朝我看，我一下子红了脸，不知是兴奋，还是害羞。我回家后，就把报名情况告诉了五斤，说我报名成功了，真的要去新疆了。五斤听说新疆最缺有文化的人，就说："那我也去报名。"我没说好，也没说不好，但心里在打鼓。五斤真要去报名吗？对我来说，那当然是再好不过了。但如果五斤为了我放弃读高中，是不是太可惜了？叔叔婶婶会不会同意呢？是不是要怪我把五斤勾引走了？

当天夜里，我就把去新疆的事告诉祖母了。真要走那么远，祖母能不告诉吗？祖母听了，长叹一声说：

"丫头，我晓得你受委屈了。可你晓得新疆有多远吗？"

我说："我学过地理，晓得的，火车要乘好几天的，蛮远的。"

祖母说："丫头，你说得好轻巧，蛮远的。我告诉你，新疆远在天边啊，你去了就不容易回来啦！"祖母这声"啦"，我一直记得，拖声特别长。

我那时候好年轻，好单纯啊！这么大的人生决定，几分钟或者说几秒钟，心血来潮就决定了。

祖母叹了那口气，就没有再说什么。临睡前，祖母又长叹了一声说："丫头，你再想想吧，现在后悔还来得及。"

几十年来我最佩服，回想起来也最心痛的是：祖母始终没有说一句关于她自己的话。她那么老了，我们相依为命。我一走，就只剩下她一个老人了，是多么孤单多么冷清。但祖母什么都没说，只让我再想想。我当时是铁了心要离开安桥，离开延州了。虽然也偶尔会想到我走了之后，祖母的孤单冷清。但以我的生活阅历，并没有往心里去。只是粗粗地想，祖母还硬朗着呢。即使有什么困难，祁家叔叔婶婶会照顾的，街坊邻居也不会看着不管的。

我真的要走了，祖母也没什么办法了。后来我才晓得，她虽然舍不得我，但她希望我好，希望我不受委屈。同时，在那样一种政治色彩浓烈的社会氛围里，她也怕担上落后的名声。

各种会议开过了，各种手续办齐了，第二天我就要走了。祖母当夜到很晚才睡，一边帮我整理行李，一边喃喃自语说：

"你爹当年出门，连命都可能不保，我也忍下了。如今你出远门，我有什么忍不下的？"

又说："新疆冷，你多带点棉的去，不会吃亏的，自己用不了，也好帮帮人家。"

她连父亲留下来的棉衣都给我带上了，后来给了五斤，穿了好些年呢。

那一夜我是和祖母睡的。我们一直在说话，说以前，说以后，有时笑，有时哭，到很晚我才睡着。第二天一早，我还没有醒，祖母就起来了，她坐在床沿上看着我，直到我睁开眼睛。见我醒了，她摸出一只金戒指塞在我手里，说：

"丫头，我想了一夜，你去那么远，恐怕是再也见不到我了。这个戒指是我娘给我的，就算是传给你了。"

接着又摸出一支钢笔，对我说："这一支派克钢笔是你爹爹用过的，你也带着，留个念想吧。"

祖母说着说着就哭了，是那种放声大哭，压也压不住。我也哭了，当时我是躺着的，眼泪顺着脸颊淌下来，把枕巾都打湿了。祖母俯下身抱住我，人生第一次，我有了生离死别的感觉。我心里冒出了一丝悔意，我想，我是不是太自私了，是不是太对不起祖母了。但一想到五斤，想到五斤也要跟我一起去新疆，我就浑身来了精神，那一丝悔意就飘到九霄云外去了。

五斤不是按正规报名程序去新疆的。五斤是俞忠德特批的，因为在安桥所有报名者里，祁五斤是唯一的高中生，虽然没有毕业，那也算是知识分子了。按照上级规定，在校学生是不能去支边的，但五斤告诉老俞说，他已经不上学了，身份算是高中肄业生。俞忠德开玩笑说："五斤，斤两还是太轻了，配不上你这个高中肄业生。"后来，五斤就把大名改为祁五津，出自王勃诗句"烽烟望五津"，五斤就成小名了。五斤是为我去新疆的，所以我感恩他一辈子。祁家叔叔是老革命，听说儿子响应国家号召去支边，表示坚决支持。

也许是迫于政治气氛，内心想法不得而知，但至少表面上是同意的。婶婶就不一样了，哭了好几天，硬说是我鼓动她儿子去的，所以一辈子恨我。当时，我也管不了那么多了。

欢送大会是在县政府会堂开的，副县长到会讲话，他说：

"支边青年们，你们是毛泽东时代的好青年！你们响应党中央号召，支援边疆，建设边疆，一人支边，全家光荣！希望你们不要忘记祖国的召唤，不要忘记亲人的嘱托，到了新疆好好干，为家乡争光！"

大家听了，热血沸腾。副县长姓徐，是祁叔叔的老战友，听说五斤自愿去新疆支边，还专门在大会上表扬了五斤，说得五斤当场就脸红了。我看了他一眼，他也看了我一眼，心里热乎乎的。我们心照不宣，觉得去新疆支边，这条路是走对了。

徐县长又说："过一段时间，我会去新疆看望大家。"

我们去新疆的一路，一言难尽。先是坐闷罐子车，大概有一个礼拜的样子。再是坐敞篷大卡车，摇摇晃晃又有十来天。回忆起来，一路上吃的，除了馍就是灰尘了。当然，一路上还是有好风景，给我留下了深刻印象。过了乌鲁木齐，一路崎岖。但就在这崎岖的道路上，风景如画。甚至可以说，比画还要美，或者说，我没见过比这更美的画。

记得离尼勒克不远了，有一天，汽车进入了一条古道。这是俞忠德告诉我们的。自从关于新疆多么多么好的神话打破后，老俞就没那么吃香了，也有点内疚，甚至有点讨好大家的意思了。所以一看见这么美的风景，他就兴奋了。说："这是一条古道，非常漂亮，也非常神秘。"大家一听说神秘，也来了兴致了。

老俞说："这条古道可以进入乌兰萨德克河谷，再往前就是著名的孟克特古道了。孟克特古道再过去，就是唐布拉大草原了。"我们也不晓得什么，孟克特，唐布拉，这些名字都是第一回听说。但一眼看去，我们还是懂的，老俞没有骗我们。我们也为深山之中，有这么一处绝美之地感到兴奋。老俞说：当年乌孙人西迁，就是由此通道进入伊犁河谷的。乌孙，我们也是第一回听说。

汽车在这样的山路上走，也会走累的。车子累了，人也累了，我们就下车。我，五斤，还有美秀，金凤，老胡，在山间小溪边戏水，在草坡上漫步。在这条孟克特古道上，我印象最深的，是一个湖。老俞说是"天湖"。我想，之所以叫天湖，是因为海拔高的缘故吧。天湖确实是美，湖水清澈无比，碧蓝的湖面被高山雪峰环绕。也不晓得什么原因，湖面上到处是枯死的树干。翠绿色的湖水，挺立的枯木，让人看了，有一种震撼，也有一种伤感。

过了孟克特古道，再走不远，目的地尼勒克就到了。不得不说，孟克特的风景是美的，尼勒克的条件也确实是差的。我们都被安排在焦煤厂工作，那里的条件就更不能说了，根本就没有条件可言。为什么？因为焦煤厂才只有一个名字，要等着我们建起来呢。

徐县长说话算话，到年底，他真的来新疆看我们了。尼勒克那一年的冬天特别冷，那时节正是我们生活最艰苦，思想最不稳定的时候。为什么？因为条件差超出了想象，也因为马上要过年了，大家更加想家了。

徐县长还带来了慰问团。慰问团带去了家乡戏，是《梁祝》《珍珠塔》选段，还有《双推磨》，好多人听了那熟悉的旋律，忍不住哭了。哭，是想家，也是诉苦。当时条件太苦了，住在地窝子里，睡的是大通铺,吃的东西又不习惯。看见老家来的领导,我们像见到了亲人,女孩子们围住徐县长就哭开了,说：

"徐县长,你带我们回去吧,我们还小呢,我们想家啊,这里实在太苦了。"

柳桂英那时个子小,看上去像是还没有发育呢。她拉着徐县长的手说：

"我挑不动担子,我实在挑不动啊！"

说着就哭,旁边的人就跟着哭。徐县长心软,他摸摸桂英的头说：

"你这么小就来支边了啊……"

话没说完,眼泪就扑落落滚下来。大家见徐县长哭了,男生女生都哭开了,满场哭声一片。

徐县长是个大好人,是我们的大恩人。他在慰问演出结束后,连夜去了尼勒克县城,接着又去了伊犁州。他找州、县两级领导,向他们反映延州支边青年的情况,要求给部分年纪小的重新安排工作。

我和五斤就是这次被重新安置的。五斤被安置在邮电局,我被安置在百货公司。我们安桥一起来尼勒克的,霍美秀因为男朋友蒋才兴,没有离开焦煤厂。裁缝夫妻俩手艺在身,也没有走。

在我们江南来的人眼里,尼勒克县城很小,地方小,人也少。城北是山,城南是山,喀什河谷水草丰茂,河水清澈透亮,沿着山脚蜿蜒流淌。没有山的地方,也是树木参天,满眼青翠。只要不是大雪封山的冬季,尼勒克的太阳落山是很晚很晚的,在老家也许已入梦乡,可这里却还是晚霞满天,远山、高树、绿草、河水,在夕阳余晖中美不胜收。下了班吃过晚饭,我和五斤沿着喀什河,不知要走多远才算尽兴，我们有说不完的话。等我们回到宿舍，常常已是子夜时分，但在这里不算什么。一觉睡过来，新的一天来了，浑身舒坦，充满活力。遇到礼拜天，我们会出城去，有时是两个人，有时是一群年轻人。随便循着一条路走出去，顺着一条山沟往前走，在我们看来都是一个美丽而险峻的峡谷。

有一回，我们带上几块馕几瓶水，走啊走，走出去了很远很远。那是一个荒野的峡谷，一条溪流从山的高处往下流，溪流边到处是鹅卵石，色彩鲜艳，形状各异。白杨、云杉、榆树，在不知名的灌木的簇拥下，自由自在地生长着，不知经历了多少年的风风雨雨，依然活力四射。在高高的山坡上，我们还发现了一群野山羊，当地人叫北山羊，北山羊如山崖的精灵，在岩石间灵活自如地觅食嬉戏。走累了，我们就在沟边的山石上坐一会儿；饿了，我们可以在树上采到野果子充饥；路边有一种树叶甚至也可以吃，酸酸甜甜的，可以解渴。新疆是个好地方，真不是一句瞎话。

我到尼勒克半年后，特别是到了县城后，照照镜子感觉自己长开了，脸色好了，脸颊也饱满了。有时睡在被窝里摸摸自己，也觉得长胖了不少，但又不是真的胖。如果文雅一点说，那就是丰腴了。我从一个女学生，终于长成一个女人的模样了，五斤看我的眼神也好像更坏了。

但我们在县城的日子是美好而短暂的。正如老话说的，祸福是相对的，是会互相转移的。我的悲剧命运，就从百货公司开始的。

本来，一切都是那么美好。五斤出身好，文化高，一去邮电局，就得到了领导的赏识，不久就入了党，成了培养对象。我们因为离得不远，上下班有规律，下了班，我们逛街，沿着喀什河散步。那

段时光，在我们一生中都是最美好的。

百货公司是一个人来人往的地方，或许是我的美貌害了我吧。那时的我，正是一生中最好的年纪，加上心情好，所以脸色好，皮肤红润有光。

在百货公司，我被一个人，一个恶人给盯上了。我不想提这个人的名字。我恨这个人一辈子，如果有下辈子，我依然不会宽恕他。因为他，我开始倒霉了。虽然不想提起他，但我的命运却绕不开这个人。在这个大千世界，坏人、恶人，只是极少数，但偏偏让我遇上了。从他认识我后，就开始疯狂追求我了。他父亲是县里的一个头头。自从他盯上了我，就老是来百货公司。有时候是来和熟人聊天，有时候是买东西，有时候实在找不到借口，就索性明目张胆地来找我了。还假惺惺地说：小佟你小小年纪就离开家乡，不远万里来新疆，孤孤单单，怪可怜的。还说：在这里人生地不熟的，有什么困难可以找他。有同事告诉我，这个人是猎艳高手，被他盯上就麻烦了。我心想，我不跟他啰嗦就是了。再说还有祁五斤呢，我怕什么。我与他第一次面对面，是在公司经理办公室，就我们俩。他先假装说了些关心的话，一堆废话说完后，他开始盯着我看。说了些肉麻的奉承话后，嘴里就开始不三不四起来。等他刚说出点男女问题的话影子，我就直截了当告诉他，我有男朋友了。他笑了笑，似乎早有准备，或者说，他已经打听了我的情况。他摆摆手，笑着说：

"知道，我知道。"

我听了心想，看来问题不严重。但他接着说：

"有男朋友没关系，你们又没结婚。只要你没结婚，我就有追求的权利，对不对？"

我说："既然这样，那我马上就结婚。"

他听了，放肆地笑了，说："结婚需要组织批准，也不是你想结就结的。"

他这句话把我吓住了。我当时想，他父亲是县里的头头，要是真的串通了公司领导，不批准我们结婚，那不是麻烦了吗？

我想了想，不能就这么服输。我说：

"我和我男朋友结婚，合理合法，有什么理由不批准？"

嘿嘿嘿，他又笑了，笑得很阴险，他说："你和你男朋友虽然从小一起长大，但他是革命家庭出身，你是反革命家庭出身，就凭这一点，你就有拉拢腐蚀革命青年嫌疑，你知道吗？"

这个人不仅坏，而且有心机，对我和五斤的情况，他居然做调查了。这个十恶不赦的家伙！

"那你呢，你就不怕我反革命家庭出身？"我反问道。这恶人听了，以为我有松动，满面堆笑说：

"我不怕，我不怕，我自有办法，你跟了我，一切都好说。"

我说："你误会了，除了我男朋友，我是不会跟任何人的。"

他嘿嘿嘿冷笑了几声，压低声音说：

"你这么漂亮，我就看上你了。不要说你没结婚，就是结婚了，我照样要追求你。不信你试试看。"

我第一次遇到这么无耻的人。我无话可说，拉开房门就走了。从此，噩梦就像影子似的，甩也甩不掉了。

这天下了班，我跟五斤说了，说我们结婚吧，明天就打申请，不管批不批，我们结了婚再说。五斤说：让我会会他，到底是什么样一个人。我说：你会他干什么，要学普希金跟人家决斗啊？话一出口，我忙掩住嘴。普希金不是因为决斗被打死了吗？这话多不吉利啊，从此我更不愿意让五斤见这个人了。

结婚申请打上去后，五斤那边马上就批下来了。我这边却迟迟不见答复，我知道肯定是那个恶人作梗了。我问公司领导，领导支支吾吾，只说要研究一下，快了快了。

我没有等来结婚申请书的批复，等来的却是退回焦煤厂的通知。我一气之下，背起行李就回了焦煤厂。我不想求任何人，更不想给恶人服软。我就不信，我走了，你还能怎么样我。我回到焦煤厂之后不久，五斤也回来了，他是主动要求回来的。

我和五斤回焦煤厂后，厂里马上就批准我们结婚了。那时候结婚很简单，也没什么婚礼，就是请几个延州老乡吃个饭，肉是买的，鱼是蒋才兴到喀什河捉的。霍美秀和蒋才兴那时已结婚了，美秀的肚子已经挺起来了。喝喜酒是开心事，裁缝老胡那天喝醉了，当场就滑到桌子底下去了。五斤把他抱起来，他嘴里哼哼唧唧的，说他想家了。裁缝夫妻俩都是裁缝，也是安桥的，我们处得好，像一家人似的。参加我们婚礼的厂领导就一个人，就是副厂长俞忠德，他是从延州领我们来尼勒克的。从某种意义上说，老俞也是我们的媒人。如果没有他拍板，我们俩来不了新疆。

第二年秋天，我跟五斤的孩子出生了，是个男孩，取名远强，是援疆的谐音。

远强是个苦命的孩子。在他出生不久，他叔叔祁六斤就受伤了，成了一个不完整的男人。爸爸心痛不已，为了给六斤以安慰，他亲自来尼勒克，硬生生从我们怀里夺走了远强。我们当然不肯，但五斤不便说，只能我来说了。我说：孩子是我们的，谁也没有权力带走他。爸爸听了这句话，就哭了，哭着哭着，他突然扑通一声跪下了。我们忙拉他起来，但就是拉不动。他哭着说：

"六斤苦啊，你们可怜可怜他吧，六斤精神已经出问题了。远强给了他，他就有盼头了，要不然，他真会发痴的。"

五斤也哭了，他看着我，眼里似乎有了点松动。我想，完了完了。爸爸又说：

"老一辈是有这规矩的，兄弟无后，过继孩子是天经地义的，要不是事情急，我也不会这么绝情。再说了，你们健康、年轻，还可以再生，可六斤呢，永远也……"话没说完，又哭开了。不要说我，就是五斤，长这么大也没见爸爸流过眼泪。这时，五斤又看了我一眼，这次的眼光，好像是在求我了。爸爸又说了：

"孩子还是你们的孩子，还是我们祁家人，等六斤情况好转了，过几年你们再领回来也不要紧的。"

听了这句话，五斤就彻底投降了，对他说："爹爹你快起来吧，我跟九妹商量商量。"

就这样，远强就被他爷爷带回延州了。我们毕竟年轻单纯，当时想，再生一个吧，等生了第二个，心里说不定就好些了。

在这件事前一年，还有一个灾难性事件，发生在了我的小姊妹霍美秀身上。她的丈夫蒋才兴，在喀什河里淹死了。孩子还不满周岁，美秀就成了寡妇。美秀这样了，我们当然要管。那个时期，我们两家差不多就合并了，除了不住在一起，其他就都在一起了。五斤成了美秀家的壮劳力，我成了美秀家的保姆，照顾她，安慰她，陪她哭，陪她说话。好在日子一天天过去，美秀也慢慢走出来了。但问题也来了，五斤好像成了我和美秀共同的男人，流言自然而然就来了。当时我正怀着远强，肚子一天天大起来，夫妻之间那点事，也省下了。五斤还是照旧，天天往美秀家跑。裁缝老婆刘金凤是知心人，她跟我说：

"九妹啊，我晓得你良心好，美秀也可怜，可你也不能太放手了呀。"

如果是别人说什么，我会一笑了之，或者反驳一句。但金凤说了，我就真的害怕了。我暗中观察，看不出他们有什么，依然是说说笑笑，依然是该做什么做什么。但有一回我坐在窗前，捧着大肚子发呆。美秀和五斤走过来，五斤抱着小孩，美秀跟在后头。他们并没有避我的意思，但我看见了，突然觉得他们也蛮般配的。我想，五斤不是那种人，美秀我也信任，但悠悠众口如何能堵得住？当天夜里，我就对五斤说：本来寡妇门前就是非多，美秀结婚前，追她的人不少，如今她成了单身，我们两家走得这么近，厂里议论可多了，好心的说是我们照顾她，不安好心的就不这么看了。五斤一听就火了，说：我脚正不怕鞋子歪，谁愿意嚼舌头，让他嚼去好了。

新疆就是这点好，比起内地来，环境可能要宽松一些，厂里并没有因为我的家庭出身就对五斤另眼相看。五斤是党员，是厂里的青年骨干，组织上正在培养他。

我信任五斤，也信任美秀。我觉得我们照顾美秀，就像照顾自己的姊妹一样，是理所当然的。但组织上也是顾忌群众议论的，果然，厂领导出面了。找五斤谈话的，是党支部书记。书记是个老实人，良心好，人缘也好，他对五斤说：

"祁五津同志，我是相信你的，组织上也是相信你的。但是，议论太多了，三人成虎，还真是不好办。自古以来，男女之事是最说不清的……"

书记话没说完，五斤就急了，拍着胸脯说：

"我和九妹只是看美秀可怜，我跟美秀如果有什么，九妹能放过我？"

书记摆摆手说：

"我不是说了吗？组织上是信任你的，但是我问你，男女之事你能自证清白吗？如果你真的说了，只会越描越黑。"

五斤是聪明人，他知道书记为什么找他，因为听说厂里正在考察他，准备提拔他。他点点头，表示自己懂了，一定会注意，不再给人口实。

书记找五斤谈话的事，不知什么原因，居然好多人都晓得了，连美秀也听说了。我也没有想到，美秀是那么刚烈的一个丫头，这一段时间，她不来我家，五斤也不去她家。

大概过了个把月吧，美秀突然来了，告诉我说，她要回延州老家了。我听了大吃一惊，说是真的吗？她点点头说，我不能害了你们，不能影响五斤的前途。我说，这是从何说起啊。她咬着嘴唇不说话。过了一会儿，我又问她，来了新疆了，户口也迁过来了，怎么回去？她苦笑了笑，对我说，女人么，在老家找个男人嫁了，不就可以回去了？说着，眼睛就红了。

对于美秀回安桥的事，当时我心里是赞成的。女人嘛，对于她和五斤的关系，心里总归是有点不放心的。但后来，当我出了事，我就后悔了。心想，要是美秀不走，我一定会促成她和五斤的。说不定就真的成了，毕竟他们是有感情基础的。唉，不提了，不提了。

美秀是过了年回老家的，她嫁给了铜匠老佟。老佟年纪跟我们差不多，没念什么书就在铜匠铺学徒了。因为从小抬头纹就深，长得又黑，就得了这么个绰号了。铜匠老佟除了长得老气，还是个闷葫芦，一天说不了几句话。美秀嫁给他，是有些委屈了。但她一个寡妇，又带着个"拖油瓶"儿子，还能怎么样呢？

远强回延州后，我们心里别扭难受了一阵子。我和五斤的生活，似乎回到了原样，我又怀上了。原以为生活就这样了，一个孩子接着一个孩子，生过几个孩子后，也许就稳定了，也减轻对远强的思念了。

谁知道天有不测风云，那个恶人的父亲居然提拔了，手更长了，可以伸到焦煤厂了。更没有想到的是：那人还惦记着我。我原想着我结婚了，也离开百货公司了，我们的恩怨也就此结束了。但有一次他偶尔遇见我之后，又动了歪心思了。那时我刚生下女儿远妮才不到半年，也许是他父亲权力大了，也许是我生过孩子后的样貌勾起了他的色心，这一回他更明目张胆了。他直接找到我说，如果我答应做他的情人，他就可以想办法提拔我，坐办公室也好，学开汽车也好，任我挑。我说："如果不答应呢？"他没有说什么，只是冷笑了一声，说："你再想一想，相信你会想明白的。"我说我一个结了婚，生过孩子的女人，不值得你惦记的，我也不会想明白的。

本来，下井作业的大多是男人，但后来我和几个小姊妹，也被派往井下了。别人不晓得内情，我是晓得的。我咬咬牙，谁也没有说，连五斤也没说。说了又有什么用呢？我是念过书的，我晓得，从古到今，坏人总归是有的，有的人天生就坏，也许是老天也没办法，也许是老天故意的。这个人，长得并不差，见着人就笑嘻嘻的，谁能想到他骨子里那么无耻呢。

我下井后，很快学会了井下作业流程，我心里想，人世间只要别人能做的，我佟九妹就也能做。后来他还找过我，说：井下苦啊，不要硬撑了。还说：他会经常来找我的，下次见到了，只要对他笑一笑，就算是答应了，就可以不下井了。但我就是个犟脾气，下次远远看见他，眼皮都不抬就过去了。记得鲁迅先生说过，最高的轻蔑是无言，而且连眼珠也不转过去。

我也曾想过，要找上级告他去。但仔细一想，男女之间，什么证据都没有，说出去了，他也许毫发无损，对我，对五斤，却不会好。这种事，吃亏的肯定还是女人。

我想，恶人自有恶人磨，等着吧。后来我这想法真的应验了，在那场著名的政治运动中，他出去大串联，居然在武斗中被流弹击中，死了。

那一声爆炸过后，我一生的悲剧就开始了。

"轰隆"一声响，我就什么都不知道了。醒来时，已经躺在医院里了。

我们这才晓得，是"瓦斯"爆炸了。瓦斯爆炸的原理我知道，爆炸的场面我也还能记得一点点。但这是我最不愿意回忆的，一生中最痛苦的时刻，不说也罢。跟我一起出事的，一共有五个姐妹。如果死了，也就算了，一了百了了。可怜的是：我们都没死，但比死还不堪——我们都毁容了。

虽然各人伤处不一样，但结果是一样的，我们都面目全非了。

对于爱美的女人来说，这不是比死还难过吗？

柳桂英是年纪最小的，她还没有嫁人。等能够走路后，她就逃出医院，投喀什河自尽了。

哎，老天真是作弄人啊，她又被人救上来了。

我真恨那个救她的人。让她安安静静地走了，不就远离痛苦了吗？

我也想过投河，但一想到即使死了，这么一副丑陋的样子，也总归要被人看见，我就失去勇气了。我从此没有照过镜子，不需要照镜子，自己在黑暗中摸一下，就都晓得了。我曾经让男人，让那个坏男人动心的容貌，就此与这个世界永别了。

我晓得，那个花容月貌的佟九妹，已经死了。

我暗暗发下毒誓，要么死，要么就永远不让人看见我的样子。

从此以后，我戴面纱，穿黑衣，昼伏夜出。我只跟同病相怜的姊妹在一起，不让女儿远妮看见我，不让丈夫五斤看见我，也不会再让儿子远强看见我。

此时距霍美秀回延州，已有些日子了。按时间推算，美秀应该又生孩子了吧？要是她还在尼勒克，我会真心促成她和五斤的，他们毕竟彼此有过好感，美秀长得也漂亮。我之所以这么痴想，是因为从小和我一起长大的这个大名叫祁五津小名叫五斤的人，让我感动，让我心疼，我们是决心要相伴一生的。我希望他再找一个知心女人，也是真心诚意的。他还那么年轻，正是一个男人最有活力的时候。但我没想到，这个人竟这样痴，明明我已经成那个样子了，不可能与他有肌肤之亲了，但他依然固执己见，不肯跟我离婚。起先我担心是他怕别人议论，说他老婆毁容了，就另觅新欢了。那时唱高调的人还真不少。

我住院期间，五斤每天都来，在受伤女子的丈夫中，他是来得最多的。但我关照医生，千万别让他进来看我，所以五斤就没能进去。

即将出院了，我反复考虑，还是要跟他见一面，这样我们就在医院里"见"面了。我们的所谓见面，就是隔着一层帘子说话，我说话的声音没有变。但我的样子，是绝对不能让五斤看见的。

柳桂英自杀未遂后，又一个小姊妹尝试过，但也没成。为什么呢？因为厂里派人或委托家人严格看守我们这些人。

我告诉五斤，我身上除了屁股，还有眼睛、额头，其他没有一块是光滑的，因为爆炸时，我正巧是坐着的。在瓦斯爆炸的一刹那，我本能地用双臂护住了脸，但只护住了半个。

我说："我此生要么无声无息地消失，要么就远离人群。"

我说："远妮就交给裁缝老胡金凤他们带吧，让他们就当多生了一个女儿。等你想通了，又成了家，对方也愿意接受她，再把她带回家吧。"

我又说："远在老家的远强，本来是要去看他、认他的，现在这个样子是不可能了。你告诉六斤，希望他每年寄一张照片过来，让我看看儿子。"五斤不说话，但我听见他在哭，还有压抑不住的唏嘘声。

我们的谈话，贯穿全部的是我劝他同意离婚。但他没有答应。

五斤说："不离婚，你就还有一个家，离婚了，你就是一个人了。"

又说："你小时候就是孤孤单单的，我不能让你再孤单一辈子。"

他还说："我放弃念高中来新疆，就是要陪你的，这才几年啊，我怎么能让你就一个人过？"

最后，他说：

"我们是有儿有女的合法夫妻，你就别胡思乱想了。你要不想让我看见你，我们就这样隔着帘子说说话，也是好的。"

五斤走后，我整整哭了一夜。

我不晓得我是碰到圣人了，还是碰到傻子了。

我们五姐妹就要出院了，一时还不晓得怎么去面对。我想，不如先找一个地方住下，再慢慢想办法。我跟五斤说了，让他转告厂里。答复很快来了，在离厂三四里的一个地方，有几间小木屋，各自独立，又离得不远，是放牧人留下来的。厂里的宿舍没建好的时候，我们曾经住过木屋。

说起小木屋，我倒想起一个人来。我们刚到尼勒克时，就住在木屋里。有一天，来了一对哈萨克小夫妻，说木屋是他们留下的。我们一听急了。一是心里过意不去，没跟人打招呼就住人家房子了。二是如果被赶出来，就没地方住了。谁知人家友好得很，比画来比画去，告诉我们尽管住就是了。他们是来拿东西的，不赶我们走。原来，他们牧民是赶草场的，哪里水草茂盛就去哪里。有些不能带走的东西，就随便一捆一扎，存在木屋的角落里。那对小夫妻是新婚，还没有小孩，把存在这里的东西拿了，就要走了。我们实在过意不去，就买了点东西，也不值钱，好像是什么吃的东西。反过来，他们又不好意思了。反正大家非常客气，还在一起吃了一顿饭。后来，凡是路过这里，这对小夫妻都要过来找我们，那女的叫阿依达娜。阿依达娜高鼻梁，大眼睛，睫毛特别长，非常漂亮，身材也好。再后来，他们就在这里定居了，也生了小孩了，就住在蜂场那边。

那个时候，哈萨克族人所谓定居，也不是一年四季住在那里，只是说除了在外放牧，其他时间住的地方比原来固定了一点而已。阿依达娜夫妻俩都学会延州话了。他们的小孩，不跟着爸爸妈妈放牧，是跟着爷爷奶奶，一年四季住在蜂场的，跟我们延州的孩子玩，一口延州话不要太流利啊。

咳，说到小孩，我又要说到阿依达娜了。在远强被爷爷带回延州后，我的情绪低落到了极点，老是睡不好觉，吃不下饭。正好阿依达娜回来，不知在谁哪里听说了，就特意跑到我家里。我记得特别清楚，她来的时候还带了风干肉和奶疙瘩。一开始我不知道是什么意思，虽说我们关系不错，但也没有深交。谁知阿依达娜，这个哈萨克族女子是那么的爽快，那么的热情。她告诉我说：她是专门来开导我的。我一听，愣在那里。她虽然会说延州话了，但毕竟词汇有限，音也常常发不准。但连说带比画，我也终于弄懂了。

哦，哈萨克族还有这样一种习俗呢。阿依达娜不告诉我，我哪里会晓得呢。原来，在哈萨克族，夫妻俩生了第一个小孩，是要送回给爷爷奶奶的。并且这孩子从此就成了爷爷奶奶最小的子女了，叫爷爷奶奶为爸爸妈妈，叫自己的爸爸妈妈叫哥哥嫂嫂，或者哥哥姐姐。嫡亲的爸爸妈妈就得叫自己的孩子弟弟或者妹妹了。

我说："怎么会这样呢？"

阿依说："尽孝啊。孩子们大了，都出去放牧了，老人多孤单啊。"又说，等小孩子大了，老人也老了，就要给老人送终了。她告诉我，她第一个小孩，也是男孩，已经送回爷爷奶奶家了。现在肚子里又有了，这个孩子就是自己的了。

我看着阿依，没有说话。她也看着我，也没有说什么，但眼神却像是在说：你的遭遇在哈萨克族，那是理所当然的，你痛苦委屈个啥呢？

我虽然一时不能接受，但听阿依这么一说，心里还是蛮感动的。我握住她的手说："谢谢你，谢谢你特意来开导我。"从此，我们就成了朋友，成了姐妹了。阿依第二个生的是女孩，叫爱迪娜，是在蜂场长大的，蛮漂亮的一个女孩子。

那些小木屋，对我来说，曾留下过美好的回忆。我一听说住在那里，觉得蛮好的。跟姐妹们一说，大家也觉得有一个属于自己的地方是蛮好的。

我们可以回自己家，也可以吃住在这里，工作是打扫卫生，厂区的、宿舍区的，室内我们不做，室外我们都做。我们是一个卫生组，我是组长。后来我们又开辟了一些荒地，种了不少蔬菜。种菜既是为了改善食堂伙食，更是为了不让自己闲下来。人一闲下来就会多想，人一多想，就会增添烦恼。我们的服饰也是一致的，黑衣黑裤黑面纱，除了眼睛，几乎都是遮住的。

我们就生活在这个封闭的世界里。但我慢慢发现，有一个问题，或者说，有一种气息，在我们之中弥漫。那就是孤独。每天打扫卫生，我们都是趁着天不亮就出门，太阳出来了，人们上街了，我们也打扫完了。如果是落叶多的季节，夜里我们也会出动，补扫一下。尼勒克土地肥沃，蔬菜种下去后就不怎么管了。我还算有文化，闲下来就看看书。姊妹们大都不认识几个字，一个个唉声叹气。时间长了，谁也受不了。在这期间，柳桂英又自杀过一回。被救回来后，她曾抱着我哭过，她说：

"姐姐，你是结过婚，做过女人，生过小孩的人了。我算什么？我活着有什么意思？"

她哭得撕心裂肺，我也没有办法劝解。我甚至想，换作我，我可能也会这么想这么做的。毕竟我心里不是空的，有儿有女有丈夫。

有一天我心里苦闷，夜里带着姊妹们出门。虽然我对厂里有过承诺，对大家负有一定责任，确保不能出事。但有时候也会想，只要我自己不独自活着，出了事又怎么样呢？我们出了厂区，一直走到喀什河边。

那天月色很好。喀什河，自东向西横贯尼勒克县，河水时而温柔款款，时而野蛮不驯。我想，要是趁着河水最急的时候，我们集体消失，也许倒也不失为是一件好事，厂里也减轻负担了，各自家庭也回归正常了。

也许是月色太美了，在河边走着走着，我突然又想，虽然将来我们与月色相处，也许要比阳光还要多，但我没有权力带着大家去死，我们不能就这么死去。

月光真是一个神奇的东西，心里晓得那只是太阳的反光而已，但沐浴在月光里，我却常有一种浪漫的幻想，好像月光里藏着什么美好的让人向往的东西。记得好多年前的一个秋天，也是这么一个月夜，我和祖母坐在院子里的桂花树下，祖母对我说："啥时候采点桂花吧。"我说："采桂花做什么？"祖母说："傻丫头，采了桂花当然是做桂花糕啦。"我说："那好，我这就去采。"祖母笑了，说："你傻呀，月光下来了，露水也下来了，你现在去采，不是落一头露水么？"我嘿嘿嘿傻笑，说："那就等太阳出来了吧。"

第二天是礼拜天，吃过早饭，太阳出来了，露水消去了。祖母在屋里忙着，我便戴了一顶草帽，挎着篮子，拎着竹匾，去采桂花了。五斤此时恰巧推门进了院子，他是经常来借书看书，或者跟我聊天的。也许是那顶草帽太别致吧，那是一顶细篾编织成的，缀着花边装饰的女式草帽，在上海等大城市流行过，是城里时髦女郎才戴的。听我祖母说：这顶帽子是我父亲留下的，很可能是我妈妈戴过的。五斤一见之下，愣在了那里，好像不认识我了。我那天也很奇怪，居然莫名其妙就脸红了，然后红着脸对他笑了一笑。笑完了，我就假装采桂花，不再理会他了。竹匾已搁在树下，我手里拿一根棍子，轻轻拍打树干，桂花便扑落落往下掉，落在竹匾里了。我沿着树拍了一圈，抬头一看，五斤还站在那里，双腿好像僵住，迈不开步了。我看了看他，他的脸刷地一下也红了。我们就这样傻乎乎地对视了一会儿，我突然好像明白了什么，说：

"你是一根木头啊，还不来帮我弄桂花？"

"哦，哦。"他嘴里答应着，跑过来帮我。他不说话，我也不说话，但心里像灌了蜜似的，甜丝丝的。

从那天以后，非常奇怪，我们说话反而少了，好像一切尽在不言中。后来我偶尔读到王国维老夫子的词句：

近来瞥见都无语，但觉双眉聚。不知何日始工愁，记取那回花下一低头。

我晓得，这就是男女彼此钟情了。

也许，我跟五斤的恋爱，就是桂花树下开始的。负伤住院以及离家后，屈指算来也好些日子了。虽然撑着不见面，但自己心里清楚，我更加思念五斤了。

在喀什河边坐下，月光把我们遮盖住了，也没有人打扰我们。我们围坐在一起扯起了闲篇。痛苦就是这样，是经不住时间消磨的。人不可能一直处在痛苦中，那样就要崩溃了。只要活着，就需要找乐子，哪怕只是短暂的一瞬。我说，姐妹们，也不要老是苦着脸了，今天大家说说，说说各自的恋爱故事，怎么样？如果没谈过恋爱或不想说，也可以说说自己最开心的事，或者最有趣的事，或者最私密的事。

大家一听都说好。我是组长，姐妹们要我先说。我说，可以，但不准赖皮，我说完了，每个人都要说。我就说了五斤帮我采桂花的事。姐妹们就说，原来你们恋爱这样早啊。

大姐余凤兰说："啊呀，原来你们是典型的青梅竹马啊！你们好浪漫啊！"

接着就是余大姐说了。她说：

"我是结了婚来支边的，当时已经有一个女儿了。我没有别的想法，就是想出来见见世面，不想老窝在家里，一辈子围着锅台转。我去一报名就报上了，我老倌他起先有顾虑，但他是个没主见的人，见我态度坚决，就也同意一起支边了。但去大队报名，人家说名额满了，没有报上。我老倌垂头丧气回来了。我一听火了，就又拉着他去了大队。我对干部说：你们想干什么？是想阻挠我们支援边疆呢，还是想拆散我们夫妻呢？干部一听我扣上的两顶大帽子，也慌了，说：好好好，我们商量一下，请示一下上级。后来就批下来了。女儿不准带，就留在老家给婆婆带了。"

柳桂英听了就说："凤兰姐，你说的不是恋爱故事啊，九妹姐姐讲得多有趣，你不就是讲了怎么来支边的吗？"

余凤兰说："小丫头，你晓得啥，九妹跟他老倌都是有文化的人，所以有浪漫故事，我们哪里有啊。我跟我老倌是别人介绍的，见了几次觉得还好的，娘老子也觉得不错，介绍人又是亲戚，后来就订婚了。像亲戚一样走动了一段时间，就成亲了。成亲了不到一年，女儿就生下来了。"说完，就哈哈哈笑起来。

按照年龄，我是老四。柳桂英是老五。老二老三是陈腊秀和吴林芳。陈腊秀是个寡言少语的人，她出院后难得和我们住一起，大部分时间是回家的。她说要照顾孩子，孩子还小，不晓得妈妈丑不丑，先过一段时间再说。

陈腊秀说："我没有恋爱故事，来新疆也是稀里糊涂的，因为村里一个好姐妹想来，又怕孤单，就好说歹说劝我一起来。我抹不开面子，就也来了，反正家里姊妹多，也不在乎少我一个。"

大家听了，就说，那跟你老倌呢，是怎么恋爱的？

陈腊秀叹了口气说："我们有什么恋爱啊。来新疆之后，见大家都配对了，我老倌也是个老实人，有一次收工回来，我们都落在了后头，见前头两个男女有说有笑，蛮开心的。我老倌就说：你要是还没配对，就我们也配配对吧。我当时没有答应，后来想想，也就同意了。反正男女总要配对的。"

余凤兰就问："腊秀，自从出事后，我们都避着老倌不回家，你倒老是回家，你老倌对你怎么样？"

陈腊秀也不回避，闷声说："也没什么，吃喝拉撒睡，还是照样。"

"你老倌不嫌你？"吴林芳问。

陈腊秀摇摇头，老老实实说："我老倌说，关了灯，也差不多。"她说完，我们都不说话了。

吴林芳知趣，就说她实在没什么好讲的，就不说了。我们哪里肯依。她就说：她想来想去，没有恋爱故事好说，也没啥开心的事好讲。她说：她是苦水里泡大的。从小没爹没娘，是跟着叔叔婶婶长大的，婶婶对她不好，又打又骂，还吃不饱，叔叔也不管。说着说着，就哭开了。大家听了，心里陪着难过，也就不逼她了。柳桂英抢过话头：

"那我说说吧，我虽然没有结婚，但我是有男朋友的。"

大家一听，都竖起了耳朵。

"我男朋友去当兵了，所以在这里我没有跟谁配对。我男朋友明年就退伍了，可是，可是，我们却不可能了……"话没说完，就呜呜呜哭起来。

我问："是他来信不要你了？"

柳桂英摇摇头说："是我去信不要他了，我说：我在尼勒克另外找人了。"说着，又是大哭。我觉得这丫头有良心有志气，不简单。可惜了，真是太可惜了。

回去的路上，我想，像陈腊秀夫妻俩那样，我做不到。即使五斤能做到，我也做不到。但如果离婚不成，一直这样下去，好像也不对。想起在医院里隔着帘子说话，我突然冒出一个念头，我们即使不能像过去那样，但隔着帘子说说话，或者写写信，总是可以的吧？

当天夜里，我们踏着月色回到木屋，我把一路上想到的跟姐妹们说了。我的想法是：把最偏又最小的那间木屋腾出来，当中用草帘子隔开，再搬两张凳子过去，就是一间会见室了。要是谁家老倌或者亲戚过来，就可以在那里见面。大家听了都说这个主意好。

过了一天，五斤就来了，我们果然在木屋里隔着草帘子说话了。我能隔着帘子缝隙看见他，他其实也能看见我，只是我被黑衣黑裤黑面纱包裹着。他说他很高兴听见我的声音，我的声音确实没有丝毫改变。我自己也晓得，我的音色还是蛮好的。

我问了远妮在裁缝家的情况，五斤说蛮好的，裁缝家儿子家康比远妮大几个月，两个小朋友会一起玩了。裁缝夫妻俩在厂里的综合服务部工作，也就是做衣裳。为厂里做工作服之外，也帮私人做服装，比车间要轻松些。

我又问了远强，五斤说他也不晓得，六斤似乎不太愿意跟他多说什么。他说跟美秀通过信，美秀说：六斤带着远强去厂里了，不大回安桥。但街坊都晓得，六斤是非常宝贝远强的，只是忌讳人家说什么，所以连老街坊都是能避则避。

我们也聊了不少闲话，我说到了那年秋天采桂花的事，五斤呵呵呵笑了，说九妹难得你还有这份闲心思，说明你心情还不错，说这样他就放心了。我想引他说说过去谈情说爱的事，他到底是个男子汉，好像难为情的，不愿提起。我说到了呢，他就笑笑，附和一下。

我从不回家住。如果回家，一定是趁着五斤不在家，我回去收拾照看一下。

隔着帘子说话这个事，过了一段时间就淡下来了。姐妹们都说，当初我的想法不错，但过了一段时间，谈了几次也就没什么好说的了。

余凤兰说：

"夫妻夫妻，就是要做那事的，不做那事了，就不成夫妻了。"

陈腊秀也瓮声瓮气地说：

"家里的事一大堆，平时就不说什么。"

余凤兰也常回去住了，她悄悄告诉我，她听了腊秀的话，只是不让老倌看脸。又说，那个事关了灯还照样，只是不如以前勤了。

她劝我：

"你还是回去住吧。你家祁五津是最喜欢你的，你不要这么绝情了。"

吴林芳也说：

"就是，就是，不要把祁五津推到别的女人那里去了。"

我听了，心里一动。男人嘛，谁能经得起女人勾引呢？五斤年轻能干，长得好，有文化，人缘又好，在厂里风头正健。远妮去裁缝家，五斤就一心扑在工作上了。他已经调到生产科，后来他又下放车间当了主任。这是后话了。

趁着没人的时候，我们也会摘掉面纱，坐在木屋前晒日光浴。这是医生交代的，说是要补钙。但我让大家尽可能散开了坐，我不看自己，也不看她们。她们在我眼里，还是保持着我以前的印象。虽然这是自欺欺人，但就是没办法，我过不了自己这一关。

五斤来得还是那样多，三天来两头，白天没空就夜里过来，坐一坐，说说话。也许是忙吧，每次来的时间是越来越短了。我十分理解，但姐妹们却议论起来，背着我说这说那。

渐渐地，在木屋常住的，就剩下我和柳桂英了。五斤也劝我回去住，说：习惯了就好了，我回去住了，远妮也可以接回去住了。我不好直接回绝，就说，就剩桂英一个人了，我要陪陪她。

过了不记得多少天了，突然有一天，桂英私下里跟我说，她要回延州老家去了。

"九妹姐，老家给我介绍了一个人，那人还不错，也识字。"见我看着她，她笑了，说："这么好的人怎么会要我，是不是？咳，这个人跟我一样命苦，也是出工伤了，没断胳膊没断腿，一双眼睛瞎了。"

我一听便什么都明白了。我祝福桂英，我为她高兴。我说：

"桂英，这是老天在帮你啊，他眼睛不好，也不会嫌你了。"

桂英说："咳，嫌不嫌的，反正就是这么回事了。我本来是不想再嫁人了，只是我想到，如果我有一天老了，孤孤单单的，怎么办呢？"

我说："是啊，是啊。"

桂英说："我们俩虽然都是残疾，但我们都不是天生的。如果生下孩子，肯定是健康漂亮的。九妹姐，你说是不是？"

我说："那是肯定的。"

桂英走后，我更加孤单了。五斤对我说：

"回去吧，桂英走了，小木屋就你一个人住了，那怎么行？"

"我这个样子，还有什么不放心的？"我故作轻松道。

"不管什么样子，你还是一个女人嘛。"五斤也开起了玩笑，但接着我们就都沉默了。我们都明白，生活必须改变了。

过了几天，裁缝老婆刘金凤来看我，她是我的姊妹，我把她当亲姐姐看，无话不说。她一见面就朝我嚷：

"九妹啊，你可真狠心，把闺女往我那一丢，女儿也不管，老倌也不问，一个人倒逍遥的。"

我苦笑了笑，说："辛苦你了，阿姐。"

她摆摆手说："别说废话，以后怎么过，你到底是怎么想的？"

我说："是五斤叫你来的吧？"

"哼，甭管是嗲人叫我来的，我自己就不能来看看？"我知道她忙，又要工作，又要带小孩。我低声问：

"我这个样子，换成你是五斤，还能要我吗？"

金凤不回答，她拉着我的手，眼泪汪汪，说：

"作孽啊，从小一个美人胚子，现如今，咳！"

金凤是个嘴碎的人，说话没有方向，常常是脚踩西瓜皮，滑到哪里算哪里。说了一会儿话，不知怎么的，她说到厂里有几个男职工，都回老家"接家属"去了，综合服务部也有一个铁匠回去了。接家属是我们支边单位的一个说法，就是这边找不到老婆的，回老家去找。老家那边介绍了，看了照片，同意来新疆了，这边就过去接，接回来就结婚成家了。

金凤走后，不知为什么，我心里老是念念不忘"接家属"这个事。这个念头缠着我，一刻也离不开。夜里也睡不着，想来想去，突然灵光一闪，想出一个办法来。

第二天，我托人带信让金凤来一趟。金凤来了，依然是说话大大咧咧：

"怎么，想通了？"

"想通了什么？"我反问道。

"回家里去啊，回去过日子呀，还有什么！"

"咳，我不是跟你说了吗，我是不会跟五斤再过日子了。"

"为什么？"

"我怕吓着五斤啊。"我有点生气了。

她终于不说话了。等了一会儿，我才悄悄告诉她，我想托她回一趟老家，路费开销都是我出。

"你想做什么？"她瞪大眼睛。

我附在她耳边，低声细语，把我的想法跟她细细说了一遍。她听了，嘴里嗯嗯着，不知道怎么回话了。我说完了，她还坐着，呆呆的，过了好一会儿才开口说话，语气跟平常也不一样：

"九妹，你怎么想出来的，这样子能成吗，五斤能答应吗？把人弄来了，五斤要是不愿意，怎么办呢？"

刘金凤絮絮叨叨着，不晓得怎么办好。她这人就是这样，如果这时有个人敲敲边鼓，她就定主意了。我就说：

"要不你就回去跟老胡商量一下，其他人可再也不许说了。"

这句话她听进去了，拔腿就走了。

日子一天天过去，刘金凤回老家探亲去了。小孩由裁缝带，远妮也回家了，由五斤带着。我孤独地守在木屋里，五斤带着远妮来过，但跟平常一样，我只是隔着草帘子看看，并不抱孩子，也不跟孩子说什么。我不晓得我自己能坚守到何时，这种坚守是对还是错。

但就在我犹豫之际，我回了一趟家。我是趁着五斤上班偷偷跑回去的，我想拿几本书，再给孩子和五斤洗洗衣裳。但我一进卧室门，就被墙上的照片震住了。我的所有照片，六斤寄过来的所有远强的照片，都被放大了，整齐排列在相框里，挂在对着床的墙上。远强长大了，可以上幼儿园了。我看看自己的照片，说实在的，出事故前的我，确实是蛮漂亮的。看着自己的照片，我恍恍惚惚，如在梦境一般。远强的照片，每年是会增加的，但我的照片，却永远就那么些了。想到这里，我的心真如被撕裂一样，疼得都站不住了。

我扶着墙，慢慢移到床边，坐在床沿上，心里暗暗发誓：我要让五斤幸福，我要让美丽的我，永远就定格在这些照片上。

大概半个多月后，刘金凤回来了。她带回来一个女子，是她表妹，叫高招娣。我和招娣早就认识了，对她印象不错。她才18岁，从小娘死了，后娘对她不好。让金凤回去拉招娣来新疆，也是我和金凤商量好的。果然，听刘金凤说尼勒克这边好，来了能当工人，招娣二话不说就跟着过来了。人来了，工人哪里是说当就能当的呢？

丫头倒也好说话，说只要有口饭吃，先等着也无所谓的。金凤就把招娣领到了我家，交给了五斤。说：九妹病着，你一个人也不方便，招娣也不是外人，就留着照顾你吧。五斤见金凤事先不打招呼，就领了个大姑娘过来，一下子也慌了，悄悄跟她说：

"我生活不便，家里来个大姑娘，我倒方便了？"

金凤一时不知怎么接下句，支支吾吾想说是我安排的，又不好明说，只得说：你就可怜可怜招娣吧，在家里后娘不把她当人看。说着说着，想起了手里牵着的远妮，就又拿出远妮出来抵挡，说：

"远妮总不能一直在我家养着吧？招娣来了，让她先照顾着远妮，你给口饭吃就行了，等有了工作再想办法，好不好？"

刘金凤这么一说，五斤也没办法了。

第二天，金凤就跑木屋来了，哈哈哈笑着，说了五斤的尴尬相，说她走时就把远妮床上收拾好，让招娣住下了。我说："远妮呢，她肯靠着招娣吗？"金凤说："头一天哪里肯，又让我带回家了。"说完，她得意地看着我，说："怎么样？"我听了心里酸酸的，不知说什么好。

这套计谋确实是我出的，我是真心希望有个女人来照顾五斤。但真到了这一步，我这心里不知怎么的，除了酸，还有一点痛感。但事到如今，也没有回头路可走了。

金凤见我不响，就又问我，要不要带招娣来让我见见，以前是小丫头，现在可长成大姑娘了。我说："好呀，就明天吧，吃过饭，午休时间，人少。"金凤临走的时候，我才想起问她，我们家的情况有没有跟招娣说，让她跟五斤肯不肯？金凤说："都说了都说了，你放心。"

高招娣来了，我就戴着面纱跟她见了面。她起先也被吓住了，但估计金凤之前都说过了，她一会儿就平静下来了。招娣土里土气，一副农村女孩的样子。几年不见了，仔细再看，见她眉眼周正，眼神朴实有光，心里便放下心来。这是个能照顾五斤，也能容下远妮的人。但我心头又一个疑问来了：怎么让五斤接受她呢？

五斤这个人，至少到目前为止，在这世上没有谁比我更了解他了。他既现实又浪漫，既老实又灵活，对女子或者说对自己的女人，是不会满足于柴米油盐的。招娣没念过几天书，除了年纪轻，好像没啥优势了。让五斤主动接近招娣，不大可能，让招娣去接近或勾引五斤，她还没那个本事。更为关键的是：五斤还没有跟我离婚另觅新人的意思。

祁五斤又来了。我知道，招娣来了，他必然是要来跟我说的。但他不会知道，那原本就是我的主意。

"金凤这个痴女人，你晓得吗？真是荒唐，她，她居然，居然把她老家的表妹，弄到我们家里来了。"五斤刚坐下，就连珠炮似的，对我一阵放。这不像是他说话，他说话原是慢条斯理的。我心里暗笑，不说话，也实在不晓得怎么说。我只好假装惊讶，接着话锋一转，说：

"金凤，咳，我倒是蛮感激她的，到底是自己人。"

"感激她？你晓得我多尴尬吗？一个大姑娘，不打个招呼就住在我们家了，还说是为了照顾我。"五斤气急败坏地说。虽然心里五味杂陈，但我把这复杂的滋味拼命往下压一压，说：

"五斤，我们好好谈谈吧。金凤虽有点粗，但她不痴，你也不是不了解她，她领一个女子回来，是跟我商量过的……"

我想了想，决定单刀直入，否则不知要等到啥时候，这锅水才能烧开。五斤愣在那里，瞪大眼睛不说话。

"五斤，我们夫妻一场，我自信，我们是一对世间少有的恩爱夫妻。"说到这里，我哽咽了，但我必须把我的想法和盘托出。"如果说，我刚受伤时的想法，还可能是心血来潮的话，那么，这么长时间过去了，我还会那么冲动吗？"

五斤嘴唇动了动，像要说什么。我忙说："你听我把话说完，我憋了好长时间了。"他停住，听我继续说下去：

"我想来想去，说实在的，刚出事的时候，我对这个世界已无留恋。但这么长时间拖下来，我才晓得，这个世界还是值得留恋的，对你，对远妮，在老家的远强，还有那么多的老乡、同事、朋友，我真舍不得你们。"

我看见五斤在擦眼泪，但今天机会难得，我必须把心里的话都掏出来：

"但有一点，五斤，我是铁了心了。也许有人会说我傻，说我死脑筋，但以我现在的样子来面对这个世界，我无论如何做不到。"

"那你要怎么样呢？就一直住在这个木屋里？"五斤大声说。

"也不是。你要是为我好，你就听我的。"我顿了顿，一字一句说："同意离婚，你再娶。"

"这样对你，对远妮，对远强，有什么好处？你能说服我，我就同意。"我知道，五斤火了，说出了气话。但我心里还是松了一下，至少是有转机了。五斤说完话，头低下来，呜呜呜哭了。我也哭了，我说：

"五斤，你不要再引我哭了，我昨夜哭了一夜，眼睛吃不消了。"

五斤擦了擦眼睛，关切地问：

"昨夜里为啥哭了？"

我带着哭腔说：

"说起来让人笑话，不为啥，就是看旧书，看见了王国维一句词，实在忍不住，就哭了。"

"哪一句？"

"就是那句，最是人间留不住，朱颜辞镜花辞树。"说完，我又忍不住哭了。

"痴女人。"以往，五斤说我痴女人，那是我们最亲密的时光。

后来想起来，在那个年代，我跟五斤实在是太另类了。我们之所以如此，根源便是我家阁楼上那些旧书。我想，五斤和我，我和五斤，我们之所以互相依恋甚至是迷恋，确实不全是因为青春年少，还是有别的东西的。

我们说了些往事，也说了些闲话，最后我说：

"五斤，我也不说啥了，该说的都说了。我们不如谈谈条件吧？"

"条件？什么条件？"

"你要我好好活着，就听我的，我们离婚，你娶招娣。你要不答应我，我就——去死。"说完，我就站起身。

五斤知道我的脾气，也慢慢站起身，慢慢转身，慢慢走出门去。在他的身影离开，突然不见了的那一刹那，我的心一颤，仿佛整个世界离我而去了。

时间一晃，又是三天过去了。五斤一直没有来。我知道，他是还没有下决心，也没办法面对我。我知道，这样拖下去，越拖越难决断，招娣住在家里，更是对五斤不利。我又把刘金凤找来了。

我先问："招娣来了，住在我家还适应吗？"

金凤笑了："有嗲不适应的？她是老鼠跳到白米囤里了。带个小孩子白相相，天天吃得饱饭，隔几天还吃顿肉，哈哈，开心死了。"

"是她这样想的，还是你这样想的？"我问道。

"有啥不一样吗？"金凤没心没肺说。

我摇摇头，知道她没有懂我的意思。我又换一个问法：

"招娣住在我家里，厂里人不会有什么议论吧？"

"议论？嗲个议论？我表妹住在你们家，关别人家屁事。"

我只好再直接些，问道："阿姐啊，这五斤不肯和我离，这招娣住在我家，也没什么用啊。你想想，怎么能让他们……"

"哦，这个啊，依我说，如果你真是铁了心要离，我就把远妮接回去，让招娣夜里睡到五斤床上去，哼，我不信这世界上有不吃腥的猫。"金凤明白我的意思了，但说话这么直接，办法这么粗暴，不知为什么，我心里又不舒服了。金凤见我沉默着，就又说："九妹，你拿主意，有什么难事，由我来办。"

我顺着金凤的思路，突然想到，如果中间再有一点铺垫，倒也不失为可行的办法。我说：

"这样吧，你去告诉五斤，就说你忘记告诉他了，你走的时候，五斤他爹来问过，说远妮也不小了，九妹的肚子怎么还没有动静。"

"这么一说，五斤就着急了？"金凤摇摇头。

"你去说说吧，也许他会动心的，如果他动心了，你跟招娣说说，再想想办法。"

我嘴里说着话，心里却一团乱麻，把自己老倌往别的女人怀里推，心里总觉得不是滋味。

（远妮注：也许是妈妈不愿意写这一段往事，所以这一重要事件空缺了。后来，也许是日久生情，也许是爸爸被妈妈和金凤阿姨说服了，也许还有别的什么事情发生了，总之，爸爸答应跟妈妈离婚了。招娣阿姨跟爸爸走到一起了，后来他们又生了三个小孩，一男两女，也就是说，除了我，远强哥，你在尼勒克还有两个妹妹，一个弟弟。）

至此，《佟九妹自述》就结束了，结束得非常匆忙，非常突然。

我看完文稿后，给远妮发了一条信息，问她为什么妈妈的文字戛然而止，后头还发生了什么。

远妮回复：哥哥，后来我们家还发生了许多事，但我也不知为什么，妈妈都没有写。

我：很想了解，妹妹方便告知吗？

远妮：如果哥哥希望了解，等我放了暑假，问过招娣妈妈后，再整理出来发给你。我想你自己来了，有些话问起来也许不方便的。

我连发了三个点赞的表情包，夸赞说：妹妹善解人意，我也正是此意。

眼看就要放暑假了，但今年是学校领导班子换届年，按照以往惯例，从学校领导班子的考察，到学校新班子成员的任命，至少需要一个多月的时间，能在 8 月中旬前完成就算不错了。我想，如果远妮能够把家事整理出来，至少对我们祁家的故事，就有了大概了解了。等我去了尼勒克，就可以集中精力采访其他支边老青年了。

远妮跟我说，她正在办理退休手续，说也在写家里的文字，一切就绪了，等我到了，她就有空陪我走遍尼勒克的美丽山水了。我说：行啊，我这边工作一完，就马上飞过去。

过了大约一个礼拜，远妮给我发了一条信息，说又有新发现了。

说在一个皱巴巴的牛皮袋里，发现了妈妈写的一段文字，是关于外公的。远妮说：老规矩，等她输入电脑后，再发给我。隔了一天，夜里11点半了，手机嘟的一声，远妮发了一条信息，说文章发过来了。我忙轻手轻脚起床，打开电脑。

题目是：跟父亲的最后一"面"

全文如下——

父亲离我而去，是1949年。父亲回来时，是1987年。父亲回大陆探亲，先到老家延州，得知女儿已到新疆，就到尼勒克来找我了。那时交通条件差，父亲已是70多岁的老人了，一路奔波，辛苦劳累，但却没能"看见"我。因为我怕见父亲，原因很简单，父亲那个花容月貌的女儿已经不在人世间了。

父亲住在县招待所里盼着我的消息。但等来的，是女婿祁五津。严格意义上说，祁五津也不是他女婿了，我们早就离婚了。但我们没有告诉他。祁五津，哦，我还是习惯叫他五斤。五斤是以女婿见老丈人的礼数见我父亲的。因为从小就认识，父亲很开心，像是老人见到小孩子，他摸着五斤的头说：啊，你们从小一起长大，又一起来到新疆，蛮好，蛮好的。说完了这些，父亲就问五斤，九妹怎么没有来。五斤就直截了当说了，这也是我们之前商量好的，就是直说，不要欺骗老人。父亲听了，立即就流泪了。五斤说，他看到老先生哭了，他也忍不住哭了。哭完了，父亲说，他还是想见我。不论我成了什么样子，他还是要见我。五斤想了想，就说，要跟我商量商量。父亲说，怎么商量？五斤说，去打个电话问问。那时候电话也不方便打，打到厂里要传话。这种话怎么传？正在五斤犹豫之间，父亲说，不要商量了，四十年我才回来一趟，下一回不晓得能不能了，无论什么原因，一定要见到女儿。

我永远也忘不了那一幕，我的父亲和我"见面"了。我原本是不想见父亲的，但由于父亲的坚持，我们算是"见面"了。起先，我们是隔着帘子说话的。

我说："爹爹，我是九妹啊！快四十年了，你还记得我的声音吗？"

父亲的声音颤颤巍巍的，说："怎么不记得？你的声音，你的样子，我都记得啊！"说完，就哭了，他哭着说："可是我想看看我女儿现在是什么样子啊，梦里不晓得梦见过多少回了。"

我说："我也想爹爹啊，我还记得那天你半夜走的时候，穿一件洗得发白的蓝布长衫，你要我听亲娘的话，可是我没听，还丢下亲娘，一个人跑到新疆来了。"说完我就嚎啕大哭，是我心里想哭，怎么也忍不住。

我说完这句话，父亲突然不能自控，他冲过来，冲过布帘子，一下子抱住了我。我戴着面罩，只露出眼睛和额头。尽管五斤说过了，但父亲见了我，还是不能接受这个现实。父亲紧紧抱住我，泣不成声。旁边的人，五斤、招娣、金凤，还有县里来的人，都哭了。

我们父女俩就这么拥抱着，过了好一会儿才分开。父亲擦干眼泪，先笑了。他竟然说：

"九妹啊，真是我的女儿，眼睛还像小辰光，还是那么好看。"

我知道父亲的意思，他是见过世面的人。我也跟着笑了。

从此以后，父亲在尼勒克待了一个礼拜，住在县招待所，从没提过我受伤毁容的事。我们陪着父亲游遍了尼勒克，看了喀什河次生林、阿尔斯郎奇峰，游览了木斯草原、孟克特古道、唐布拉草原。

在父亲面前，我和五斤像一对恩爱夫妻，招娣也懂事，从来没有说过什么。

在尼勒克，我们家也算是一个特殊家庭了。五斤跟招娣结婚不久，就又把我接回家了。我们三个人，还有远妮和招娣生的孩子，就这么生活了多少年。这难道不是奇迹吗？

父亲走时，要留一笔钱给我们，我坚决不要。几十年来，父亲在南洋一直做老本行，在华人学校做老师，当校长。这么大年纪了，也不是什么有钱人，我们怎么能要他的钱呢？但父亲后来还是留了不少钱，说是留给远妮和弟弟妹妹的。父亲并不知道我们家庭的特殊情况，不知道那些小孩是招娣生的，起码表面上是这样。也许他晓得，但他装作什么都不晓得。

父亲离开尼勒克时，我们似乎心里都有数，下次不知道还能不能再见了。父亲就问我，还有什么要跟他说的。我想了想，就说了两件事。

一个是关于我母亲的，我请求父亲告诉我，我的亲生母亲是谁。父亲沉默了好久，硬憋着不让眼泪流出来，但就是不说话。我知道我说这话，触到了父亲伤心处了。我说："爹爹，不好说就不说吧，这么多年都过来了，不说就不说吧。"父亲朝我摆摆手，说："我不是不肯说，而是每一次想起你母亲，心就痛得受不了。"父亲平静下来后告诉我，在抗战时期，我母亲是地下工作者，在收集情报时被日寇抓住，受尽酷刑，后来壮烈牺牲了。父亲最后说，如果我母亲不牺牲，他肯定会跟家里的离婚，与我母亲结婚的。

我听了一阵心痛，为母亲，为自己，为我们母女的命运悲叹不已。

另一个是老大远强，我告诉父亲，远强还在延州老家，就把来龙去脉都说了。我说："因为我这个特殊情况，远强回延州后，就再没有见过面。"父亲想了想说，他回延州见过六斤，也见过远强，但不晓得是我的孩子，只以为是六斤的儿子，也没人跟他说起过。父亲还说我狠心，说："自己的孩子，不管发生了什么，还是要见的。"

父亲走后，我就动摇了，要不要见远强呢？我左右摇摆。但我想来想去，想了好久，终于还是决心不见。为什么呢？我觉得，二十多年过去了，远强也大了。他已经有了自己的世界，不晓得几千里之外，在这个世界上还有一个丑八怪母亲。何必再打扰他呢？这么多年，已经对不起他了，那就索性对不起到底吧。我只希望在我死后，他看见的，只是我年轻时候美貌如花的样子，所以我年轻时候的照片，我是洗了好多张的，我希望将来给子女，给后代，给这个世界，留下的是我最美的样子。远强每年的照片，也冲洗了好多张，我也不知道自己看来看去，到底看旧看坏了多少张。原先，远强和我的照片，是挂在墙上最醒目位置的，我搬回去住了以后，就都收起来了。我要放在一个私密的地方，独自欣赏。而实际上，每一次欣赏都是伤心。

父亲离开尼勒克后，寄来过好几封信，还有照片。但第二年冬天，我突然收到了一封海外来信，信上说，父亲去世了。我回了一封信，想问问父亲可有遗言，或有什么交代，那边却再也没有回音了。

父亲走了，我与南洋那边的佟家人，就再无往来了。（完）

我看完文章，呆坐在椅子上。时间已过子时，我却毫无睡意。外公，安桥人叫舅公。我的舅公，原来我是见过的，但印象却不太深了。当时以为，就是见一位街坊长辈，最多也就是大妈的父亲，叫一声舅公，不过是出自礼貌，吃过一顿饭就分开了。但我心里知道，事情远没有那么简单。

大概是 1988 年春天，学校获得了一笔海外来的启动资金，而且还是带项目的，说是一位外商出资的，目的是扶持学校办一座校办厂。那时候的校办厂，国家是有免税减税政策的。学校可以以此获得资金搞建设，也可以提高员工福利，所以学校办厂积极性很高。但一般都因缺资金和项目，难以立项上马。这笔资金到位后，学校想尽办法配套了部分资金，校办厂就这样办起来了。而更为莫名其妙的是：学校居然任命我当了副厂长。我一听就急了，立即找到校长说，我是喜欢教学的，怎么不征求我个人意见就乱点将呢？校长两手一摊说，他也晓得我适合教学岗位，但既然投资方有这个意思，你先做一阵再说吧。还说：当校办厂副厂长，比你现在当个教务处副主任，收入可要高好多呢。我还是不愿意，说：什么投资方，告诉我是哪一个，我来问问到底是怎么回事，简直莫名其妙嘛。校长听了，神秘一笑，说：投资方要求保密，我也没办法，既然你不愿意，那好，你可以兼课，校办厂那边你也照应着，以后再说。从那以后，那个神秘的外商，就成了我的隐形保护神。我也由学校教学骨干，成了校领导眼里的重要人物。过了不到两年，校办厂也走上正轨了，在我的一再请求下，我回到了教学岗位。不过一年后，我就被任命为副校长，成了延州最年轻的高中校领导。到底谁是投资方，一直也没人告诉我，时间久了，我也懒得问了。

原来投资方竟然是我舅公，我嫡亲的外公。舅公是为了补偿母亲，所以在我身上费心用力了。父女情，在我身上延续了。但我不知道，舅公当年冬天就离开这个世界了。

学校领导班子考察结束后，老汪找我谈了一次话。公事谈完后，老汪朝我神秘一笑，说：

"还记得吗，不是说当面告诉我为什么要去新疆的吗？"

我笑了笑，也就不再隐瞒，便一五一十把能说的都说了。老汪听了，感慨万千，叹息连连。

临走，老汪又交代我说："老祁，虽说你是以作家身份去的，但教育上的事还要多关心，有空去指导指导。这次的带队校长是小马，你也熟悉的。"

我点点头，算是答应了。

我查了一下日历，启程去新疆的时间起码要 8 月中旬了。回到办公室，便给远妮发了一条信息。她连续回复了四条信息：

哥，你就顺其自然吧，也不急在这一时。

我想了想，索性根据我自己的记忆，把我晓得的写下来吧。

我甚至想，可否把妈妈写的，加上我写的，再加上你来新疆后写的，合起来编成一本书？是我们家的共同记忆，也可以给子孙留一份纪念。

题目还没想，哥哥你帮着出出主意吧，可好？

我看了，回了一条信息：赞成。

远妮的回忆

第四章

远妮的回忆文字，是以单篇的形式陆续发给我的，她发一篇，我看一篇。我常常想，如果我不回延州，那不就是我儿时生活的家吗？虽然阅读时常有一种代入感，但却怎么也无法把自己放进去。

原文以时间为序，兹录于下——

第一篇：《我的第一次记忆》

一个人最早的记忆是什么？每个人都有最早的记忆，我有时傻傻地想，如果把大家最早的记忆收集起来，肯定是蛮有意思的。

譬如白居易，他说他出生六七个月的时候，乳母抱着他在书屏下玩，有人指着"无"字和"之"字教他。他说自己嘴上虽说不出来，但是心里已默默记住了。后来有人拿这两个字问他，即使试验十次百次，他都能准确地指出来。白居易说他是生来就与文字有缘的。

我生平的第一次记忆，当然没有白居易那么早。我依稀记得，是坐在妈妈的怀里，是在教我认字还是讲故事，已不记得了。她戴着面罩，我老是去拉，她不以为意，只是轻轻把我的小手拉回来，然后用讲故事或者认字来分散我的注意力。就是这么一个画面，也不记得是在白天还是夜里，更不记得旁边有没有别人，譬如爸爸。

对于除了妈妈之外的家人，我的第一次记忆是吃西瓜。当然是在夏天了。在家里的客堂间里，爸爸和我，还有一位是招娣阿姨，我们在一起吃西瓜。我只顾自己拼命吃，吃完了就嗯嗯嗯地叫，招娣阿姨笑嘻嘻地拿了一块给我，我就朝她笑了。后来想起来，那应该是招娣阿姨来尼勒克不久。我那时应该还不会叫阿姨，但已经会叫妈妈爸爸了，所以爸爸就让我管招娣阿姨也叫妈妈。后来几十年，直到现在，我一直叫招娣妈妈。我们祁家的孩子，我和招娣妈妈生的弟弟妹妹，有一个爸爸，但有两个妈妈。我管招娣阿姨叫妈妈，弟弟妹妹叫我妈也叫妈妈。这就是我们家的特殊"家情"。小时候并不晓得，大了晓得了，也习惯了。

我对我的家庭关系的第一次记忆，是我上幼儿园后。

有一次我独自从幼儿园回家，路上碰到一个阿姨，她拦住我，想抱我，我看着似乎不认识，但又好像有点面熟。我看了看她，没有要她抱。她笑了笑，说："你妈妈怎么不去接你啊？"我就天真地问："我有两个妈妈呢，你说的是哪一个妈妈呀？"那位阿姨听了就大笑起来，说："傻丫头，妈妈总归只有一个呀，哪个会有两个妈妈呢。"我说："我就是有两个妈妈嘛。"阿姨也不争辩，就说："好好，你有两个妈妈，有两个妈妈。"说完就走开了。这时，又走来一位阿姨，年纪要大一些，她悄悄告诉我说，阿姨教你一个办法，你回去问问你爸爸，他会告诉你，哪个是你妈妈的。说完，嬉笑着走了。

当天回去，我真的就问了，但不是问爸爸，因为爸爸不在家。我问的是招娣妈妈。那时候，弟弟远克已经生了，还在吃奶。我一问她就愣在那里，反问说："是哪个教你回来问的。"我说是路上碰到的阿姨。招娣呸了一声，骂道："是哪个促狭鬼，吃饱了饭没正经事体，教小孩子问这个。"骂完，就告诉我，我们家跟别人家不一样，小孩子都有两个妈妈，一个是大妈妈，一个是小妈妈。我就问，你是什么妈妈。招娣妈妈脸红了一下，轻声说："我是小妈妈。"接着又说，可别告诉别人哦。我说："不会的。"说完，就蹦蹦跳跳出去玩了。我心里很自豪，别人只有一个妈妈，我居然真的有两个妈妈。以后也发生过类似情况，因为我心中有数了，要么怒目相视，要么完全无视，别人见了也就无趣地离开了。

我第一次打架，是在上小学后，而且大获全胜。大概是小学四五年级了，那时我们家的特殊结构，大家都已习以为常了。突然有一天，不记得是哪篇课文了，我们学了一个字：妾。老师解释说，妾，旧指男子在正妻之外娶的女子。旧社会有，新社会就没有了。下了课，班里有一个男生，也许是为了炫耀什么，在教室里大声说，老师说错了，妾在新社会也有，在我们厂区就有。说完，便偷偷跟人说，我招娣妈妈就是妾。一边说，一边眼睛朝我一瞄一瞄的，引得其他同学也朝我看。其实早有人跟我说了，我也注意到了，心里的怒火像火山爆发似的，汹涌澎湃，不可阻挡。我腾的一下站起身，像一只下山猛虎，向那位男生扑去，一把揪住头发，狠狠地向墙上撞去。那男生猝不及防，也没想到我会这么撒野，被撞之后，蒙在了那里。

正好这时上课铃声响了，大家各回座位，像是什么也没发生。

当然，后来老师还是发现了，就把我爸爸找来了。但这位老师还是有水平的，她没有一味责怪我，而是说：那个男生错在前，但是呢，打人总归是不对的，要我作一个自我批评，也希望家长加强教育。爸爸也表了态，说回去一定要严加管教。

回去的路上，我坐在爸爸自行车后座上，搂着爸爸的腰。一开始还有点战战兢兢的，怕爸爸骂我。谁知到了半路无人处，爸爸不仅没有骂我，还回头向我跷了跷大拇指说："女儿，好样的，以后碰到不讲理的，就要这么勇敢。"我听了，真是比吃了什么好东西都舒坦。但爸爸告诉我，这是只属于我们俩的秘密，不能告诉任何一位妈妈。虽然爸爸看不见，但我还是在后座上郑重其事地点了点头，说："爸爸放心，我一定会的。"

第二篇：《各司其职的两位妈妈》

妈妈原先是住在旧木屋里的，她在自述里也说到了。自瓦斯爆炸受伤后，她就离群索居了。其他受伤的姐妹都离开了，妈妈还是住在厂区外的木屋里。妈妈是她们中文化最高，也是长得最漂亮的。也许正因为这个，所以心灵创伤更深，受打击也比别人大吧。爸爸一直想办法劝妈妈回到人群中来，但苦于想不出好办法。等招娣妈妈生了小孩，我就没人带了。而且招娣妈妈坐月子，也需要人照顾。据说，是爸爸联合了裁缝伯伯和金凤姆妈（伯母），外加上当初受伤的姐妹，才把妈妈的工作做通的。当然，爸爸本人的工作还是最关键的。爸爸说，你要求我做的，我都做到了。那是两层意思，一是离婚，二是娶招娣妈妈。因为当初爸爸是坚决不愿意的，但后来都依了妈妈，所以才这么说。爸爸说：我一个要求你总要答应我吧？否则，你佟九妹也太霸道了吧？这些话是金凤姆妈后来告诉我的。

那时焦煤厂已经下马了，大家都在开荒种田。妈妈回来后，虽然也有一些议论，但大家正忙着，也正苦着呢。人一忙也就没心思管闲事了，议论一阵子也就过去了。

妈妈一回来，家就更像个家了。什么意思呢？因为两位妈妈的分工就逐渐形成了，爸爸也有更多时间投入工作了。爸爸在厂里是车间主任，现在种田了就改任生产大队大队长了。两位妈妈的分工是：妈妈做家务，洗衣做饭，管我的吃喝拉撒睡，招娣妈妈带小弟弟。当然，妈妈也是要下地的，过去她是在厂区打扫卫生的，现在种田了，还打扫什么卫生呢。妈妈在老家是居民户口，没有下过地，不会种田，都要从头再学。说有一回，大队进行割麦子比赛，为了鼓励先进，就在麦田前头的田埂上放上白馒头，谁先割到头谁就可以得到两个馒头的奖励。这样，大家为了往前赶，各自割的麦垄就越来越窄，也越来越快，妈妈和裁缝伯伯是割得最慢的，裁缝伯伯从小学徒，也不会农活。大家见他们俩的麦垄那么宽，都不好意思了，就再回过头来帮忙，才在天黑前一起割完了。但馒头是没有了，早被人吃光了。这也是金凤姆妈跟我说的。

厂子解散了，厂里的幼儿园也关门了。妈妈就把家务活分给招娣妈妈一部分，专门抽出时间叫我认字，给我讲故事。弟弟还小，但也喜欢跟着听。招娣妈妈认不得几个字，但喜欢妈妈讲故事，一有空，她也过来一起听。妈妈讲故事的办法跟别人不一样，她不是随口讲，而是对着书一字一句地读，而且是用普通话朗读。有时找

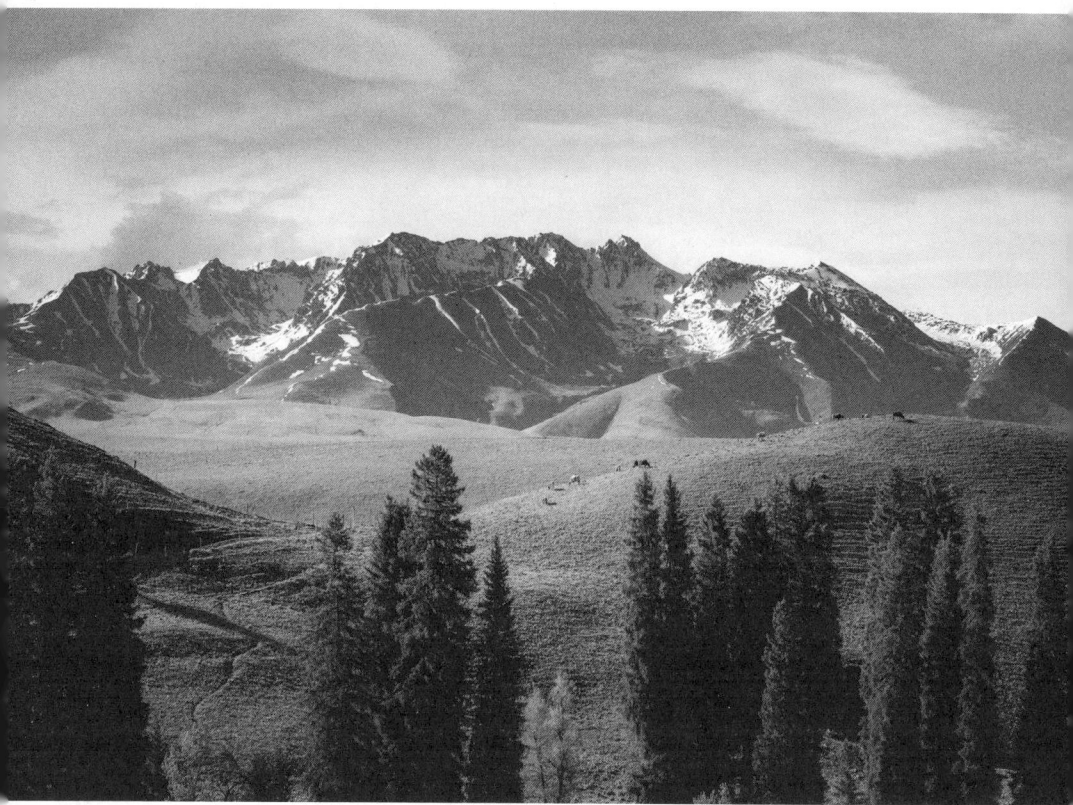

不到合适的书，妈妈就亲手把故事写在纸上。我呢，先是看着妈妈一字一句读，后来就学会用小手点着字一字一字地念了。后来，读熟了，我便能一字一句说了，不知道的还以为我认得字了呢。再后来，我就真的对照着字，逐字逐句认字了。

从我开始，弟弟妹妹们都是这么认字的，肚子里的故事也积累了不少。甚至可以说，我长大后报考中文专业，当语文老师，也是与此有关的。

有一个画面我印象特别深，也许是这个画面重复次数太多的缘故吧。夏天，太阳落山后，家家户户都在门外吃饭乘凉。妈妈说，这是从江南老家带过来的，本地人是没有这个习惯的。因为尼勒克的夏天没那么热，而且温差大，夜幕降临，气温就下降了。但从江南来的延州人，还是要在门外乘一会儿凉。不是为乘凉，而是为了那么一种气氛，一家人在一起说说笑笑，邻居之间互相走动走动。我们家的分工是：招娣妈妈忙里忙外，收拾碗筷，给孩子洗澡。妈妈就留守在门外，专事看管洗完澡的孩子，讲故事。爸爸是指望不上的，他特忙，常常不在家。门外光线暗淡，这个时候讲故事，就不能照着书读了。妈妈也不讲书上的了，就专讲老家的民间故事、风土人情。记得有一回，妈妈讲了好多延州方言，印象特别深。说：延州人把走路叫"波路"，把脸皮厚的人叫"治头"，把脏叫"呐答"，把小孩不听话打屁股叫作"当屁沟"，把叽叽喳喳的女人叫"咋婆"。妈妈说完，就笑着附在我耳边说：你金凤姆妈，我们就叫她"咋婆"咯，你说像不像？我听了，就咯咯咯笑起来。妈妈笑过之后说：你可不许告诉金凤姆妈啊！我的调皮劲也上来了，说："就要告诉，就要告诉。"妈妈听了，就也咯咯咯笑起来，说："你告诉我也不怕，她就是'咋婆'嘛。"这时招娣妈妈出来了，听到我们在笑，就问笑什么。我就说了，她听了，也忍不住咯咯咯笑起来。在我们家，或者说，在所有的支边家庭，都有两套语言，在家里，说老家延州话，出了家门，说普通话。当然，我们小孩说延州话毕竟不地道，那些生僻的土语我们是说不来的。同样的，大人们说普通话，也是夹杂着方言的延州普通话。

招娣妈妈忙完了，就也坐过来跟我们玩，有时让我们自己玩，她们俩就说些家长里短。我因为最大，也懂些事了，有时耳朵里进来几句话，也插几句嘴。妈妈总说，大人说话，小孩子不要插嘴。招娣妈妈却从没说过这样的话。或者也可以说，她就不大开口，都是妈妈说，她听。我上了中学，人情世故也懂了，对她们的关系就非常好奇。对妈妈我能理解，是她把招娣妈妈引入这个家庭的，还能有什么可抱怨的呢？但对招娣妈妈，我就弄不懂了。虽然爸爸跟妈妈不再同房，但在家里，有什么大事，爸爸似乎都是跟妈妈商量的多。我就想，这招娣妈妈，说得不好听，就真的有点像"妾"了。当然，自从有一次，我无意中听到了爸爸跟妈妈的对话，就似乎什么都懂了。

第三篇：《神秘夜话》

焦煤厂下马后，厂里的员工家属就都去开荒种田了。过了几年，焦煤厂又上马了。我们家仍然住在职工宿舍。我家情况特殊，人口也多，所以房子比较紧。妈妈一个人住一个小房间，是单独隔出来的。但朝南，光线还行。但好在我们都是南方人，住的宿舍是坡顶的，不像当地的房子是平顶的。为了堆些杂物，爸爸就在小房间上搭了一间小阁楼。我跟妈妈睡，没有单独房间，但自进入初中后，不知为什么，我非常渴望有一个自己的空间。但现实告诉我，那是不可能的。我便在某一天，在阁楼上把杂物整理了一番，空出了大概两平方米多，三平方米不到的地方。阁楼非常矮小逼仄，我在阁楼上可以躺着冥想，但要坐着看书写作业就困难了。但那时放学后也没什么作业，加上光线暗，看书也难，剩下的功能便是冥想了。阁楼虽小，却是我的小世界。

在学校里，我有好多朋友，有男有女，大多是小学时的同学。女同学中要好的就多了，有的几十年过去了，依然无话不谈。用如今的话说，就是一生的"闺蜜"了。男同学中最要好的是裁缝伯伯的儿子胡家康，外号胡司令。不知怎么的，家康从小就是大块头，走起路双手一摆一摆的，派头十足，像极了《沙家浜》里的胡司令。这个胡司令，后来成了我的老公。

记得是深秋季节，那天吃过晚饭，妈妈顺口问了我一句，在家还是……我也顺口答道，不在家。那时我已经上高中了，常常去胡家跟家康一起做作业。他们家房子要宽一些，两个人一起做作业，也好有个商量。当然关键不在这里，你懂的。但那天吃过饭后，我有点不舒服，就没有去家康那里，又不想在家杵着，就爬上阁楼躺下了。我躺在木板上，身下是一条旧棉毯，感觉蛮舒服的。起先我脑子里还七想八想的，但不知什么时候，竟睡过去了。迷迷糊糊中，突然听见房间里有说话声，仔细一听，居然是爸爸和妈妈在说话。我觉得非常奇怪，脑子一激灵，就彻底醒了。爸爸平时是从不来我们房间的，不是他想不来，而是妈妈不让他来。妈妈的心思我晓得，她觉得自己住在这个家里不伦不类，好在有我这个女儿，还好说一些。

"要是你考上大学走了，或者招工走了，我住在这里算什么？"妈妈曾私下里跟我说过。说这话时，高考已恢复了，我也上高中了。我说："妈你想多了。"她摇摇头，没有说话。

"九妹，你找我有急事？"爸爸小声说。房间里灯光暗淡，外间也没有声音，不知招娣妈妈和弟妹们去哪儿了，我不敢出声也不敢动弹

"远妮呢？"

"远妮，去老胡家找家康了吧。"妈妈随口说完，立即转入本题，"五斤，我想跟你商量一个事。"

"什么事，这么神神秘秘的？"大概见妈妈语气平缓，爸爸也放心了，就以调侃的语气问道。我竖起耳朵，拼命想听妈妈说什么。我怕她说起我跟家康的事，听说学校已经有议论，不过因为我成绩好，老师才没有声张。

"我听说，现在政策变了，在老家，庙里把菩萨重新请回来了。"妈妈低声问，语气小心翼翼的。

"尼勒克只有喇嘛庙。"爸爸接口说。

"这个吗，我晓得的。"妈妈压低声说："吴林芳请了一尊菩萨，也不肯说是哪里请的，她来跟我商量，想在木屋里供奉起来。"

"你就跟我商量这个？"爸爸的语气听起来很轻松。

"嗯，也不全是。"妈妈慢吞吞地说，"林芳想让我住过去陪她。我呢，从小见我亲娘念佛信佛，也看过佛经，就有点好奇，嘿嘿。"

妈妈的口气一听就是说避重就轻，连我都听出来了。

"想烧香念经？那就在家里，在这里念，在这里烧好了。"爸爸像是故意抬杠，又像是不让妈妈说下去。

"那怎么一样？"妈妈叹了口气说："我不是也想陪陪林芳么，一个人怪可怜的。"

吴林芳阿姨的事我听说了，全厂的人都晓得了。她在家里成了多余的人，不仅丈夫嫌她丑，不理她，连亲生的儿女也嫌弃她。

"那你是要怎么样？"爸爸还在追问，其实妈已说明白了。

"总归要诚心诚意么，总要磕磕头，陪陪菩萨。"妈妈欲言又止，终于轻声憋出了这几句话。

好一阵沉默，房间里像是什么人也没有，我也看不到他们在干什么。死一般的沉寂，好像一个黄昏过去了。终于我听到爸爸长长地吐了一口气，说："九妹啊，你还是想逃，是不是？"

没有听到妈妈的回答。

"为了我，你把招娣引来了，我依了你。当初你也答应过我，不会再离开我。我们一家这个样子，外头虽有点议论，但只要我们过得好，管别人说什么。"爸爸语气沉重。

"你过得好吗？"妈妈的声音。

"只要你在这个家里，我就过得好。"爸爸的声音。

"我过得好吗？"妈妈自言自语说。

"哪里不好，你说。"爸爸声音一下子轻下来。

"我想过不晓得多少回了，等远妮高中毕业，不管是考上大学，还是招工，只要她走了，我也可以走了。"妈妈语气决绝，"要不然，我在这里，真的不像样子。"

"现在的样子，都是你一手设计的，你如今又要说这个话，你叫我怎么办？"爸爸的声音里有了一点怒气，还有一丝怨气。

"五斤，你不要难过，是我对不住你。你为了我，付出太多了，高中没有念完，后来又为了我吃了那么多苦，你说我这心里，怎么过意得去？"妈妈一边说，一边就轻轻地哭了。爸爸也在抽鼻子。我的泪水顺着脸颊无声地往下流，心像是被什么揪着，一阵阵地疼。这是我生平第一次懂得了父母的不易，懂得了他们内心的痛苦。

好长时间的沉默。终于妈妈说话了：

"我想，青灯黄卷，陪伴余生，也蛮好的。你就不要拦我了。"不等爸爸答话，又说："你回去吧，远妮估计也要回来了。"

说着，像是把爸爸推出了门外，妈妈把门关上了。关上门后，妈妈回头扑在床上，沉闷的哭声传上来。我悄悄走下阁楼，妈妈见了，抬起头，愣住了，哭声也止住了。我走过去，我们默默地搂在一起。

"痴丫头，都听见了？"妈妈松开我，说。

我默默地点点头，说："妈，你真舍得离开这个家？"

妈妈摇摇头，叹了口气。

"远妮啊，你是家里的老大，也懂事了。你说，妈怎么舍得呢？"

"那你做啥要说那样的话，伤爸爸的心？"我说话直来直去。

"我说的，也是真话，就是心里矛盾，所以才难受，你懂吗？"妈妈说完，长叹一声，"等你离开了，我也肯定要离开的。"

"那我就一直不走。"我赌气说。

"不要说痴话。"妈妈轻声说："我走，也是为了我自己。以后你会懂的。"说完，她坐下来，半倚在床头，好像是累了。

第四篇：《情圣与才女》

我的爸爸祁五津，小名五斤。但小名不是晚辈可以叫的。

在这个世上，爸爸是我最佩服的男人，没有之一。除了他是我爸爸，是给了我生命的人，我爸爸还是一个情圣。

有人也许会说，爸爸后来跟妈妈离了婚，娶了高招娣，又生了三个小孩，怎么还能配得上"情圣"二字？

但我要说，爸爸一生只爱一个女人，就是佟九妹，我的妈妈。这话说起来对招娣妈妈有点不公，但事实就是如此。招娣妈妈也是知道的，但没有办法，谁让她偏偏就傻傻的喜欢这个男人呢？爸爸曾跟裁缝伯伯说过，他跟妈妈离婚，是为了让她早点走出阴影，不再有心理负担。爸爸弥留之际，在床前握着妈妈的手，双眼含泪，神情痛苦，非常不舍。这是我亲眼所见。按理说，他最放不下的，应该是招娣妈妈和三个未成年的孩子。可是从爸爸的眼神里，他最放不下的，还是我妈妈佟九妹。

其实，妈妈在爸爸心中的位置，从爸爸一生中最重要的几次选择就一目了然了。

第一次，是妈妈要逃离家乡来新疆，爸爸义无反顾选择中断学业，随她来到了尼勒克。妈妈为此感念了一辈子。妈妈曾告诉我，爸爸跟她一起来新疆，我奶奶哭了好几天，眼睛都哭肿了。街坊的议论也很多，说妈妈是狐狸精转世。西街冯老师也发表过评论，说五斤这孩子，平常看不出来，原来还是个不爱江山爱美人的情种。

第二次，是妈妈一气之下离开百货公司回焦煤厂，爸爸又一次选择追随妈妈的脚步，离开工作更轻松的邮电局，也回到了焦煤厂。当时他们并没有结婚，在邮电局有个女子不知深浅，正在追求爸爸。那女子上海口音，妈妈说她见过，说那女子长相一般，脸上有点雀斑，说话蛮嗲的。但皮肤白，气质也蛮好的，老是买点心给爸爸吃，弄得爸爸好尴尬。

第三次，妈妈毁容后，爸爸最初的选择是不离不弃，后来与妈妈离婚，也是听从，不，应该是服从了妈妈的意志。如果说前两次选择，有人会认为是爸爸迷恋妈妈的美貌，那么后一次，就完全能证明他们是"生死恋"了。

爸爸的死，非常突然非常快。在我即将高考，还差两个月的时间，爸爸被查出得了癌症。妈妈为了不影响我，不仅没有告诉我，还突然跟班主任老师联手，用学校住宿可以如何如何等一套说辞，把我骗进了学生宿舍。一直到高考结束，才告诉我真相。此时距爸爸离世已不到三天了。

爸爸握着妈妈的手，招娣妈妈在一旁，牵着小妹妹的手，哭得稀里哗啦。爸爸骨瘦如柴，面色蜡黄，躺在床上像一个无助的婴儿。妈妈让招娣妈妈过去，说几句告别的话。招娣妈妈只会哭，什么也说不出来。妈妈对着爸爸的耳朵说：五斤你放心，我会马上搬回去住。招娣的孩子也是我的孩子，我们会一起教育抚养他们的。爸爸听了，嘴角露出一丝微笑，平静地闭上了眼睛。

妈妈之前已搬出去住了，和吴林芳阿姨住在小木屋里。不完全是因为信佛，而是为了陪吴林芳阿姨，她们五姊妹中的一个苦命人。她回去后，受不了丈夫的冷言冷语，丈夫也受不了她的丑陋，她就一个人搬回了小木屋。妈妈上班之余，就是陪她烧香拜佛，当然也会回去帮衬家里，但一般不在家里住。

爸爸过世后，妈妈就又搬回去了。她说吴林芳阿姨已经走出来了，走进了佛的世界。有佛陪着，一个人住也没关系了。

可以毫不夸张地说，三个弟弟妹妹是两位妈妈共同抚养长大的。尤其要给妈妈记一大功的，是她对孩子们的教育。她虽然只有初中学历，但她喜欢读书，喜欢钻研问题，弟妹们的学习都是她管。在那样的艰难困苦中，三个弟妹分别考上了中专、大专、本科。这也是妈妈的算计，大的帮小的，天经地义，等家里条件好些了，小妹才读了四年制本科。而且三个弟妹都听她的。

多少年后回忆起来，我们一致认为，除了妈妈会说话，能以理服人，她那天生动听的声音，也功不可没。她说起话来温柔动听，语音中仿佛有一种魔力，让你不得不静下心来听，而且听了觉得舒服，能身不由己地着迷。我们都觉得妈妈不去当播音员，或者当老师，简直是太可惜了。她有一口标准的普通话，这让我疑惑甚至吃惊。因为我听说，在她读书的年代，在乡下，老师是不太会说普通话的。这是我读了师范后才认识到的。妈妈听了，会心一笑，意思是认同了我的观点。她说：她读小学一年级，正巧碰上一个从城里下放来的女老师，是北方人，不知怎么流落到安桥了。她还告诉我，从小家里就有收音机的。

妈妈是个才女，这也是我们共同的认识。闲暇时刻，她会用她那特有的声音，为我们朗读古诗词，尤其是李煜和李清照的词，读起来简直能让人身临其境。这两位词人都是前半生优游享乐，后半生飘零凄苦。读李清照《如梦令》："常记溪亭日暮，沉醉不知归路。兴尽晚回舟，误入藕花深处。争渡，争渡，惊起一滩鸥鹭。"则一派少女的无忧无虑。读李煜《虞美人》："春花秋月何时了，往事知多少？小楼昨夜又东风，故国不堪回首月明中。雕栏玉砌应犹在，只是朱颜改。问君能有几多愁？恰似一江春水向东流。"则一派亡国之君的无尽愁思。有时，妈妈也会背诵一些现代诗。我印象较深的，是有一次她背了一首徐志摩的诗，题目叫《去吧》，前半段还记得：

去吧，人间，去吧！

我独立在高山的峰上；

去吧，人间，去吧！

我面对着无极的穹苍。

去吧，青年，去吧！

与幽谷的香草同埋；

去吧，青年，去吧！

悲哀付与暮天的群鸦。

但我们家里没有徐志摩的诗集，妈妈颇为遗憾，说是老家有，但没有带来。我上师范的时候，才买到了徐志摩诗集带回家来，妈妈见了十分开心。

如果说爸爸是情圣，那么，妈妈对爸爸的痴情，一点也不亚于爸爸。

爸爸去世后，我也上了师范专科学校了。每年寒暑假回来，我和妈妈睡在一起，她常跟我说起她和爸爸的浪漫史。许多她在自述中提及的，我也早听说过了。有一次我起床叠被子时，偶尔发现在妈妈的枕头底下，有一本旧版的《浮生六记》，居然是1936年上海大光书局版本。我打开一看，书都翻烂了。虽然我读的是中文专业，但并没有看过此书。只知道是一本清朝人的自传体随笔，作者沈复，苏州人，书名取"浮生若梦，为欢几何"之意。更让我惊奇的是：书中有爸爸妈妈不少批语。譬如第一章书页中，我看到有妈妈两则眉批："布衣素食，情趣相投，羡煞人也"，"人间有味是清欢。不易得也。"第一章名为《闺房记乐》，是记述沈复与妻子陈芸情投意合而又诗意浪漫的家居生活的。夫妻俩从青梅竹马到结为夫妻，这一点与我的爸爸妈妈倒是颇为相似。我正要往下看，却听见妈妈叫我吃早饭了。我忙把书放回枕头底下，但等我想起来再去找，却不见了。问妈妈要，她却装聋作哑，不告诉我了。我后来才想明白，那本书，可能是爸爸妈妈的定情物，也可能记录着他们共同的心声，甚至是爱的誓言之类，是妈妈想爸爸时的情感寄托之物，怪不得连女儿也不让看了。

第五篇：《招娣妈妈》

我们家不仅在焦煤厂，就是在尼勒克也颇有一点名气。至少从表面看，确实像是一夫两妻或一妻一妾格局。但因为妈妈的特殊情况，外界或者组织上也没有干预。更因为招娣妈妈的贤惠，这个家不仅稳定，而且充满了爱与和谐的气氛。按理说，招娣妈妈是很尴尬的，甚至有人说，她只是祁家的生育机器。但我从来没有听到过她的一句怨言。长大后，我就开始观察她了，发现她话不多，最大的能耐就是特能忍耐。我参加工作当了老师后，招娣妈妈就把我当大人了，我们说话也比较随意了。

一个星期天，记得是夏至。按照老家习俗，那一天是要吃馄饨的。我们俩一边包馄饨，一边闲聊，聊着聊着，不知怎么就说起陈年旧事来。我也来了兴致，就问她，当初怎么愿意来尼勒克的，明明知道金凤姆妈带她来的目的，来了之后也看到了我们家的特殊情况，怎么还愿意嫁给爸爸呢？妈妈住回来后，又怎么能相安无事的呢？

起先，招娣妈妈一声不吭，她就是这样，是慢热型的。我也习惯了，不去催她。过了好一会儿，她突然脸上一红，双眼放出光来。她先是一笑，不是对着我笑，而是独自沉浸在自己的世界里，自顾自地笑了。

"唉，从哟地方说起呢？"她一边手不停地包着馄饨，一边没头没脑地冒出这么一句。接下来又是一阵沉默。接着，又自顾自笑了笑，还轻轻摇了摇头。

"我认识你爸，其实蛮早的。嗯，你晓得的，哦，你应该不晓得，你们老家在安桥东街，前面是街面房，是那种排门，早晨放下来，天黑了再一块一块拼上去。你们家呢，你爷爷，你奶奶，还有你爸爸你叔叔你孃孃，老是在门口的屋子里吃饭，排门敞开着，我那时候才上小学，路过你们家门口，就认识你爸爸了……"

听到这里，我扑哧一声笑了，说："你怎么老是你们家你们家的，难道不是你家？"

她一听也笑了。我立刻醒悟过来，生怕她不说下去了。过了一会儿，好在她还是说下去了。

"我娘家在乡下，我们村里人对街上的人家，是好奇的，也是羡慕的。譬如，他们早饭晚饭吃什么，我总是不自觉地要瞄上一眼。其实他们吃得也不怎么样，当然比我们村里人要好，你爷爷是老干部嘛。"

"你那时候就想嫁一个街上人了？"我见她说话不着边际，就忍不住调侃了一句。

"那倒也不是。我没念到什么书，四年级没上完，我娘见我个子长高了不少，就让我回家挣工分了。后来想想，到底是后娘，只顾着抢工分，不顾女儿的前途。我心里不愿意，就找爹爹，爹爹不敢违拗我娘，我也就没办法了。我对你爸爸有好感，是因为有一回……"说到这里，她突然不说了，我抬头一看，她眼圈红了。我也鼻子一酸，不敢再催问了。

"唉，我就是喜欢爱干净，又有文化的男人，就是你爸爸那样的。哪个晓得呢，他就这么说走就走了。"说完，再也不说什么了。我至今也不知道，是什么时间什么地点，因为什么原因，招娣妈妈就对我爸有了好感，甚至就爱上我爸爸了。后来也问过，招娣妈妈总是一笑而过。

在我们家里，招娣妈妈总是做这做那，一刻不停。我妈妈自己也忙，但也会指挥她做这做那，她总是"噢"了一声，接着就去做了。以我的人生经验或对人性的理解，对招娣妈妈这个人，无论如何我都不能完全理解。既然如此，我也就不去猜想或者臆测了。对她，我只能用恬淡隐忍、任劳任怨之类的词堆砌在一起来概括形容了。

在这个家里，我虽然叫她招娣妈妈，但在我长大后，私底下我们俩却像姐妹似的，什么话都说，我说错了说重了，她也不计较。而她自己生的小孩呢，除了生活上的事会找她，遇到学习上的或者工作上的，都是找我妈或者找我。招娣妈妈也绝无想法，有时就在一旁听，笑嘻嘻的，不怎么发表意见。我有时候想，难道她脑子里除了洗衣、做饭、工作以及琐琐碎碎的东西，就没装下别的什么了？后来我才发现，不是的，其实她心里什么都明白，只是不愿意与人争长短，只是喜欢与自己喜欢的人在一起，愿意让着甚至惯着家人孩子。

唉，招娣妈妈的形象，闭着眼一想，就是忙忙碌碌的身影，实在写不出什么。但有一件事我还是印象特别深的，也是对我的一生影响最大的。

我跟裁缝胡家的家康，从小青梅竹马，无论在大人眼里，还是在同学眼里，我们好像是天生的一对。但很可惜，家康读书不怎么样，高中毕业后，不仅没有考上学校，而且连补习的想法都没有，说就是愿意跟着爹妈学做裁缝。我当时很生气，有一段时间我们几乎断了往来。但毕竟从小到大的感情了，而且两家来来往往又多，放了寒假回来见了面，关系就又接上了。书信也不紧不慢的没有断过，一个月总有那么一封两封的。到了我大二，开始有男同学追我了，我有点苦恼。从文化层次的角度，我有点想考虑同学，但从感情的角度，我又放不下家康。一想到我和他可能成为不相干的人，我们之间多年来的点点滴滴，就一下子冒出来了。

我们师专是三年制，升大三那年暑假，离毕业只有一年了。追我的男生加快了攻势，家康也似乎比原来上心了，还专门跑到我们学校去看过我。我知道他的小心思，无非是想告诉我的男同学，祁远妮是有男朋友的，你们就别瞎费心了。

暑假回家后，我有点恹恹的，整天就是闷在家里看书，不大想出门。妈妈看出来了，招娣妈妈也看出来了。我估计妈妈会找我，但是没有。我想也没想过，招娣妈妈会找我。她问：是不是感情上遇到麻烦啦？我一愣，没有否定。我想听听她会说什么，因为平时她都是少言寡语的。她笑了笑，慢条斯理地说："感情这种东西，是最说不清楚的。"我没有说话。她又说："既然是感情上的事，就还是要听自己的感情，别的不要多想，谁能管得了一生一世呢。"她这句平平淡淡的话，使我豁然开朗。后来，我还是选择了家康，多少年过去了，我还常会想起招娣妈妈说话时的样子。

到尼勒克去

第五章

《招娣妈妈》发过来后，就是 8 月中旬了。我们去尼勒克的时间也确定了。我把飞机票信息发给了远妮，她很开心，说这下子好了，可以当面聊了。但这也带来了另一个后果，她懒得再写回忆文字了。

延州去尼勒克一行是一个团队，有公务员，有医生，有教师，还有后勤人员。从南京乘飞机到伊宁，飞了 5 个多小时。到了伊宁坐车到尼勒克，才 100 多公里。一路上我想起霍美秀婶婶跟我说过的，当年他们来新疆，是先坐汽车，再乘闷罐子火车，再坐敞篷大货车。她说火车走走停停开了五六天，汽车摇摇晃晃走了半个来月。

从伊宁机场到尼勒克，一路上是高速或省道，两旁是连绵的群山。山上有树林密布的丰茂草场，也有草色遥看近却无的淡绿风景，不时有羊群、牛群点缀其间，给群山增添了几分秀气和灵动。一望无际的麦田，虽然麦子已收割完毕，但漫山遍野的麦茬金黄金黄的，依然是一幅美丽的风景画。透过路旁挺拔茂密的白杨树，大片大片的玉米随风飘摇。还有喀什河谷的温润湿地，水流潺潺，灌木丛生……不到两小时，尼勒克就到了。

汽车开进援疆楼，工作组的领导早就在等着了。站在最前的大高个，无疑就是许定辉了，他在尼勒克挂职县委副书记，是楼里的一号人物。不知是天生的，还是尼勒克紫外线的缘故，他黑黑的脸膛，再配上超过1.85米的个子，简直跟一座铁塔似的。我虽跟他不熟，但想起当年，这么引人注目的大高个在校园里晃来晃去，我还是有印象的。他见我们从车上下来，就过来拉住我的手，亲热地叫了一声"祁老师"，接着又问："老师还认识我吗？"我笑着点了点头，接着他就跟其他同志一一握手寒暄了。

我们一行吃住都在援疆楼里。这是一幢三层小楼，但院子不小，有健身步道，有篮球场，有各类果树，蟠桃、苹果、杏子、梨。还有两只狗狗，一黑一黄，热情地迎接客人。我想，这可真是个生活气息浓郁的地方。我一下子对这幢楼乃至楼里的人，有了一种亲近感。进得楼去，迎面墙上一行字：筑梦喀什河，添彩尼勒克。

大家安顿下来，约定了时间一起吃晚饭。吃饭时，许定辉请我坐在他旁边的座位上，大家便都看着。许定辉笑着说：

"祁老师可是给我上过课的，是嫡亲老师哦。"

"没有吧，许书记？"我低声说。

"真的，那一次我们语文老师出去学习，你代课教了我们。"

"哦，这个倒是会的。"这种情况多了，我哪里还会记得。

"欧阳修的《伶官传序》，就是祁老师教的。"

"嗯，会的，会的。"

"开篇第一句是，呜呼！盛衰之理，虽曰天命，岂非人事哉！"许定辉大声说。

"许书记好记性！"我也大声呼应道。

听了我们的对话，大家都笑了。许定辉给我的第一印象不错。

吃完饭，许定辉说：大家一路劳顿，辛苦了，早点休息吧。大家散后，许定辉又悄悄对我说：祁老师，在尼勒克采访写作，有什么需要协调的，尽管跟我说，千万别客气。我看他这么细致，对他的印象又好了一层。

天色刚刚暗下来，我便躺在了床上。我想，古人或者说过去的人，生命比我们短，而且因为交通、通讯不发达，他们一生中实际可用时间，更比现代人短多了。那么是不是意味着，他们的生命质量就一定不如我们呢？比如我从延州到尼勒克，当天就到了，父母亲当年却花费了十几倍的时间。但他们看见了一路上的风景，有人甚至在旅途中收获了爱情，譬如霍美秀婶婶。远洋轮船上时间更久，浪漫爱情故事更多。《泰坦尼克号》上的杰克和罗丝，还有许多小说或者历史上发生过的故事。快，是效率，也是对生命的挥霍。我想，在尼勒克，我应该过一种"慢生活"才对。

尼勒克县面积不小，有 1 万多平方公里，但人口才十七八万人，县城人口只有四五万人。走在尼勒克大街上，远看是山，近处有树和草，喀什河就在不远处，静下心来好像听得见水流的声响。人少，风景好，气温也不高，感觉安闲舒适。远妮说：尼勒克是避暑休闲的好地方。

我和家人的见面，定在我到尼勒克两天之后，是远妮安排的。按照中国人的习惯，我们一起吃了个饭。出席人员有：招娣妈妈；

裁缝胡伯伯和金凤姆妈；远妮和妹夫胡家康；弟弟祁远克夫妇；二妹祁远丽夫妇。小妹祁远新在乌鲁木齐，之前通了电话，但没能赶过来。在吃饭现场，远妮又让我们视频了好几分钟。小妹说：请我抽时间去乌鲁木齐，我说一定会去的。

远妮说：小辈暂时不请了，人多嘴杂，不便说话，以后再见面吧。我表示赞同，并说在尼勒克，一切听她安排。

招娣妈妈并不像远妮写的那么单纯而恬淡，在我看来，那是一种历经沧桑之后的平和，好像见到谁都已不会再起波澜。当远妮跑过来告诉我，她就是招娣妈妈时，我也跟着叫了一声妈妈。她没有答应，也没有点头，只是微微一笑，露出一丝腼腆，但马上又恢复了那种平和。

裁缝伯伯不大说话，看见我只是笑了笑，点了点头。我叫他一声伯伯，他就又点了点头。金凤姆妈见了我，眼睛一红，就拉住我的手，说我有出息。又转身对远妮说，这丫头这么厉害，也只是当了个教导主任，没能当上校长。我们就都笑了。我说我今年到年龄了，已经不当校长了。老太太就吃了一惊，说，你这么年纪轻轻的，怎么就不当了？远妮就说，年纪到了没办法，都是要退的。老太太又问：那不当校长了，工资也减了不少吧？我说，工资还是一样的。老太太听了就摇头，说，那不是国家吃亏了？我们又笑，这个问题谁也没法回答。

大家坐下来，男的都喝了白酒，女的有喝红酒的，也有不喝的。都是家里人，不劝酒。喝酒的时候，其实也不好说什么，无非是说些家常。金凤姆妈最是健谈，突然想起妈妈说她是"咋婆"，心中不免暗笑。

我跟远妮因为之前交流多，话也就多些。家康是做生意的，比较会说话，话也说了不少。远克和远丽夫妇就只是礼节性敬敬酒，也没说什么。

我一直注意招娣妈妈，她不怎么说话，也不怎么吃菜。大家向她敬酒，她就象征性地站一站，喝一点饮料，然后坐下去，继续默默地坐着，看着大家吃喝说话。我敬她酒时，她突然对我小声说，她见过我，那时我还小。她指了指金凤姆妈说，喏，就是跟着她去你家，见过你的。我笑着点点头。说完了这个，她又笑眯眯的，什么也不说了。

在接下来的日子里，大家各忙各的。远妮就陪着我，东看看西逛逛，主要是看爸爸妈妈生活过的地方。妈妈当年住过的小木屋不在了，爸爸妈妈住过的老房子还在，空着，没人住了。

但在一个地方，就是妈妈晚年住的房间，我还是被感动或者说震动到了。房间在远妮家里，妈妈去世后，远妮又重新做了布置。这个布置好像是专门为了给我看的。开门进去，是一面照片墙，中间是妈妈年轻时候的照片，有正面的，也有侧面的，有半身的，也有全身的。

挂在墙最中间的，是一张特别大也是拍得最好的。背景是开满野花的草原，妈妈穿一件淡蓝色连衣裙，那时好像叫布拉吉吧。她手里捧着一小束鲜花，朝着镜头微笑着。再走近看，照片下是远妮手写的一行字：此照存于照相馆橱窗多年。

照片大多是黑白的，即使是彩色的，也像是那种涂上去的彩色，这就是那个年代的照相技术了。但是，即使是那时粗糙的摄影艺术，我看过照片后，也不免暗自吃惊，年轻时候的妈妈确实是太漂亮了。

没有经过修饰，脸型介于瓜子脸与鸭蛋脸之间，大眼睛，长睫毛，棱角分明的嘴角，笑意美美地挂在脸上。吃惊之余，我完全理解了妈妈。这么美貌的一个女子，一个为自己的美貌自豪的女子，怎么能接受这么残酷的现实呢？而且我也懂得了，如果不是为了自己深爱的丈夫和孩子，怎么会有勇气继续活在这个世界呢？她几十年不肯见我，她内心不知斗争了多少回，多少年，一直到死，可能还在动摇和痛苦中挣扎。我静静地看着妈妈，屋子里没有一点声音。我就想，如果我是她，我还有勇气活着吗？难说。

紧贴着妈妈的，是爸爸祁五津的照片，不多，就三张，都是年轻时候的。其中两张是独自拍的，一张是工作照，一张是风景照，另一张是跟妈妈的合影。爸爸年轻时的样子，老实说，比我从小叫爹的六斤叔叔要神气多了，虽然他们是双胞胎亲兄弟。容长脸，浓眉毛，每一张照片上，爸爸都是微笑着的。

妈妈照片的四周，都是我从小到大的照片。小时候的黑白照居多。我的照片是编年的，我一年一年看下去，好像跟妈妈在一起，回顾我自己过往的岁月。不知过了多久，远妮推门进来，见我还在看，就笑着打断我说："怎么样？"

"妈妈年轻时候实在是太漂亮了。"

远妮微微一笑，点点头说："咳，妈妈啊，用如今的话说，可是全方位无死角美女，不仅脸好看，即使后来发生了意外，声音依然好听，身姿依然婀娜。"

远妮见我盯着爸爸的照片在看，就说："妈妈那样后，爸爸也不大拍照了。后来的少量的照片，就是爸爸年纪大了之后的，我都另外存着了。"

说完就转过身去，对着桌上的电脑对我说：

"好了，哥哥，不要看了，我把所有的照片，都制作成一个 PPT 了。"说着，打开桌上的电脑，页面上的标题是：妈妈和哥哥。她打开 PPT，鼠标快速点开，又"唰啦唰啦"跳过去好多，并不给我看照片，而是跳过照片，给我看了几段视频。并告诉我说：都是妈妈网上下载储存的。我一看，鼻子就酸了。因为那些视频，几乎是网上能找到的我的所有视频了。有我在学校会议上的，也有在外讲学的，甚至有我跟朋友一起玩的时候，被当作玩笑拍下的短视频。

远妮说："我们都想不到，为了你，妈妈这么大年纪，居然坚持要学电脑，还搜索了这么多你的资料。"说着，打开一个视频，是我与老师一起搞活动，说了一个笑话。说一个老太太去理发店，问染发要多少钱，店员说是 100。老太太说：太贵了，是不是染一半就只要 50 啊？店员说：好啊，只要你愿意。老太太说：那好吧，你帮我把白的染黑了，黑的就不要管他了。

远妮说："你晓得这个视频，妈妈看了多少遍吗？告诉你，她自己都不记得了，看完一遍就说，想不到你哥这么幽默。"

"这个笑话是网上搜来的。"我说，"可是，她还是不肯见我。"

"妈妈去世前对我说，她一定要让儿子觉得，他的妈妈是世界上最漂亮的妈妈。"

我默默地点了点头，眼睛却一下子又湿了。

爸爸妈妈的故地几乎都走遍了，接下来当然要去看看墓地了。尼勒克的墓地跟内地完全不一样，不是成片成片规划好的，而是在草色青青的某一处山坡上，随处可见的圆圆的坟冢。没有苍松翠柏环绕，没有灌木丛的陪伴。我问远妮，爸爸的墓在哪里？她指了指远方。我又问：妈妈的在哪里？她说：在一起啊。我问了才知道，爸爸妈妈是合葬在一个墓穴里的。这是我绝对没有想到的。他们早就离婚了，而且爸爸早去世那么多年。坟冢高高隆起，墓碑上爸爸妈妈的名字，像是刚刻上去的。远妮告诉我，爸爸当年是土葬的，当时挖了两个墓穴，一个埋死者，一个预留着。等妈妈去世了，合葬了才有了墓碑，有了穹窿般的坟冢。我听了一惊，难道妈妈也是土葬的？问远妮，她莞尔一笑，没有答话。我把手里捧着的鲜花放在墓前，郑重其事地跪下，朝着双亲磕了三个头。此生不能与他们相见，我觉得唯有以此来表达一份情感了。

我只是好奇，爸爸妈妈合葬在一起，将来招娣妈妈如何安排？

远妮似乎看出了我的疑惑，她磕了头站起身，指了指墓碑对我说："不是你一个人，熟悉的人都问过这个问题。"

"你是怎么回答的？"

"说来你不相信，这是招娣妈妈的意思。"远妮看着我的眼睛说。

"哦？她是怎么说的？"我当然觉得意外了。

远妮摇摇头说："她什么都没有说，但态度很坚决。"

我抬头看看天，长吁一口气。我突然对这位招娣妈妈充满了好奇和敬意。

本来，远妮听说我要抽空采访当年的援疆"支青"，已经帮我开了一个单子，把熟悉的健在的延州老人家，都列在上面了。但招娣妈妈不在其中。此时我却有了一种冲动，好像不完成对招娣妈妈的采访，其他人就没有兴趣了。

招娣妈妈住在远克家里，白天儿子儿媳都去上班了，所以很是清净。我跟远妮一说想法，她也蛮赞成的，就电话约了招娣妈妈，说我要专程上门去"张张"她。张张，是延州方言，晚辈拜望长辈的意思。招娣妈妈听了，连说不要不要，叫我不要这么重礼性。远妮说一定要的，就不要再推了，并约定了时间。

第二天上午，我买了两筐水果，几盒保健食品。远妮说：你再买点补酒吧，招娣妈妈每天晚饭都要喝一盅的。我忙又转身进了超市，按远妮说的品牌买了一箱。上了远妮的车，她指了指后备厢说：午饭的菜都买了。今天你们说话，我负责烧菜做饭，好不好？我说好啊，太周到了。

门铃一响，门就开了，招娣妈妈笑眯眯地站在门口。房子蛮大的，三室两厅，在一楼，前有小花园，下有地下室。到了尼勒克我才知道，这里的房子一楼最好，也最贵。因为气候的原因，一楼不缺阳光，也不会潮湿，而且有花园，还净赚了个地下室，所以最抢手。我在房子里礼节性地转了一圈，就在客厅沙发上坐下。远妮说：你们说话，我去做中饭。说完，拎着菜就去厨房了。

远妮进了厨房，客厅就剩下我们"母子"俩，招娣妈妈就显得不太自然。远妮说过，她是个慢热型的人，需要慢慢聊才能让她开口。但是，刚喝了几口茶，她却开口了："谢谢你啊，还特意来看我。"

我忙说："应该的，应该的。"

她话锋一转，对我说："远妮告诉我了，说你想从我这儿了解你爸爸妈妈的事体。"

"也不是专门了解，就是说说闲话的。"听她这么说，我倒反而不好意思了。

"说说闲话好，我也没嗲事体。"她说完，像是进入了状态，就等着我提问了。我一下子把眼前的招娣妈妈，跟我上次的观察连接起来了。她从本性上说，确实属于内向性格，但多年的人生历练，使她成了一个平和而超脱的人。

"招娣妈妈当年来尼勒克，还记得吗？金凤姆妈是怎么对你说的？"我生怕为难了她或者引起了她的反感，问完了话就小心翼翼地看着她的脸色。谁知她一听就笑了，笑得很放松，像是听到了什么好笑的东西。

"你一问这个啊，咳，还从斸有人问过，但我一想起来啊，就要笑。"说完，她看着对面墙上的一幅画，自顾自说起来。"金凤啊，真是个咋婆，她哪里有耐心好好说，她对我说话，就像连珠炮，呱呱呱，呱呱呱，一点转弯都没有。她说："招娣，尼勒克去当工人，你去不去？"我说："当工人谁不去，当然去啊。"她又问："去了就要嫁人，去不去？"我听了，稍微愣了一愣，就说："女人嗲人不嫁人，嫁人就嫁人，怕点嗲。"哈哈哈，你听听，她就是这样子说话的。"

远妮走出来问："嗲事体，这么好笑？"

我笑着说："招娣妈妈也说你婆婆是咋婆了。"

远妮说："本来就是啊。"

我怕打断了招娣妈妈回忆，用眼神制止住远妮，忙追问说："后来呢？"

"后来，她就说：不是一般的嫁人，而是要嫁一个你认识的，有老婆的人。我一听就火了，说你痴婆子说嗲痴话啊，不要是骗我要我的啵。她就摇摇头，把五斤九妹的事体原原本本说了。我当然不能就答应，但也没有回绝，就说：让我想一想，明早给你答复。"说完，她像是陷入了深深的回忆，不再说话，我们也都不说话。墙上的挂钟滴答滴答响着，三个人像是三根木雕，一动不动。

"我想了一夜，就答应了。为嗲道理答应呢？一个是家里我不想待了，后娘的饭不好吃。另一个呢，你妈妈九妹的遭遇让我伤心了，我想帮帮她。"说完，她又不说了。我和远妮对视了一眼，都觉得不可思议。怎么是为了帮妈妈才来的呢？

"其实呢，你爸爸我认识，但不是太熟悉。我是因为你妈妈九妹，我喜欢她，甚至可以说崇拜她，所以我来你们家了。"

"你崇拜我妈什么？"远妮忍不住问道。

"嘿嘿嘿，用现在的话说起来，那就是一个小孩子心理，九妹她漂亮，聪明，时髦，会唱会跳，在我们女生里，她就是一个神一样的人。"

"那时候的小孩子就这样了？你才多大？"远妮又插嘴道。

"我念书才念到三年级，但是呢，我家离街上近，上街一趟只要走十来分钟，经常去街上白相。九妹好像不要做嗲家务，又不要下地去种田，天天穿得漂漂亮亮的。我心里就想，我要是能过上一天九妹那样的日子就满足了。"

"我妈在你心目中，那就是女神了？"远妮又忍不住说道。

"嗯，差不多。当然，当工人也是个原因。这个我不能瞎说。"

"那我爸爸算什么？不是沾了我妈的光了？"远妮接着问道。

"哪能那么说，你爸爸要是不好，我怎么会愿意？"招娣妈妈突然脸一红，显出一丝害羞的神情。"我夜里就想，如果五斤跟九妹离婚了，我嫁过去，虽然是填房，说起来也不怎么光彩，但远在新疆，嗲人管你啊。我当时的想法，是再也不回安桥了。又想，在老家，就凭我的出身相貌，想要嫁一个五斤这样的老倌，那比登天还难呢。"

远妮听了就哈哈笑着说：

"嗯，我晓得了，还是看我爸爸好，长得神气，又有文化，又有前途，是不是？别看那时你年纪小，还蛮有心机的嘛。"

我突然发现，远妮也是个"咋婆"，就用眼睛瞪了她一下。她忙捂住嘴，朝我抱歉似的笑了笑。但招娣妈妈似乎被打断了思路，不再接话头。我忙示意远妮走开，她也感觉到了，说："嗯，我去看着锅上。"说完就走开了。

招娣妈妈默默地坐着，也不看我，像是回到了过去。我对爸爸妈妈合葬的事，对她的态度有很多好奇，但又觉得晚辈问这个比较敏感，也有些尴尬。

"你爸爸妈妈合葬的事体，远妮也跟我说了，说你蛮感动的。"想不到一开口，她居然直奔主题了。我想，远妮虽然是个"咋婆"，心思还是蛮细密的。

"我当时的想法是：五斤跟九妹那么出色的一对，咳，你看过你妈妈年轻辰光的照片，你可以想象，在老家，在尼勒克，她是多么惹眼。想不到老天这么不公道……"

话没说完，她低下头，泪水好像在眼眶里打转。我想到墙上妈妈的照片，想象她毁容后的模样，也忍不住鼻子一酸。招娣妈妈看我也难过了，好像很愧疚似的，忙擦了擦眼睛，朝我微微笑了笑。

"你爸爸妈妈今生今世，咳，感情那么深，在一起的时间又那么短，一想起来啊，我这心里就难过。不如就成全他们，让他们在那边好好地在一起，说不定能再修一个来世呢。"她又补充说道。

"招娣妈妈信佛？"

她摇摇头，说："老话总是说，不可不信，不可全信，我就信一回吧。"说完，又自言自语说："人也不能太贪心了。"

亲近尼勒克

第六章

一、裁缝伯伯说当年

裁缝胡伯伯是我父亲的朋友，金凤姆妈是我母亲的好姊妹，又是远妮的婆家，更是亲上加亲了。胡伯伯长寿，福气好，他大名叫胡小狗，到新疆后改为胡小苟。上了一点年纪后，大家都叫他老胡。在胡家，老胡不怎么说话，话都给他老婆刘金凤说了。

胡伯伯听远妮说，我此次来尼勒克要采访老"支青"们，就自己跑到援疆楼来找我了。胡伯伯应该有八十了，但体态不胖不瘦，走起路来并不很显老态。他说是家康送到楼下，他自己上来的。我说：伯伯怎么一个人来了？金凤姆妈呢？他摆摆手，朝我眨了眨眼，说：她忙呢。我明白，是他故意不要她来的。

说了些闲话，才转入正题。我们坐下来，我泡了茶，拿出手机打开录音功能，听他说。我很少问什么问题，都是听他说。后来见他也没什么好说了，我就说，等他想起什么要补充的，就再告诉我。他点点头，笑了笑，意思是还想说，但又不知道说什么，有点意犹未尽的样子。也许是年纪大了，也许是说话习惯，胡伯伯能把事情大致讲清楚，但前后重复较多，话搭头也多，几乎每说两三句话，就要来一句"你懂吗""晓得吗"。关键是：说来说去，老说过去的事，现在的事就是你提醒，他也似乎记不得了。胡伯伯跟我说了几个小时，说来说去最多的，是他年轻时的事，尤其是当年认亲结亲的事，尤其详细。其他的事，或不说，或说不清楚。我就想，语言这个东西真是要天赋的，听霍美秀说话，几乎只要实录就可以了，实在难得。

我决定把胡伯伯的口述，用我的语言择其要点整理成文——

胡小狗（在来尼勒克之前，姑且还是用这个名字）16岁学徒，跟着大哥学裁缝。他是老五，有四个哥哥。哥哥们不是学木匠就是学裁缝，大哥学的是裁缝，早已满师单干了。跟大哥学徒，能省下拜师钱，还能学到真手艺。按规矩，学徒三年才能满师，满师了可以单干，也可以跟着师傅干，叫做"客师"。当了客师就可以拿工钱了。其实像胡小狗这样的，哪里需要三年满师？学徒之前看大哥做活，就差不多心中有数了。二哥也是学裁缝的，跟大哥是一个师傅。所以胡家五个兄弟，三个学裁缝，但大哥二哥是师兄弟关系，大哥跟胡小狗就是师徒关系了。大哥跟二哥年纪只差2岁，小时候就喜欢吵架，长大了也不怎么合得来。二哥满师后跟着师傅当客师，大哥就单独出来了。大哥比胡小狗大了整整10岁，小狗就是大哥抱大的，所以感情好，大哥处处护着小弟。带着小弟做，做活有了个帮手，闲下来也有个自己人可以说说话。

快过年了，安桥西街的刘家要做衣裳，请了胡家兄弟。那年胡小狗 19 岁。刘家是种田的，但因住在街上，也会做点小生意。夫妻俩都是精明人。刘家有三个女儿，大女儿出嫁了，二女儿金凤也是 19 岁。刘家的意思，老大没留在家里，老二要留了。也是一种求稳心理吧，因为老三将来不知情况如何。家里留个女儿，老来就有靠了。

刘家请胡家兄弟来家做衣裳，是藏着玄机的。给刘家做衣裳的，本是一位老裁缝，已经做了多年了。这一年，刘家请胡家兄弟，理由是老裁缝老眼昏花了。胡家大哥做了多年裁缝，也是个精明人。他提早打探过了，刘家二丫头模样过得去，跟小狗又是同年，也般配。胡家五兄弟自小能吃，家里除了吃饱饭，就剩不下钱了，哪里有闲钱盖房砌屋。所以兄弟们最好的出路，就是找个合适的人家做上门女婿了。

手艺人去主家做活，无论瓦匠木匠还是裁缝，都是有行规的。譬如，在主家吃饭，不能看到什么吃什么，要有规矩。一般来说，鱼肉等荤菜，主人不动筷子，客人是绝对不能动的。如果动了，名声就坏了，来年人家或许就不请你了。鱼肉荤腥应该什么时候动呢？要等活计到了最后一天。荤菜热来热去，不吃也不怎么行了，主家才会一个劲地劝，吃啊，吃啊，并且动手给你搛菜。这时，师傅先动了筷子，徒弟才可以动筷子。主家见了就很开心，咳，终于一件大事完成了。或者衣裳做好了，可以过年了；或者家具做好了，可以嫁女或娶媳妇了。

大哥是老江湖了，什么规矩都懂。小弟胡小狗几年学徒下来，也什么都懂了。按照刘家衣裳的数量，兄弟俩起码要做四天。但是第一天中午吃饭，二女儿刘金凤就打破了规矩。一碗红烧肉上来，还没等娘老子开口，她先开口了，指着肉说："不要客气啊，肉来了吃肉，鱼来了吃鱼。"说完，筷子先搛了一筷，放到了大哥碗上，接着又是一筷子，搛到了胡小狗碗上。兄弟俩你看看我，我看看你，不敢吃也不好放回去。二女儿说了，刘家夫妻俩才醒悟过来似的，一个劲地劝菜。胡小狗见状，也就闷着头猛吃起来。

第二天，桌上不见肉了。刘家女主人一上桌就埋怨，一顿饭吃完了还在埋怨，说老刘起晚了，排队没有排上，没有买到肉。二女儿刘金凤不说话，嘟着个嘴。到了第三天，桌上又有肉了。不消说，二女儿又是一个劲地劝，一碗肉又一顿光了。好在兄弟俩做活起劲，四天的工期三天就完了。当然，这里也少不了金凤的参与，但凡钉纽扣、锁纽洞这样的活，都是金凤做的。这样一来，本来是两个人的活，变成三个人做了。第三天下午，活儿接近完工了，金凤闷着头钉纽扣，脸渐渐红润了，抬起头轻声说：

"大哥，你还收徒弟吗？"大哥一看就明白了，说："收啊，怎么不收？"

见金凤眼睛一亮，随即打趣说："但只收男的，不收女的。"

金凤听了，眼神一暗，咬了咬嘴唇，恨声问："为嗲？"

大哥说："不为嗲，因为我这个小弟弟满师了，他收女徒弟，所以我就不收了。"说完，哈哈大笑。

金凤这才明白过来，眼睛盯着胡小狗，对大哥说："他，能带徒弟了？"

大哥嘿嘿嘿笑了，说："满师一年多了，怎么不能带？"

过了年，老刘找到了大哥，说是他二女儿真要学裁缝了。行过拜师礼，吃过拜师酒，金凤就正式成了大哥的女徒弟了。从此，大哥外出做活，除了带着小弟胡小狗，还带着个女徒弟刘金凤。这么一对年轻人在一起，到哪里做活都有人说笑。过了不到一年，老刘又找到了胡大哥，说是托他回去问问，他弟弟做上门女婿愿不愿意。大哥知道这是一个程序，但也留了一个心眼。他们兄弟都是倒插门的，这个小弟再"嫁"出去，爹娘是不是愿意呢？回家一问，还真出了问题，爹娘说，不愿意。原来啊，胡家规矩重，虽是倒插门出去的儿子，每年也是要给家里交钱的。这么些年下来，也积了一笔钱了，正准备砌房造屋给小儿子娶亲呢。但刘家没有儿子，是一心想要招女婿的。这个事儿就有点难了。大哥也不瞒着小弟，就原原本本都说了。小弟胡小狗也不知怎么办，就告诉了金凤。金凤一听，说：

"你家四哥不是还没结婚吗？让他在家娶亲好了。"

胡小狗就把这个意思跟大哥说了，但不说是刘金凤的主意。大哥听了心里有数了，就对小弟说：

"刘家不是还有一个小女儿吗？"

于是，胡小狗和刘金凤商量了，一起回去跟爹娘"谈判"。世界上的事就是这样，一旦进入正式谈判阶段，尊严一下子就强起来，双方各不相让，就这么僵着。僵着归僵着，裁缝活还是照样在做，一对年轻人感情也越发深了。一起出去做活，活儿抢着干，还懂得了互相照应。大哥看在眼里，心里有喜也有忧，总不能老是这么僵着啊。

这个时候，恰好"到边疆去"的号召来了，像一股强台风，刮得年轻人热血沸腾。刘金凤对胡小狗说：

"哪家也不留，我们到新疆去，看他们怎么办？"

胡小狗一听，也来了劲，跟大哥一说，大哥也赞成，说反正我们兄弟多，出去一个闯闯也好。他作为大哥兼师傅，夹在中间其实也蛮为难的。说到做到，两个人一听大哥也同意，就立马去报了名。等生米煮成了熟饭，两家就都没办法了。但刘家提了一个条件，说：既然一起去新疆，就索性结了婚去吧，也可以名正言顺在一起了。胡家当然愿意，就给亲友邻居发了喜糖，又办了几桌喜酒。

胡伯伯说完了跟金凤姆妈的事，嘿嘿嘿朝我笑，说：你懂吗？我不知其意，就只好不说话。他笑完了，突然对我说：

"咳，远强，你不晓得，我这一辈子啊，都是你金凤姆妈做主。"

"伯伯是觉得遗憾？"

"那倒也不是，有人喜欢操心，你省心了，有什么不好？"他摇了摇头，又自得地说："但是，家里的大事还是我说了算。"

"哦，真的？

"怎么不是真的？生了儿子我要随我姓胡，她还不是听我的了？"说完，一副得意扬扬的样子。

"那伯伯还是幸福的，大事能做主，小事不操心。"

"说不上幸福，也说不上不幸福。"说完，突然觉得哪里不对，又说："还是幸福多一点。"

二、另一个世界的来信

金凤姆妈也是自己来找我的。我说："远妮没说吗？我要专程上门去拜访你的。"她听了忙摇头，把房门关上，一副神秘兮兮的样子。接着又从小包里掏出一个布袋子来，郑重其事地交到我手里说：

"这个小袋子，我帮你保管了几个月了。"

这是一个白布袋子，看不出原来是放什么的。我疑惑地看了她一眼。

"这里头是你娘的东西，是专门留给你的。"

"哦，让远妮给我就好了，还要麻烦姆妈做嗲？"我听了十分诧异，故意说道。

"这是你娘交代我的，一定要亲手交到你手里的。"她双眼放光，神秘地说："远妮不一定晓得。"

"是什么宝贝啊，还要瞒着我妹妹？"

"不晓得，我也没看。"她摆摆手说。

我解开布袋子上的绳子，是一条红绳子。轻轻打开袋子，小心翼翼往里掏，袋子里一共有两样东西：一支钢笔，一封信。

钢笔是派克牌的，老款。我立即想起母亲自述文字里提起过的，这是外公留下的那支钢笔。我更好奇的，是这封信。但我又不想当着外人，甚至是像金凤姆妈这样的自己人，打开这封仿佛来自另一个世界的信。我怕金凤姆妈看出我的心思，就轻轻地把信放在桌上，继续与她说话。

"你拆开来看看吧。"她指着信笑着说。我只得坐下来，轻轻撕开信封，抽出信纸。信并不太长。

远强我儿：

我这一生很幸运，在最美好的年纪生下了你。但又很不幸，我跟我儿只相处了短短一年。每当想起，我就追悔莫及，心痛不已。

我这一生，曾经多次动过自杀的念头，接近于付诸实施的有两次。第一次是瓦斯爆炸之后，当时我还年轻，生怕死后让人看见我不堪的面容，所以就放弃了。当然，事后想一想，更多是舍不得这个尘世，舍不得你爹，舍不得你和远妮。在此后的很多年里，自我了断几乎成了挥之不去的梦魇，伴随着我走过了一个个春夏秋冬。

第二次动自杀之念，是你爹去世之后。你爹走得太突然了，我不能接受这个现实，曾有随之而去的念头。但这个时候的我们家，正是需要我的时候。如果我走了，远妮已上大学了，但招娣独自带着三个孩子，会是怎么样一种生活？我深爱着这个家，包括招娣和她的三个孩子。我不能就这么无情无义，弃这个家而去。从根源上说，都是因为你爹。我们是深爱着对方的。世界上可能没有人相信，但确实是存在的，那种超出世俗的爱情。

离开这个世界，对我来说是一种解脱，甚至是我一直在寻求的。

远强我儿，我希望你来尼勒克，来这个你出生的地方看看我们，陪陪我们。

远强我儿，在我心里，你和你爹五斤占的位置最大，分量也最重。为什么？你要晓得，在这世界上，最深的爱是牵挂，最大的遗憾是亏欠。在我的一生中，我对你们父子牵挂最多，亏欠也最多。远强，写到这里，我心痛得简直要晕过去了。但即使如此，我也不愿在我活着时让你见我。好在我当年为了展示甚至炫耀自己的美丽，拍了好些照片。通过那些照片，我要让最美的我活在你们心中。

远强我儿，我对你的了解，要远远超过你对我的了解。你的妻子，我的未曾谋面的儿媳，也快要从医院退休了吧？你的儿子，我的孙儿，还远在国外读博，应该也快回来了吧？

远强我儿，你如果到了尼勒克，我只有一个要求，就是不要急着走。陪一陪我们，给我们烧个纸也好，在我们坟前磕个头也好。我想我们都会地下有知的。

祝我儿平安！

一支钢笔，一只戒指，是我祖母留给我的。钢笔留给你，戒指给远妮，留个念想。又及。

母字　五月初二

读完信，我沉浸其中，忘了身在何处。这是我母亲写的吗？

她这么深情，对丈夫，对儿女。她又这么睿智，似乎对自己的离世，对我来尼勒克未卜先知。

或者，这所有的一切，都是她安排好的？

祁五津又是怎么样一个男人，值得她如此痴情？

"你娘信上，到底写了什么了？"金凤姆妈问。

"哦，也没什么。"我像是梦中醒来一般，支支吾吾说："她就是说，这么多年，是多么想念我。"

"噢，是这样啊，你看完信，面色不大好。"她看着我说。

"我娘，是什么时候给你的，这封信？"

"大概是她走之前，三四天吧，她特意叫我过去，就交给了我这封信。还让我不要给任何人看，说要是你回到尼勒克，就亲手交给你。如果见不到你，就烧了算了。"

金凤姆妈一改快人快语的风格，一边回忆，一边慢条斯理地说道。

"我当时还生气了，说，你搞什么名堂，你怎么晓得远强会回来？几十年你都不肯见他，你什么意思啊？你娘听了，也不生气，只是把信捏在手里说：你不高兴就算了。我一把抢过来说，谁说我不高兴啦？你娘就不说什么了。没过几天她就突然走了，比你爹走得还突然。唉！"

我听了，什么也没说，只是默默地坐着。过了一会儿，金凤姆妈站起来，说：

"那我走了，下回再说吧。"

我霍地起身，一把拉住她说：

"姆妈你跟我说说，我娘，我爹，到底是什么样的人？"

金凤姆妈没有坐下来，而是继续站着，瘪着嘴，皱着眉，憋了好一会儿，终于说出一段话来：

"你娘跟你爹啊，就好比贾宝玉跟林妹妹。这个话，我跟你娘说过，你晓得她说了什么？"

"她说了什么？"我忙问。

"她说，要是那样倒好了，我能漂漂亮亮地死了，他能痛痛快快地哭一场。越剧《红楼梦》啊，我跟九妹，咳，不晓得看过多少回了，看一回哭一回。《宝玉哭灵》那场戏，没有一回不哭的。"

那场戏，是越剧最经典的唱段，延州人没有不熟悉的。大多数上了一点年纪的，随口都能哼唱几句。徐玉兰王文娟两位艺术家实在是把宝玉黛玉演活了。

三、上坟话凄凉

自从读了母亲给我的信，或者也可以称之为遗书吧，我的心情就一直不能平静下来。耳边老是响起《宝玉哭灵》哀伤的旋律，一些令人黯然神伤的词句，什么"魂归离恨天"啊，什么"孤林雁"啊，什么"人面不知何处去"啊，也莫名其妙地浮现在脑海里，挥之不去。

那天夜里，我睡眠又不大好了。不大好不是睡不着，而是睡着了梦多。我做梦很有意思，梦境里的画面，甚至梦中的人物，梦中的故事，醒来之后会历历在目、栩栩如生。我曾经有一个记梦的日记本，记载了好多奇怪的梦。那天夜里，我梦见了爷爷奶奶。在我们家门口的石板路上，爷爷朝我招手，我忙跑过去问，爷爷爷爷，有嗲事体么？爷爷指了指旁边的奶奶说：喏，她想大儿子了，你在新疆的，能不能带个信，叫你爹回来看看娘老子？说完，朝奶奶看了一眼，奶奶点了点头。我刚应了一声，倏忽之间，爷爷奶奶不见了。我也醒了。

我一觉醒来，想起梦里的情景，心里想，给爷爷奶奶上坟，等回了延州再说吧。还是去一趟爸爸妈妈墓地吧，或许冥冥之中有什么旨意是要转达的。我打了一辆车，独自一人往父母亲的墓地去。一路风景旧曾谙，我也没什么心情去欣赏，古人的，今人的，家里的，家外的，满脑子的联想和想象，飞絮一般向我飘来。

据说几十年前，我的母校有一位知名教授，在课堂上讲授苏东坡的《江城子·乙卯正月二十日夜记梦》，刚刚在黑板上写下"十年生死两茫茫，不思量，自难忘。千里孤坟，无处话凄凉"几句，就忍不住泪流满面，一堂课就一直在哭。他的爱妻在他 36 岁时就离世了。据他的学生回忆，因为老师的真情流露，这堂文学鉴赏课就成了他们终生难忘的一堂课了。

如果说，我的母亲佟九妹是一位美女，一位才女，一位执着的完美主义者。那么我的父亲祁五津，到底是怎样一个男人？爷爷奶奶托梦给我又是什么意思？是亲人之间的思念，还是有别的什么？看来我不仅喜欢做梦，还是一个喜欢冥想的人。

轿车在省道上行驶，如行进在画廊中一般，我突然想起了远在延州的霍美秀婶婶。按照母亲佟九妹的说法，当年父亲曾对她照顾有加，在某一个特定时间里，母亲甚至对她回延州都有点遗憾了。这么长时间下来，通过各种渠道，尤其那篇自述，对母亲佟九妹已有所了解了。而父亲祁五津在我心里，却像一幅简笔画，只有一个淡淡的轮廓。我看了看时间，给她发了一条微信：婶婶，方便通话吗？不一会儿，电话回过来了。我立即让司机停车，说是要看景色，就站在路边一棵白杨树下，跟霍美秀婶婶聊上了。

"大侄子，有啥个事体吗？"

"不好意思，婶婶，方便吗？我在新疆的。"

"方便，方便，在新疆有啥关系，又不要漫游费了。"

这个时髦老太太，说出话来总是让我意外。

"婶婶，我就想问一问，我爹爹祁五斤，在你心目中，他到底是怎样一个男人？"我艰难地抛出了这么一个问题。

"你娘不在了，问我么，算你问对了。"过了几秒钟，老太太笑了笑说："这么说吧，你爹爹五斤他啊，就是一个暖男。"

我哈哈哈笑了。霍美秀的回答，又一次让我意想不到，她竟然用了"暖男"这个网络流行语。

"婶婶，你可真会说话，你怎么就想到这么说我爹爹的呢？"

我笑着，心里也觉得，这个说法是符合我的想象的。

"你爹他讨人喜欢。为什么讨人喜欢呢？因为他总是替别人家着想，所以是一个讨人喜欢，特别讨女人喜欢的人。你说不是暖男是什么？"老太太显然也很得意。

"好的，我懂了，谢谢婶婶。"

我挂了电话上车，继续向前。与霍美秀婶婶通过电话后，虽然还是去上坟，但来时的阴霾心情似乎随风飘散了。

路旁，白杨树争高直指；远山，云杉密密匝匝；身边，喀什河欢快流淌。我的父亲母亲，当年一对璧人，如今同穴长眠，夫复何憾？

远远看去，那座小山包上杂草丛生，几棵白杨树凌乱地杵在那里。十几座坟包孤孤单单的，散乱地在杂草树丛间闷坐着。我没有带什么，就在杂草丛中采了几朵野花，用小草扎了摆在坟前。我在爹娘的坟前坐下来，轻声说了昨夜的梦。我说，爷爷奶奶想你们了。我来陪你们了，可爷爷奶奶孤单了。从尼勒克到延州，那是万里之遥，你们离乡几十年，可真是不易啊！延州的变化翻天覆地，就是回去，你们也认不得了。我说，要不是你们当年的决定，也许我都不晓得有尼勒克这个地方，更不会来尼勒克了。对于远妮和弟弟妹妹们呢，那更是完全改变了他们的命运，当然也包括我的命运。虽然妈妈说那个决定是她在几分钟，甚至几秒钟之间决定的。

我絮絮叨叨轻声细语地说了好一会儿，才站起身往山下走。走在小山包羊肠般的小道上，突然心里一紧，我想起了在国外攻读博士的儿子翔翔。如果翔翔留在国外，那将会怎么样？他会不会有机会来尼勒克？我们夫妻百年后，坟前会是怎样的凄凉冷清？

也许，这种心情只有老人才会有。我可能已经开始变老了。

四、孟克特古道·塔城老风口

西汉初年，乌孙人沿着一条鲜为人知的神秘通道，进入了天山腹地的伊犁河谷，赶走了之前的主人——大月氏人。从此在这块河谷草原上繁衍生息，建立了乌孙国。乌孙国曾是西域三十六国中最强大的国家。当年乌孙人西迁所走的神秘古道，就是深藏于天山之中的孟克特古道。

我本来的计划是尽快去找那些老"支青"们采访的，远妮听了就说："哥你别急，那些老人都是窝在家里，随时都可以采访的。不如趁着季节好，把尼勒克的风景区先走一走。"我想想也有道理，就说："一切都听你安排。"她就说："我们先去孟克特古道吧。"

一早起来，刚洗漱毕，远妮的电话来了。

"哥，我们一起吃早饭吧，开车接你。"

"这边有早饭吃的，你们吃吧。"我刚说完，那边就笑了，说："哥，马光辉开业了，我们才请你去吃的，别错过了。"

"马光辉，什么意思？"我愣了一愣。

"来了告诉你吧，等着。"说完，挂了。

按约定时间我在楼下等着，一见面，一车的人都笑了。车上三个人：远妮、家康，还有小妹远新。她是专程从乌鲁木齐过来的。我和小妹说了一会儿话，马光辉就到了。远妮告诉我，马光辉是尼勒克一家拉面馆。这家面馆的拉面牛肉多，味道好，生意好。这个不算稀奇，稀奇的是老板"任性"，感觉自己累了，想休息了，便店门一关，给自己放假了。有时一关就是一个月，老顾客也没办法。只有附近的主顾留心着，等哪天开门了，在微信朋友圈喊一声，"光

"粉"们便互相转告，店里便一下子又热闹起来了。我听了，也好奇起来，想，这家店到底有什么魅力呢？

马光辉面馆的店堂很简朴，甚至有点老旧了。远妮点了四碗面，小份的。等面上来了一看，哪里像小份，明明是一大碗嘛。我吃了一口，哦，肉多料足，原汁原味。吃完了，一头汗。老板过来了，抽着烟，在店堂里溜达，顺便照应着客人。我招手请老板坐下，便聊了起来。老板告诉我，房子是自家的，所以成本低。子女都成家了，并不需要他的钱。所以呢，他也不在乎钱多钱少，就把利润让一部分给顾客了。要不是看老顾客面子，早就想不开了。老板呵呵笑着说："孩子大了，这几年开面馆，我就是一个玩了。"

我听了点点头，感觉这一个"玩"字，就是一种境界了。出了门，我想，我来尼勒克之前，说要从此过一种慢生活的。尼勒克这家面馆，是不是代表或者象征着什么？

从县城驱车向东，我们出发了。家康开车，我坐副驾驶。

孟克特古道，山峡、飞流、森林、草场、温泉、冰川、古道，各种元素一应俱全，沟岭相连，景观神异。虽然网上看过许多照片，也读过母亲描写孟克特的文字，但真正身临其境，还是被一路上的风光惊到了。由近而远，清亮亮的喀什河水，挺拔的白杨树，绿草扑向远方，像一幅绿色的地毯直向山顶铺去。这里的山并不峻峭，线条特别柔和，与蓝天白云是那么的和谐，那么的默契。

在喀什河边的一处开阔地带，车停下了。家康说："下去拍拍照吧。"下了车，我拿着手机转了个360°，一连拍了几十张。

"这就是唐布拉了吧？"我问道。

"唐布拉是一个大概念，凡是尼勒克县境内的喀什河峡谷草原，都叫唐布拉草原，人称百里画廊。"远新回答道。

"听说，唐布拉是印章的意思？"我记得在哪里看到过。

"唐布拉是哈萨克语，就是大印章的意思。一个山梁上有块大岩石，特别像一块印章。"远妮说。

"什么大岩石，都是哄人的。唐布拉是印章的意思没错，但那是人家盖在羊屁股上的印章，是怕羊丢了。"家康瓮声瓮气地说道。远妮听了，也不生气，微微一笑说："嗯，也有这么一种说法。"

大家沿着喀什河走了走，就回到车上向孟克特古道而去。车子一个拐弯，转到一条崎岖不平的石子路上。汽车在坑坑洼洼的山路上颠簸着，越往山的深处去，景色越美越奇。满山紫色、红色、黄色的小花，在山风中翩翩起舞，水沟里的水哗啦啦地流淌，比喀什河水更湍急，也更清爽。尤其是远处的雪山，"天际线"柔和曼妙。山顶的积雪面积更大了，如果不仔细看，简直像是贴在蓝天上的一片片白云。山坡上，一群群的马、牛，自由自在地吃着草。一会儿，一群羊拦在车前了。一位裹着头巾的哈萨克族女子骑在马背上，手里拿着一根皮鞭，见车来了，嘴里发出赶羊的口令。羊群无声无息地向两边散去。家康摇下车窗，顽皮地对着羊群发出咩咩咩的叫声。刚刚还默默无声的羊群，马上传来了咩咩咩的叫声，此起彼伏，像是在呼应同伴，又像是在与人互动。一车的人听了，都笑了起来。

车子又停下了。家康说："去看看温泉吧。"大家跟着他下去了，往前刚走几步，一股硫磺味扑鼻而来，再往前走不远，就见到了一处温泉。温泉一看就是自然状态的，才十来个平方米大小。温泉池里已经有人了，男人着短裤，小孩光屁股，男男女女，泡在泉水里说说笑笑，好不热闹快活。

"你们下来吗？"温泉池里一个男人问。

"还挤得下吗？"家康一说，那人就笑了。

"要不，下来洗洗脚？"那人身体挪了挪说。

"不了，不了，你们好好泡泡吧。"远妮说着，我们就走开了。

我们找到一处平坦的草滩，铺上防水毯子，摆出吃的喝的，准备吃午饭了。一看手表，已快下午三点了。在尼勒克，这个时间开午饭，还不算过分。尼勒克与延州，时差约在两个半小时到三小时之间。

我们吃了点干粮就出发了，但却是打道回府了。

"不上去了吗？"我问。

家康回头说："上去还远着呢，也没什么好看的了。"

"新疆的风景都在路上，下次再上去吧。下次我们早点出发，在外头住一夜。"远妮贴在我耳边说："今天回去，远新还有话要跟你说呢。"

"前头不是还有个湖吗？"我话到嘴边却又咽下去了。母亲似乎对这个湖情有独钟，曾细致地描写过。那里有绿莹莹的水，水中有挺立着的枯枝，唯美而又悲情。

但既然回家还有事，时间看来是来不及了。我侧过脸看了一眼后排，远新正闭目养神呢。虽说是我小妹，算上上次的视频，也才第二次见面，想不通她有什么要跟我说的。我们回到家里才六点，离晚饭还有两个多小时呢。远新在乌鲁木齐从事新闻工作，妹夫出差不在家。坐下来喝过茶，吃过西瓜，我们三兄妹在一起聊天。远妮看看远新，朝我努努嘴说：

"要说什么说呀，跟大哥还客气什么。"

远新白了远妮一眼："你急什么，怎么退了休，反倒成急脾气啦。"

"这个小妹啊，大哥你不晓得，从小就被我们惯坏了。"远妮笑眯眯地看着小妹，一副慈祥的大姐模样。

"总要让人喘口气，酝酿酝酿感情嘛。"远新说完，就严肃起来。远妮见了，识趣地站起身走开了。

"大哥，不好意思，第一次跟大哥见面，不到之处还望见谅。"远新说完，笑着朝我拱拱手。

"有什么话你说，家里人不要客气。"我也跟着笑了笑。她皱了皱眉头，沉默了一会儿，说：

"大哥，不好意思啊，刚刚我还批评大姐性子急，其实我才是急性子。因为我明天就要回去了，所以，有话就要抢着说了。我听大姐说：大哥要写当年的延州支边青年，我就想起我婆婆说的，我公公的故事了。"

不知道是因为做新闻工作的，还是天性如此，远新说起话来，简直不需要费力，只见两片嘴唇频频扇动着，故事就出来了——

我婆婆守寡几十年了，我公公死的那一年，她还不到40岁。后来一直也没有再嫁，就这么独自带着三个小孩。我先生，哦，你妹婿，是独子，上头有两个姐姐。我们结婚后就跟婆婆住在一起，我们婆媳关系好，说得来。她喜欢跟我说话，我也喜欢听她说话，所以他们那一代的事，我也就都晓得了。我公公婆婆也都是延州过来的。她跟我说过，是从南京坐火车，然后到哈密一个什么小火车站，下来再乘汽车到的乌鲁木齐。到了乌鲁木齐，又到了一个叫红庙子的地方，进了新疆石油运输公司，他们都叫油运司。听我婆婆说：那是一个非常大的单位，有几千号人，上千辆卡车，在当时那是一个什么概念?

那个小火车站应该就是尾亚了。远新公公婆婆就是先在乌鲁木齐下车的那批人了。我的父亲母亲以及霍美秀、蒋才兴、裁缝夫妻俩,都没有下车,所以才来到了尼勒克。这些霍美秀婶婶都说过的。但我没有吭声,生怕打断了远新的讲述。

听我婆婆说,我公公是油运司第一批驾驶员,那时候的驾驶员吃香得不得了。我婆婆说,当年在老家农村,好多人连城都没进过,连自行车都没骑过,现在能开上汽车了,那是怎样一种心情?婆婆是在油运司做后勤的,她说,公公开上了汽车,经常说的一句话就是,国家把这么贵重的汽车交给我,我一定要干好。那时公公婆婆正在恋爱,还没有结婚。

哦,差点忘记说了,我公公叫毛建华,我婆婆叫戎建琴。起初谈恋爱,就是因为名字当中都有一个"建"字。别人家就开玩笑,玩笑开多了,两个人就认真了。

听我婆婆说:就是因为克拉玛依打出了石油,才有了油运司。当时兰州到新疆的铁路还没修完,向内地运石油就需要汽车运到火车站再运出去了。

婆婆经常说起,说那时候苦得不得了。红庙子是荒郊野外,房子都是拉石头拉木头自己盖的。吃的是苞谷面、高粱面、洋芋、白菜、萝卜。

咳,不说了。婆婆唠叨了这么多年,我耳朵里都听出老茧来了。还是说说我公公吧。我没有见过公公,只见过照片,是站在汽车旁边照的,很精神的一个小伙子。

我婆婆说,当年克拉玛依的原油,是通过管道输到独山子炼成成品油，再用汽车拉到那个小火车站运到内地去的。那个小火车站叫什么，一时想不起来了。

听到这里我不得不插话说，是尾亚吧？

她一听，连忙说，是的，是的，就叫尾亚。想不到大哥知道这个小火车站。公公是个拼命三郎，到独山子拉油，一个月能跑二十多趟，单程280公里，一来一回就是560公里。听我婆婆说，那时奖金也高，多跑100公里有一块多奖金，一个月跑下来，在那时候是个什么概念？当然不全是为了钱，公公年轻，上进心强，是个不肯服输的人。公公跑长途是家常便饭，油运司就是跑长途的。婆婆说，油运司的司机，出门人家都认识，为什么？因为每个人背上都有"记号"：衣裳靠近屁股的那一块，都补了补丁。一件衣裳天天靠在车靠背上磨来磨去，哪能不破呢？

听婆婆说，当年油运司有十个车队，其中四个车队长是延州人。我公公毛建华就是其中之一。新疆是"三山夹两盆"的地貌，都是戈壁、沙漠、雪山、高原，没有水运，铁路线短，运输主要靠汽车。说起来是油运司的，其实只要国家需要，油运司的汽车什么都运，哪里都跑。我婆婆说，公公跑过的线路遍及西部沙漠高原。从独山子运油到尾亚，那是家常便饭。从和田、于田运粮食到乌鲁木齐，从叶城运战略物资到阿里，也不是难得一次。婆婆说，中印边境打仗的时候，公公的车还运过兵，甚至还运货到一个神秘的地方，婆婆说她问过，但公公不肯说。只说是一个沙漠里，到了目的地，把货卸到军车上再运进去。我想可能就是核试验基地了，反正现在大家都晓得了，那是在罗布泊沙漠。

咳，又说多了，还是回到我公公，说说那次事故吧。

我婆婆说，唉，其实她也是听我公公说的。新藏公路平均海拔超过 4500 米，平均气温零下 9℃，沿途海拔 5000 米以上的大山就有 5 座。冰山山口，新疆这边叫达坂，就有 16 个，冰河更多了，我不记得多少了，好像是有四五十条吧。我婆婆说，这条路车最难开了。泥石流、雪崩、滑坡，还有无人区，太冒险了。但是去阿里，运输的都是军用物资，危险也要去啊。好在一年只去一趟，要赶在九月份大雪封山之前去。要先把货从喀什运到叶城，然后再进藏，原来拖车上的货，要分两次才能运完，实际上就是要进藏两次。

我婆婆说，我公公去阿里不是一次两次了，每一次回来不肯说什么，即使说也是轻描淡写，不怎么提危险，但说着说着就脱口而出了。什么老子达坂、儿子达坂、唐古拉山口、塔城老风口，耳朵里听得多了，就都熟悉了。过唐古拉山口，对驾驶员的考验是高原反应，吃不下，睡不着，人呕吐，机器也吃不消，重车会发抖。过塔城老风口，怕的就是风。二十多公里长的老风口，常刮起十级大风。天热，飞沙走石，天冷，大雪覆盖，大风卷着积雪沙石横冲直撞。

我婆婆说，我公公就是在塔城老风口出的事。那天天气本来还不错，车也开得好好的，突然暴风雪就来了。寒风裹着暴雪扑向风口，大雪弥漫，不见路，不见人，进不得，退不得。如果困在那里，只有死路一条。公公他们决定往前开。但也许是风太大了，汽车就被风吹跑了。等到被发现，汽车已被吹出去老远，人也冻僵了。

"咳，我公公这一走，我婆婆就苦了。"远新这句话一说完，就默不作声坐着，眼眶湿湿的。

我收起手机，关了录音功能，也默不作声地坐着。兄妹俩坐了一会儿，小妹突然朝我挤出一丝笑容说：

"大哥，安排一下，什么时间能去乌鲁木齐？"

"最近恐怕不行，采访什么的，都排满了。"

"听大姐说，你不是退二线了才过来的吗？"

"既然来了，总要做点事嘛。"

"哦，那大概时间能定吗？"

"你大嫂可能要来，也是柔性援疆，是卫生局安排的义诊活动。等她来了，我们一起去，好不好？"

"那是再好不过啦，定了时间告诉我。"说着，小妹站起身，出了房门。

五、白家的故事

虽然我是以作家身份来柔性援疆的，但有时就也会被邀请去听听课，或参加些教科研活动。

开学两周后，支教小组召开一次教学研讨会。我应邀参加了。在会议上，对学生的学业水平，家长的关心程度，学校管理的问题，老师们提出了意见，甚至也发了许多牢骚。我始终没有发言。在援疆负责人马校长总结前，会议主持人笑着说：请祁校长说说吧。我想了想，也没推却，就提了三条建议：一是学生程度较差，所以要大幅降低教学难度；二是学生程度差异较大，所以要加强分类指导；三是教师备课随意性较大，要加强集体备课。就在我讲完，马校长还没有总结的时候，有一位年轻老师举手了。这是一位女老师，姓白，叫白燕琳。她说，我赞成祁校长说的，但对于第二条，我建议更深化更细化，不如把分类指导改为"一生一策"，这样效果就会更好。

她一说完，大家就议论纷纷了。有一个男教师站出来说，小白，一生一策可以，时间在哪儿呢？另一位女老师笑着说，小白，一生一策了，你啥时间去看爷爷奶奶呢？

小白听了脸上一红，双手捂着脸咯咯咯笑了起来。大家也都跟着笑了。我看了看小白，心想，好可爱的姑娘。也许是年纪大了，也许是没有女儿的缘故，我看到跟我儿子差不多大的女孩子，就会无来由的生出一种亲切感。妻子嘲笑我说，这是潜意识里想儿媳妇盼孙子了。

马校长说，小白的建议跟祁校长说的，本质上是一致的。但大家的意见也对，学生程度参差不齐，一生一策效果虽好，但实施起来一时还有困难。最后说，还是先分类，各学科根据实际情况，把学生分成若干学习小组为好。

散会后，大家三三两两离开会议室，我故意跟小白走近了一点。

"小白。"我喊了一声。

"哎，祁校长。"她回头看着我，眼睛里有一点疑惑。

"嗯，我打听一下，刚才有人说，你啥时间看爷爷奶奶，是什么意思？"

"没什么啊，我爷爷奶奶在尼勒克啊。"她忽闪着一双大眼睛，像是在说，这有什么稀奇吗？

"你不是来支教的吗？爷爷奶奶怎么会在这里？"

"哦，是这个啊。"她恍然大悟似的说："我爷爷奶奶是延州'支青'，老早就来尼勒克了。"

"那你是？"我还是没明白。

"我出生在尼勒克，但是在延州长大的。大学毕业后，就在延州当老师了。"她一脸调皮地看着我说："这次支教，我又回尼勒克了。"

我听了，心里一动。这不是跟我一样吗？心里又更生了一种亲近感。

"你，有对象了吗？"我支支吾吾问了一句。

"哈，小孩都上幼儿园了。"她笑嘻嘻地说。

"哦，不容易，小孩丢在家，自己跑来支教了。"我又换了个话题问："你爸爸妈妈也在延州？"

"是啊，我5岁他们就回延州了。"

"哦，这样啊，那小孩子就是他们在带？"

延州有一种风气，就是外婆带小孩子，延州话叫"痴舅婆"。

"也不是，是我婆婆在带。我爸妈是延州、尼勒克两头跑。"

"那就是说，在你5岁时，你们家就回延州定居了，是不是？"我又问。

"嗯，是的。听说也是爷爷奶奶的意思，说是代表他们回故乡，他们不能叶落归根了。"小白说得很明白，我却一脸懵圈了。什么叫不能叶落归根了？按照传统，即使人死了葬回老家，那也是叶落归根啊，何况她爷爷奶奶还在世呢。小白看了我一眼，似乎明白我的疑惑了，就接着说道：

"爷爷奶奶在尼勒克几十年了，曾经回延州住过一阵子，但已经不习惯了。夏天太闷热了，下雨天多，冬天又太冷，后来就又回尼勒克了。"

小白故意一字一顿说，我听了，算是弄明白了。

"好，我明白了，小白。什么时间方便，你带我去你家，我要去看望老人。"我郑重其事地说。

"好啊，老人跟小孩一样，最喜欢家里来客人了。"说完，小白又问："祁校长去，是以什么身份？领导还是……"

我笑了笑，摆摆手，说："我算什么领导啊，我是以援疆二代身份看望长辈，我爸爸妈妈当年也是援疆'支青'。"

"哦，哦，这样啊。那我以后不叫祁校长了，要改叫祁叔叔了。"说完，笑着朝我摆摆手，"下回我约你。"

我说过了似乎也就放下了。其实不是我真放下了，而是小白没有给我回音。时间一长，我倒真的有点淡忘了。

大概过了半个来月，是一个周末，小白突然打我电话，问我明天是否有时间。我想了想说：可以啊。接着，小白就跟我打招呼，说："祁叔叔，不好意思啊，前一阵子爷爷住院，前天才回家，所以就……"

"没关系，没关系。"

小白的爷爷奶奶住在蜜蜂小镇上。这里是闻名全国的黑蜂保护区，也是尼勒克的一张名片。

我按约定时间到达时，小白已经在院门外等着了。旁边站着一位老奶奶，年纪八十开外了，见了我笑眯眯的。小白介绍了我，我用延州话叫了一声阿姨。老太太满脸皱纹舒展开来，笑得更开心了。我把带来的水果和营养品交给小白。老太太说："你来了就好了，还带东西做嗲。"也是一口延州土话。

房子是平房，一眼看去约有六七间，院墙是砖砌的，砖缝勾了灰泥。院子很大，中间有一片小广场，两边种满了各色蔬菜：茄子、空心菜、辣椒、黄瓜、大蒜、香葱、百合。还有一种蔬菜，院子里种了好大一块，我看了又看，不认识。老太太见了，笑着跟我说："这个你没有见过吧？我孙女认识的，她说吧。"

小白笑着轻声对我说："家里平时没什么客人来，奶奶今天开心，有点兴奋的。"我说："我也开心的，老乡见老乡，怎么不开心。"

小白故意大声说："奶奶，这个是不是藁本啊？"

奶奶慈祥地笑了笑，点点头。小白打开手机给我看"百度汉语"的解释：藁本，香草名。多年生草木。叶呈羽状，夏开白花，果实有锐棱，根紫色，可入药。

"小白，你爷爷呢？去看看。"我突然想起老爷子来。

小白朝屋里指了指，走在前引导我，掀开门帘请我先进屋。屋里有点暗。老人半倚半靠在床上。我上前握住他的手，叫了声伯伯。他微微笑了笑，指了指床前的凳子。等我坐下了，老人才开口：

"老了，老了，不中用了。"说着，摇摇头，右手伸出食指勾了勾，摆出一个"九"字的符号。

"爷爷90岁了。"小白解释道。

"90岁，不容易啊！"我竖起大拇指说："身体还好吧？"

"医生说，查不出啥毛病，就是器官在衰竭了。"小白轻声跟我说。也不知听见了没有，老爷子哼哼了几声，也不说话了。

坐了一会儿，小白示意我去客厅。我站起身对老爷子说："伯伯好好休息，保重身体。"他微微点了点头，老太太帮他把靠垫扶了扶，我们就出去了。

小白领着我又转了转，家里房间很多，除了老人的，还有小白的，小白爹妈的，另有客房一间，储藏室一间。让我惊奇的是：储藏室里整齐地摆放着两口棺材。我小时候，家里也有两口棺材，是爷爷奶奶的。在延州，棺材也叫寿材。那时候的人，只要一过五十，寿材就是人生追求的一个大目标了。什么尺寸，什么材质，刷了多少层漆，都是有讲究的。

到客厅坐下，老太太端上了甜瓜，小白又泡了茶。

"当年阿姨是怎么来新疆的？"我喝了口茶，非常随意地笑着问。

"呒嗲说头的，那辰光脑筋简单，我们那里种水稻，我最怕田里的蚂蟥、蛇，听说新疆这边没水田，只有草原，就跟着报名来了。还记得那天，我赤脚在场上晒稻，脚底心晒得滚烫。村里一个小姊妹跑来跟我说，新疆那边要人，去了当工人的，问我去不去。我说：你去我也去。"老太太说到这里，掩着嘴笑了，"就这么简单，我们村里来了三个丫头，一报名就批准了。后来才晓得，当时报名的女的少，男女比例还没达到要求呢。"

"伯伯呢，那时候认识吗？"

"不认得，不认得，他是当兵的，在部队待了好多年。正好那年退伍了，又是党员，积极得不得了。一听说国家号召支边，就报名了。"阿姨说完，望着窗外，仿佛从远方能看见过去的岁月。

"你们来了之后呢，还好吧，阿姨？"我想，这就算是采访了。

"好，好，我是一直说新疆好，尼勒克好的。虽说也吃了不少苦，那算什么，在老家就不吃苦了？"老太太非常乐观，小小的个子，非常精神。

"听说当时这里是一片牧场，非常荒凉，啥也没有？"我继续启发道。

"那是真的，什么也没有。我们来了呢，就开荒种田，种粮食，种蔬菜，菜籽都是从延州带过来或者寄过来的。这里的哈萨克，只晓得放牧，赶着牛羊到处跑。"

老太太说到这里，我插话说："你们有来往吗，跟哈萨克族的？"

"怎么没有？我们关系好着呢。我们种田，他们放牧，我们把种的蔬菜送给他们，他们把牛羊肉送给我们。我们不会讲哈萨克话，他们倒都学会延州话了。"

小白听到这里，就说："我小时候还跟哈萨克族小朋友玩呢，都是说的延州话。"

"现在我们还好着呢，我们隔壁住的就是哈萨克族人。以前的老朋友也有往来呢，前一阵有个哈萨克族老邻居还回来看我们了呢，她现在住在伊宁。"

"哦，是这样，蛮好蛮好。"我想了想，又把话题转到延州了，"阿姨，那怎么又想到回延州了？"

"哎，不是我们要回去。"她指了指小白，"是她娘老子要回去，改革开放，延州条件好了。赚钱多，来钱快，年轻人么，总是心思活一些，听人一说就心动了。"

"你爸爸妈妈呢？"我突然想起小白的父母。

"前天刚走，陪着朋友出去了，平常都在这里陪老人的。我来尼勒克了，他们就可以松泛一点了。"

我们吃着甜瓜，东拉西扯了一阵子，我就想到了我父母亲，心里想，不晓得老太太认识不认识。

"阿姨，当年跟你们一起来的，有一个叫祁五津的，你认得吗？"我故意没说是我的什么人。

"祁五津啊，认得，认得，他是我们这里的干部嘛，怎么不认得。"

"佟九妹认识吗？"我又问。

"她呀，起先不认识，她在焦煤厂，我在种蜂场。但是见过面，老乡嘛，离得又不远。"她像是回到了当年，"佟九妹，嗯，这里没有人不认得的。"

"为啥？"我心里一紧，不晓得老太太会说什么。

"为啥？漂亮啊。我们蜂场的人，特别是小伙子，没有人不晓得的，说焦煤厂有个大美女，也是延州过来的。有的人在来的路上就见过了，有的没见过，还特意去那边看呢。"老太太低声细语道。

"这么漂亮啊！"我忍不住感叹了一句。

"唉，你不晓得，佟九妹不光是长得漂亮，声音还好听。我们这里好多人说，如果能看到她，还能引她说几句话，那就更开心了。"

"噢，还有这样的人，要是唱歌不就成歌星啦？"小白笑嘻嘻地说。我心上却有一阵阵痛的感觉。

"听说她后来在尼勒克做营业员，好多人不买东西，也要去店里转一转呢。"说着说着，老太太又感慨了。"唉，后来可惜了，太可惜了。她后来不晓得为什么，又回到了焦煤厂，焦煤厂跟蜂场合并的辰光，她就已经受伤了，见不得人了。"

"见不得人？出什么事了？"小白抢着问道。

"瓦斯爆炸，毁容了。"我不自觉地回答说。

"哦，你也晓得？他们，是你什么人？"老太太终于想起了什么，盯着我问道。

"嗯，他们是我的，是我的伯伯、伯母。"不知为什么，我没有说出真实关系。

"哦，是这样啊。唉，真是太可惜了，真应了一句老话了，红颜薄命，唉！"老太太说完，突然闭了嘴，不再说什么。

我突然感到一种压迫，心里像憋着什么似的。一看时间也不早了，我站起身说："哦，不早了，我要走了。"

老太太说："吃了饭再走吧，现成的。"

我忙说："不了不了，我还另有点事呢。"一边说，一边就往外走。

老太太见我坚决，也就不勉强了，一直送我到院子里。小白陪我走到外面，我站在路边等车，小白就陪着我说话。

"祁叔叔，其实爷爷奶奶要回尼勒克，除了生活不习惯，还有一个原因呢，你猜猜看，是嗲事体？"我摇摇头，没有妄猜。小白见我想不出，用手比画了一个大大的立体长方形，得意扬扬地说："是棺材，为了能睡棺材。"

我突然想起远妮那莞尔一笑，便小声问："还可以土葬吗，现在？"

"恐怕不行了，是不是可以偷偷的？我也弄不清，反正爷爷奶奶是相信的吧？"说完，我们会心一笑。

正聊着，隔壁人家院子里走出一个人，看见小白打招呼说："白老师回来啦？"听口音是延州话，但听着又有点别扭。我抬头一看，是一位哈萨克族老奶奶，深目高鼻，满脸皱纹。小白忙招呼说："阿依奶奶好，忙哪！"

"不忙，不忙。"老奶奶一边说，一边走，手里挽着一个篮子，不知要干什么去。

"你刚刚叫什么？阿姨奶奶？"我怀疑自己听错了，问小白。

"哦，不是，她名字叫阿依达娜，所以我爹妈叫她阿依妈妈，我就叫阿依奶奶了。"

"噢，原来是这样。"我嘴里说着，脑子却在飞快地转动着。这个名字我好像听过的。是在哪里听过的呢？一时想不起来了。

"哈萨克族奶奶还真的会讲延州话的吗？"我看着她臃肿的背影，像是没话找话说。

"当然，别看是哈萨克族的，几十年了，也说习惯了。"小白说着，突然回头看了看，转移了话题说："祁叔叔，我告诉你吧，其实呢，爷爷奶奶不是我嫡亲的爷爷奶奶，我嫡亲的爷爷奶奶在延州呢。"

"哦，那么他们是？"我突然被惊到了。

"他们是我爸爸的伯伯、伯母。他们没有小孩，我爸爸是 16 岁才来尼勒克的，是属于过继吧应该。"小白微微皱着眉说。

"对的，兄弟之间过继孩子，在传统中国社会是普遍的，正常的，天经地义的。"

小白看了我一眼，可能是奇怪我为什么回答得这么规范这么啰嗦吧，她笑了笑，又点了点头。我想，可能因为来时已 16 岁了，在这里的根扎得不深，生活习惯没有养成，所以小白爸爸妈妈才又回延州了。

"你们家的人，你爸爸妈妈，还有你，还是蛮有良心的。"我突然莫名其妙地评价说。

"嗯，还好吧，不过这几年，爸爸妈妈常年住这儿，有时候也带延州的朋友们过来，是把这里当旅游休闲和养老的地方了。"小白说着，嘴一撇，笑了笑，突然又冒出一句：

"不过尼勒克也实在是太漂亮了。"

等我回到援疆楼，刚进房间，脑子突然"嘣"的一下，终于想起来了。阿依达娜是妈妈在自述里提到的。我忙坐下来，打开电脑，找到自述里提到阿依达娜的那一段。哦，原来是因为我，阿依达娜来安慰妈妈，才加深了她们之间的姐妹之情的。突然之间，阿依达娜在我心里清晰起来，就像我失去联系的一位亲人。我想，下次一定要去看看她老人家。

《爱的笔谈》

第七章

在尼勒克郊外，我们家也有一座老房子，但房子和小院都不如小白家的大。子女们成家有了小孩之后，我妈跟远妮住，招娣妈妈跟远克住，房子就空置了。空置时间一长，房间就乱了。我跟远妮说：把爸爸妈妈的照片及遗物收集一下，还有招娣妈妈以及远克和妹妹们的照片，家里的老物件，都集中布置在老房子里。我又提议设立兄弟姊妹团圆日，譬如父母亲的生日和忌日，或者传统节日清明、端午、中秋，在老房子里聚一下。老房子利用起来了，也就不会继续破败下去了。远妮跟弟弟妹妹们一说，大家也都赞成。我又腾出了一个房间，空闲时休息一下，偶尔也会住一夜。这样一来，在尼勒克我也算有一个家了。

全家照片布置在一个房间里，把三面墙都占满了。我经常停留驻足的，还是爸爸妈妈那些照片。有一天，我看着看着，突然对远妮说：

"妈妈是怎么样一个人，我心里比较清晰了。"

"你说说，妈妈是怎么样一个人？"她好奇地看着我说。

"通过文字和照片，妈妈在我心里活起来了。"我一字一句，像在课堂给学生上课，说完，远妮安静地看着我，等着我往下说。"妈妈年轻时美得亮眼，听白家奶奶说，当时好多人都晓得焦煤厂有一位大美女，还有专门跑去看的。"

远妮点点头，表示同意。

"妈妈声音还特别好听。好听到什么程度呢？我不知道。在生活中，我倒是遇见过一位，她是一位法律培训老师，那堂课的内容都是法律条文，当然很枯燥，但听众没有一个人说话。她的声音太好听了，她说话时的嘴型也好看，虽然她长相并不出众。在我想来，妈妈的声音应该也是这样的吧？"

远妮继续点头，看着满墙的照片不说话。

"妈妈敏感，妈妈倔犟。可能与家庭有关吧？在家里是庶出的，没有母爱，父爱也不完整。"

远妮听完了，若有所思，接着问我："哥哥你想表达什么？"

我一听就笑了，心想我这个妹妹还真懂我。

"我想表达的是：爸爸祁五津，到底是个什么样的人呢？霍美秀婶婶说他是暖男。我赞同，但又觉得太抽象了。"

"哥哥是不是在批评我？我的回忆文章没有写完嘛，是不是？"远妮手指点了点我，"你们当惯领导的就是这样，说话弯弯绕多。"

我听了"回忆文章"四个字，一道闪电突然闪过我的脑海，难道爸爸妈妈就再没有文字留下来了吗？

"哎，远妮，我问你，妈妈的文字，就是你整理的《佟九妹自述》，是哪里找到的？"我的语速很快。

"怎么了？是在妈妈的房间里啊。"远妮睁大眼睛答道。

"是你家的那个房间吗？"

"嗯。"

"好，好。"

"怎么啦？"

远妮见我这么兴奋，不知道发生了什么。

"我分析啊，那些文字比较连贯，也比较正式，是妈妈看重的，所以带过去了。既然妈妈喜欢写东西，在老房子里，应该还有东西。我们好好找一找。"

远妮听我一说，也恍然大悟似的兴奋起来。"嗯，嗯，有道理，有道理，空闲的时候，妈妈是喜欢写写字，看看书的。"远妮说完，搓了搓手说："那我们就动手找吧？"

兄妹俩在家里翻箱倒柜，把老房子翻了个底朝天，也没有发现什么像样的东西。难道是我自作多情，分析错了吗？我们坐下来，远妮泡了一杯茶，笑着自嘲说：

"哥哥退二线了，妹妹退休了，都空着没事干了。"

但我心里还是不甘心。闲坐了一会儿，我抬起头，东看看西看看，突然，我脑子里又闪过一道光——远妮不是说，还有一个小阁楼吗？

"哎，远妮，阁楼上怎么不去看一看？"

"哦，阁楼吗？人上去了直不起腰，早把东西搬下来了，阁楼也就废弃了，梯子也不知弄哪儿去了。"远妮说得轻描淡写，好像那里绝不可能有什么东西。但我依然不甘心，但也没有说什么。

第二天，我一个人来到了老房子。我向邻居借了一架梯子，轻轻爬上阁楼。阁楼空间非常小，人不能直腰。我虽不能算老，但也快六十了。我站在梯子上，拿出手机打开手电筒照了照，只有一些堆得乱七八糟的杂物。在决定下梯子的时候，我最后对着四角扫了一遍，还是没有什么。但就在我的视线即将离开时，在阁楼最里边的角落，一个破箱子引起了我的注意。那是一个大纸箱子，在阁楼上几乎顶天立地了。因为跟墙壁一样都是土灰色，要不仔细看，还真看不出了。纸箱上印着六个字："抓革命，促生产。"也看不出当初是装什么的，但想来应该有些年代了。还去不去拿呢？要进去拿，就几乎要贴着屋顶爬进去了。

我决定爬进去看一看，否则不是白来了吗？我艰难地爬到阁楼最深处，终于摸到了纸箱子，抓住一个角慢慢拖出来。哦，好重啊，阿弥陀佛，看来纸箱不是空的。到了地上，我迫不及待地打开纸箱。箱子里是排列整齐的笔记本，牛皮纸封面的。我打开一看，都是父亲祁五津的工作笔记，封面上记着起讫日期。随意翻开一篇，上头写着一段文字：

今天是大会战第一天，书记在会上说了，各组展开劳动竞赛。竞赛只能有完成和超额完成两种结果，完成得又快又好的才有奖励。我们三组绝对不能输给一组二组，同志们，加油啊！

我继续往下看，第二篇是：终于可以松口气了，我们三组赢了。但赢了不能骄傲，必须跟队员们说清楚。

拿起另一本随意翻开一页，内容是：今天厂长找我谈话，跟我说，这里还有煤，将来还会再上马的。厂长告诉我，焦煤厂和种蜂场合并成一个公社，厂里的车间主任都去当生产大队长，问我有没有意见。我说，既然焦煤厂下马了，不种田还能做什么。这里唯一拥有，而且最方便的项目就是开荒种田了。厂长点点头说，有这个想法就对了，年轻人，好好干。

再拿出一本，打开，是这么一段文字：当初的"工人阶级"，现在差不多都成了种田能手了。但接上级通知，焦煤厂又要上马了，真是大快人心。我想向上级提议，保留部分力量继续农业生产，否则就太可惜了。

我想，这个公社，这些开垦的农田，应该就是如今的蜜蜂小镇了。

我粗粗翻了几本，看了看日期，并不是每天都有记录。看来不是父亲的日记。但由此可见，父亲年轻时干劲是很足的。

跳过那些记录工作的，我想找一点关于母亲的，关于孩子的。但一条都没有找到，看来仅仅是工作笔记。我把笔记本一本一本翻过，纸箱子终于见底了。在最底层，我又发现了一个牛皮纸袋子，几乎填满了箱底。袋子鼓鼓囊囊的。轻轻打开纸袋子，一沓信笺纸掉落下来，有大有小，不甚规则，纸枯黄，已脆脆的了。

我翻了几页，如获至宝。

信笺纸上的内容，有长有短。

长的像一篇文章，短的则是一张便条。

看过了大约三分之一后，我终于认定，纸张上的文字，是父亲与母亲之间的笔谈。但我看了一会儿，又发现了一个问题。因为对父亲母亲当时的工作生活环境极其陌生，所以好些内容在我看来没头没脑，我根本就理解不了。我把那些信笺纸小心翼翼地装好，给远妮打了个电话。她听了也非常兴奋。我说：我马上送过来。在远妮家，我们把那些信笺纸摊在桌上地上，满桌子满地都铺满了，远妮翻看了部分内容，想了想说：

"还是我来整理吧，不明白的地方，我来注释一下。"她说这话时，摊在我们面前的一张纸上，是爸爸写的一段文字，字很潦草：

"九妹啊，我想了一夜，要是你再这样失踪一回，我非崩溃不可。"

既然是笔谈，我们都认为，妈妈必有回应，但她是怎么回答的，还要找一找。

远妮告诉我，在好多年里，虽然吃住在一个家里，妈妈会帮着做一切事，但尽可能避免与爸爸见面。有时爸爸回来了，妈妈就回自己小屋了。需要说什么，有时隔着门简单说一下，有时也让小孩子传纸条。

"咳，想不到这些纸条还保留下来了，真是没有想到，绝对没有。"远妮感慨着，表情凝重。

"远妮，要不这样吧，你呢，抽点时间，把纸条看一遍，分一下类。搞好了联系我，怎么样？"

"好吧。"远妮叹了口气，又说："可能又要惹我伤心好几天了。"

我想，也许这是父亲母亲最后一点文字记录了。既然找到了，就要珍惜，好好整理出来。

虽然我把纸条都留给远妮了，但我看过的一点文字，还是会缠着我。明明知道远妮会解释，但我还是忍不住去联想去想象。妈妈失踪是为什么？是主观故意还是无意？是在什么时间，什么地方失踪的？后来又是怎么找到的？是她自己回来的，还是爸爸或什么人找到的？

我脑子里甚至出现了不知什么电影里的镜头：一群人举着火把，在深山里，在河边，一边走一边喊：九妹，九妹，你在哪里？

　　这些纸条，是父亲母亲最私密的联系了。怪不得远妮说她又要伤心好几天了。

　　过了好几天，也没有远妮的信息。我也不去催她。那些文字零零碎碎不成系统，远妮也需要回忆，需要整理自己的思路。正巧这时候，我妻子发来一条信息，说她柔性援疆的时间定了，可能不日就能来尼勒克。我想了想说：不如我们买一辆二手车吧，也花不了多少钱，这样你来了，活动也好，旅游也好，就方便了。妻子也赞成，说用完了，这边亲戚谁需要就送谁，也蛮好的。商量好了，我就打了一个电话给远妮。她一接电话，果然不出我所料，以为是我在催她，就说：

　　"哥哥你别急啊，这些纸条信息量挺大的，就是有点乱，还要再等一等的。"

　　我就跟她说：不是那个事情，是我要买一辆二手车。我说你们在尼勒克熟悉，办理起来方便些，资金额掌握在五六万元的样子。她就说：她的车可以借给我开，不必买的。又说：你们在老家又不是没有车，还买什么车呀。我说：你别管，帮着办就是了。其实我心中已经想好了，这个车用完后，就送给弟弟远克。远克开的还是摩托车，年纪也不小了，太不安全了。自我来尼勒克后，接触最少的是远克，因为他太忙了。他本来是有稳定工作的，后来单位效益不好就辞了。但自己做生意也难，一直不温不火的。

　　既然远妮说了，我也就不催了。一个礼拜过去了。半个多月过去了。在此期间，二手车也买好了，是家康办理的。难道那么复杂吗，整理那些文字？我确实有点急了。就在我想着要怎么跟远妮联系时，她来电话了。她说，这一回她吸取教训了，不仅把那些便条整理好了，而且分类了，并对部分内容尤其是重点内容，做了详细的注释。

"这么长时间，看来难度不小啊。"我这是在间接询问为什么时间这么长。

"哎，我做了一个傻事，我想把爸爸妈妈便条内容都对应起来，连猜带蒙的，还是不行。便条上有的有时间，有的没有。即使有，也只是当天的日子，没有年份月份的。再说，有些事情，隔得太远了，我也要好好想一想了。"远妮听懂了我的意思，她是在解释。说完了之后，可能心里对我的疑问有点不爽，接着就调侃说：

"哥哥是当惯了校长的，我们校长就有一个毛病，顶真。把我们都弄怕了，我不晓得我哥哥是不是也这样？"说完，哈哈哈笑了，"但愿这次能让校长表扬一下。"

我听了，也笑了，说："看来祁老师这一次信心满满啊。"

"那是当然。"远妮说。

当晚吃过饭，我打开电脑，开始看远妮发过来的父亲母亲的笔谈。远妮给起了一个题目：《爱的笔谈》，并分了类，加了标题。

第一页是目录：

一、日常生活

二、失踪之谜

三、单向笔谈

第一类"日常生活"又分为"衣、食、住、行"四类。

一、衣

爸爸：九妹，我虽然理解你，但你一直戴着面罩，这样好吗？一直不见太阳，不大好吧？

妈妈：五斤，你放心吧，我会抽出时间，在没有人的地方，脱了面罩晒晒太阳的。在喀什河边,有一个地方,有树有草又能晒到太阳,我经常去的。放心吧。

爸爸:其他几个受伤的,好像都不戴面罩了。我上次见到大姐余凤兰了,还可以啊,也不见得就不能见人啊。你原来的底子那么好,她们能见人,你为什么就不能?慢慢适应了,大家就都习惯了。

妈妈:唉,五斤,你就不要劝我了,我跟别人不一样。

爸爸:不说了,随你吧。你愿意怎么样就怎么样吧,唯愿你开心顺心。

妈妈:五斤,拖累你了。

爸爸:九妹,你跟我说这话就没意思了。

(远妮注:看见这一条我哭了,虽然字不多,情谊却深。)

二、食

爸爸:九妹,你一个人吃饭,我没有意见。既然你不肯摘面罩,当然也就只能一个人吃了。但你吃菜吃饭不能只顾着我们和小孩,如果这样,我们心里都不会好受的。

妈妈:五斤,接受你的观点。有时我吃得少,不为别的,只是胃口不好而已,别想太多了。

爸爸:我们吃饭时是不是太吵了?我会跟招娣和远妮说的。只是远克还太小,管不住自己。

妈妈:五斤,不要太在意,昨天我情绪不好,可能太多心了。抱歉啊。我只是听着你们热热闹闹的,心里有一点失落而已。抱歉了。

爸爸:九妹,你说上次吃过的杏子虽小,却很好吃。今天我又采了一点回来了。山上多得很,下次带你们一起去采,怎么样?

妈妈:好的。让招娣多吃一点吧,她喜欢吃酸酸甜甜的东西。

三、住

爸爸：感觉怎么样？住得习惯吗？阁楼虽矮，却也占了你房间的空间了。如果觉得不行，就还是拆掉？

妈妈：没有关系，以后再说吧。

妈妈：如果在院子里再搭一个房子，或许要好一些，毕竟孩子一天天大起来了。

爸爸：好的，我跟东隔壁商量一下。

四、行

爸爸：九妹，明天我们到沟里去，听招娣说：你不愿意去？和我们一起去吧，一家人难得放松一次。

妈妈：算了，五斤，我听说有好几家人的，我去了，可能就扫人家兴了。远妮去了就行了。

爸爸：你啊，这么长时间了，应该可以走出来了。

妈妈：我也想去沟里的，但我会一个人安排的。你们去吧，玩得开心。

妈妈：五斤，贝壳石真漂亮。你为我挑的那块石头，我很喜欢。新疆原来是海洋，现在则是大片大片的沙漠，唉，沧海桑田，在这里感触最深了。

爸爸：你喜欢就好。你知道我在沟里捡石头时，想到什么了吗？我想到了你最喜欢的《红楼梦》了。《红楼梦》不是叫《石头记》吗？

妈妈：五斤，你这倒是启发我了，曹雪芹是不是在捡石头的时候，突然来了灵感，写出《石头记》的？孙悟空是石头缝里钻出来的，梁山好汉的座次也是在石碑上的。文学真是太好玩了。

爸爸：自古以来，人们都觉得在天地之间，石头是寿命最长的，所以喜欢刻碑勒石。不知是可喜还是可悲。

妈妈：你不要悲观，不要受我的影响。刻石纪念当然是可喜的了，否则那些古代的东西怎么流传得下来？

爸爸：还记得吗？在去孟克特的地方，以前国家修过一条战备公路的。这几天听说，国家要修一条更长更好的公路了，说是从独山子到库车的，说全长有 1000 多里的，真是了不得。

妈妈：这么高的地方，这么长的封山时间，嗲人去修呢？

爸爸：听说都是部队在修。

妈妈：哦，部队啊，也只有部队能修了。

远妮整理的第一类"衣食住行"，内容非常多，说实在的，也很琐碎。我其实心里急着要看第二类"失踪之谜"了。所以，第一类略翻一翻就跳过去了。但我还是从中感受到了父亲母亲那种深厚的爱意，在日常生活中自然而然地流淌出来。爸爸的暖男形象也得到印证了。看来霍美秀对爸爸的判断是准确的。

剩余的部分我略翻了翻，决定有了时间慢慢看。想到这里，我突然想到一个问题，父亲母亲笔谈时，他们是面对面吗？肯定不是。如果是面对面那还不如直接交谈了。那么，他们在什么样的情况下需要笔谈呢？我就此发了一条短信给远妮。过了不一会儿，远妮的答复来了：

哥，他们的笔谈大都是在时间交错时发生的。也就是说：爸爸不在家，妈妈想跟他说什么，就写一张纸条放在一个相对固定的地方。一般是客厅长条桌的抽屉里。反之亦然。因为在主观上，妈妈是不愿意跟爸爸见面的，但又似乎有很多话要说。当我长大后，他们这种游戏我就知道了，招娣妈妈也是知道的。但我没有想到能保存下来。这么说吧，假如当时有微信，爸爸妈妈肯定会是星标好友，聊得很欢的。

第二部分，失踪之谜

第一次失踪——

爸爸：九妹啊，我想了一夜，要是你再这样失踪一回，我非崩溃不可。（这一条是之前看过的。）

妈妈：五斤，对不起，我也不是有意的。你和招娣千万不要误会，远克1周岁了，请要好的亲戚朋友来小聚聚，我会有什么意见呢？远克虎头虎脑的，我也非常喜欢的。起先我并没有想到走那么远，只是想出去走走，散散心而已。这与金凤说的那句话也没有关系，她跑来跟我打招呼了。她是我的好姊妹，说话一向是不过脑子的，我怎么会生她的气呢？但我不跟人一起吃饭，也这么长时间了，怎么会随便打破规矩呢？

但我万万没有想到，我会走那么远。要怪啊就怪夏天的尼勒克，白天太长了。我又没有手表，看着天还亮着呢，就往山沟里走了。一路上的风光太好了。路边大片大片的野花，太好看了。紫的我知道，是薰衣草。蓝的呢，是不是叫勿忘我？唉，中国人就是这样，给花草起个名字，都那么有讲究。让人一听花花草草的名字，就会产生那么多的联想。我还记得小时候看书，有一味中药叫王不留行。给一种草起这么个名字，也太好笑了。

白居易诗云：乱花渐欲迷人眼，浅草才能没马蹄。这是写杭州的。尼勒克的山沟里呢，可以套用这句诗：野花渐欲迷人眼，深草何止没马蹄。那里的草丛，深可过膝。我在草丛里走啊走，一直走到一条深沟里。那里有树，但不多，东一棵西一棵的。那里也有草，但不深，也不密，疏疏朗朗的。一条溪水自上而下，溪流中到处都是石头。啊呀，我发现你上次捡回来的那种贝壳石，这里似乎不稀奇，大的，小的，圆的，长的，不规则的，随处可见。在我惊喜不已，只顾低头寻找石头的时候，天色不知不觉中暗下来了。

我这个人就是可笑，当时也没有想过，这些石头就算再好看，我一个人怎么拿回去？后来仔细想想，我这个人就是这样，一向如此。我是那种容易被乱花迷了眼的人，往往只顾眼前，不计后果。我这个毛病恐怕是难改了。

当时我没有想到，你会找了人，到处找我找了一夜。尼勒克这么大，怎么可能找到呢？我晓得了，又内疚又满足，说明我这么一个人，还有人惦记着。五斤，我会永远记着的。

（远妮注：这是妈妈写得最长的一篇，已经不是便条，而是一篇文章了。这件事我已模模糊糊有点记忆了，也许我还没有记忆，是后来我婆婆告诉我了，我才误以为是自己的记忆。妈妈那次出走，是远克1周岁，家里摆了两桌酒，妈妈在帮忙。等大家上桌吃得差不多了，我婆婆刘金凤说了一句，九妹，你也来一起吃吧，我们吃不了你的。妈妈听了，不知为什么，就一声不吭出去了。当时谁也没有在意。男人们喝多了，女人们要帮着洗碗擦桌子。等大家忙完了，突然发现妈妈不见了。爸爸说：要么出去走走的啵，说完也没有在意。中午吃完后还有一点点剩菜，爸爸就让裁缝一家留下了。到天黑了还不见妈妈，大家才着急了。大家到处找，找了一夜，也没有找到。妈妈是第二天中午回家的，可能是夜里着凉了，发热了，在家里躺着，吃了好几天药，才慢慢恢复了。）

爸爸：九妹，我晓得你心里苦。你不是针对谁，你是针对你自己。

你还没有走出来，我晓得的。但你想一想，总不能老是这样啊。为了远妮，为了我，也为了这个家，你应该尽早走出来才是。

妈妈：五斤，你说得对，我心里常想，你是对的，我应该听你的。但一到具体时间，具体地点，具体事情，我就不能做到了。我尽力吧，拖累你们了。

（远妮注：我之所以把这次妈妈出走叫作"失踪之谜"，是因为我到现在也没有想通，妈妈为什么要出走。真是因为我婆婆说了那句话吗？不是。是因为招娣生了远克，她心里不平衡吗？是因为想起了远在延州的自己的儿子吗？还是又想起了那次事故，造成了这种特殊的家庭呢？我们没有经历过妈妈的痛苦，可能永远也理解不了。所以呢，哥哥，为什么妈妈几十年不见自己的儿子，却又那么关心关注你，你从这篇文字中，能隐约捕捉到一点什么吗？）

第二次"失踪"——

妈妈：五斤，恭喜你又得了一个女儿。远丽这个名字也很好听。总之，祝贺了。我最近想找一个地方待上一天，到底是哪一天还没定。那天我可能晚一点回来，甚至可能住一夜，我会预先带上粮食和衣被的。你们不要到处找我。

爸爸：只要不玩失踪，你去哪里都可以啊。要不要远妮陪你一起去呢？

（远妮注：妈妈对此似乎并没有答复，反正我找来找去没找到回复。）

妈妈：五斤，我是前天离开家的，跟招娣和远妮都说好了。这次上山，累坏了，但很开心，主要在一个湖边待着，湖不大，但美极了。我先是搭便车，然后是自己走上去，带了馕，水是现成的，泉水清澈，湖水碧蓝，都是可以喝的。湖边有云杉，我在云杉下住了一夜，蛮好的。

下了车，我是沿着溪流朝上走的，水草丰茂，牛羊成群，非常漂亮。人世间有各种美，但最纯粹的美，也就是大自然了。我是个感性的人，在湖边，在树下，在草丛中，我很自在。我又在水里发现了好多好看的石头，但我这一回不那么傻了，看了看就丢了。美的东西到处都是，哪能都属于你呢？

湖水蓝得有点不真实。是海拔的关系，还是蓝天倒影的关系？我不敢靠近湖水，我怕自己会跌进去，因为靠近了看，湖水有点不像水了。

远克会走会说了，真好。如果让我一个人，手里牵着一个小孩子，就像远克那么大的，在一个安静的地方，或者水边，或者森林中，那该多么美好啊！

爸爸：九妹，你昨天写的条子，简直是一篇游记，我很喜欢。你写的景色很美，你的心态也很好，我看了也喜欢。如果你愿意，看看什么时间方便，我们找一辆车，一家人一起去一趟好了。

（远妮注：妈妈没有回复，我的记忆中，也从没有去看过什么湖，看来是妈妈不赞成全家一起去。看来那里是属于她的私密空间。）

第三次失踪——

爸爸：九妹，怎么又玩失踪了？是有意还是无意？如果是有意，那就不是君子了。孔夫子说：君子不贰过嘛。

妈妈：五斤，我老了。当你有了远新，你一共有五个孩子了。你看着还年轻，我却觉得自己老了。我常常有一种幻觉，好像自己不久于人世了。我这一次"失踪"，是无意间造成的。对不起，不要介意。

我这次没有去看美景，也没有去捡石头，我走了多少路，自己也糊里糊涂。所以我才说：我可能老了。

爸爸：九妹，你什么也不要说了。我都懂了。下次心里难过想出去走走，跟我说一声。我们一起去。或者你不愿意，那我就远远跟着。

爸爸：九妹，我想来想去，孩子多了也困难的。我和招娣商量了，远新是我们最后一个小孩子了，不再生了。

妈妈：五斤，别误会，我是喜欢小孩的，这个你知道的。远妮是我的孩子，远克、远丽、远新，也是我的孩子，我会协助招娣一起带好孩子的。甚至在某些方面，譬如教孩子读书写字，我还可以做得多一些。

至于你们以后生还是不生，那是你们自己的事，与我无关。

（远妮注：这几封信很重要，后来爸爸跟招娣妈妈果然就没有再生小孩。妈妈是什么心态，我不好妄加揣测。但事实就是如此。）

第三部分：单向笔谈——

（远妮注：单向笔谈，顾名思义，当然是爸爸去世后，妈妈向爸爸倾诉的文字了。）

我数了一下，《单向笔谈》共有100多篇，长短不一。在每一篇开头都有一句话：五斤，写一点文字给你，下次带给你。

远妮还整理出了一份类似于"序言"的文字：

五斤，我今天写了一点文字，是为你写的，其实也就是把要对你说的话写在纸上而已。写完了，我感觉爽气了好多，好像是把堵在心里的什么释放出来了。这可以算作我的一个发明吗？我觉得是

的，只是不需要别人承认罢了。

远妮告诉我，这部分文字都有两份，一份是原稿，都烧给爸爸了。一份留下的，是誊清的稿子。我想，妈妈对自己的文字还是看重的，甚至是自恋的。

兹录数篇如下，时间不计先后，题目是我加的——

1. 眼神

从小就有人告诉我，我的眼睛很好看。还在我刚会说话的时候，奶奶拉着我在街上走，就有人对奶奶说：这丫头眼睛真大，真好看，像嗲人啊？奶奶得意地看看我，笑一笑，并不回答。后来我想，我的眼睛应该是像我母亲吧？我的眼睛不像我父亲，当然也不像奶奶，他们母子的眼睛是很像的。

等我长大一点后，大概是小学四五年级吧，我发现无论眼睛大小，是双眼皮，还是单眼皮，都是无关紧要的，重要的是眼神。一是有没有神。如果眼睛没有神，就像死鱼眼睛，再大又怎么样？二是眼神的涵义。眼睛是心灵的窗户，指的就是这个。记得钱钟书说过，如果一个人眼睛大而无神，那就像政治家说的大话，大而无当。

眼神交流是一种无声的语言。只可意会，不可言传。即使有很多人在场，也能悄无声息地传递彼此心领神会的信息，旁人丝毫也不会察觉。这种语言，既简单又复杂。我之所以说简单，是因为完全可以无师自通。我之所以说复杂，是因为有的人，永远不懂，也无法学会。

五斤，我和你，我们的眼神交流，是什么时候开始的？确切时间当然不会记得了。是我小学毕业的时候？是我升入了初中？不知道。你还记得吗？你如果记得，又如何能告诉我呢？托梦吗？但那次在院子里的桂花树下，我还是记得的。那么美好的瞬间，那么默契的眼神交流，怎么可以忘记呢？

写到这里，黯然神伤，泪不能禁。唉，五斤，永别原来是这样的滋味。你在时，我们只要彼此看一眼，一切似乎都是美好的。现在哪里去看你呢？有时我对着你的照片看看，心里又悲又痛。

2. 肉夹馍

五斤，还记得吗，那次你带回来的肉夹馍？你一回家就叫，快来吃，肉夹馍还是热的。被你一叫，大家都来吃了，你一块他一块，小孩子吃得可开心了，一会儿馍就没了。你自己却没有吃，问你，你说已经吃过了。我当时就判断你没吃，但我没有点穿。我只是问，今天怎么想到买馍回来的。你一听就来劲了，说是路过一家肉夹馍店，是新开张的，又好吃又便宜，大伙儿都在排队呢，你就也排队买了几块。我问了地点，你就说在哪里哪里。

我虽然不是一个经常上街的人，但那个地方我记住了。五斤，今天我路过，天快黑了，店门口没有什么人，我买了一块肉夹馍，找了一个僻静的地方悄悄吃了。肉夹馍味道真好，我是代你吃的。我晓得你没有再来这里买过馍，你不会一个人买什么吃的。吃完了馍，我又买了几块，带回家给招娣和孩子们吃。在孩子们大口吃馍的时候，我闭上了眼睛。在我的幻觉中，你还在，馍是你买回来的。

我回到自己的房间，眼泪就再也止不住了。

3. 再读《水浒传》

五斤，你从小就最喜欢看《水浒传》，我呢，一直喜欢的是《红楼梦》。这大概就是男女的差别吧？还记得吗？在我家楼上，你我捧着各自喜欢的书，忘记了时间。我记得，起先你喜欢的是李逵、武松，后来你长大了，就慢慢喜欢林冲了。也不能说是喜欢，就是关注林冲了，觉得这个八十万禁军教头太委屈了。你说林冲的性格就是矛盾的，但正因为这个，所以才是真实的。

你曾经说过，在《水浒传》中，最能代表男人性格的，不是李逵、鲁智深，而是林冲。李逵、鲁智深是书上的人物，林冲是现实中的人物。我后来仔细想想，还真有道理。在这个世上，女人当然也委屈，但最委屈的其实是男人。我从你这句话里，也感受到了你的委屈，以及你心中的反抗精神。

五斤，最近我又看了一遍《水浒传》，有时捧着书，看着看着，便有一种幻觉，好像不是我，而是你在看。看到精彩之处就笑，看到憋屈之处就怒。五斤，我又有了一个想法，何不把我们共同看过的，讨论过的书，再拿出来看一遍呢？这是我看书有了那种幻觉之后想到的。

4. 再读《浮生六记》

五斤，还记得吗？《浮生六记》中的沈复陈芸夫妇，我们曾经羡慕过他们的恩爱。其实这是不祥之兆，那时候哪里懂得。

昨天夜里我又读了一遍，其实并没有读完，只是读了《闺房记乐》罢了。

夫妻之乐趣，夫妻之恩爱，我们庶几近之。可惜的是：结局也庶几近之。不同的只是角色反了。如果你活着，我先走该有多好。这是我的心里话，你会懂，你也会信的。

五斤，看了《闺房之乐》，我就联想到了我们自己。还记得吗？我们新婚燕尔，是多么的开心。唉，说出来不好意思，我们的年纪，我们的长相，我们的身体，如今回忆起来，真是充满了自豪。当时我们自己并不觉得。但从人家的眼神中，我还是体会到一点的。用现在的话说，我们就是一对神仙眷侣了。

5. 婚姻的等级

五斤，你不晓得，现在网络发达的不得了，为了看远强的信息，我是经常上网的。上网其实不难，远妮一教我就会了。前一阵子看见一篇文章，把我逗乐了。你还记得《青春之歌》吗？我们都看过的。小说里有一个老夫子叫余永泽，听说他的原型就是张中行，如今被说成是国学大师了。作者杨沫跟张中行同居过，后来分手了，说是原型也说得通。暂且不去说这个了。我要跟你说的是，张中行老先生写了一篇文章，题目叫《婚姻》。他在文章中说："世间的一切事物，都可以分等级，婚姻也是这样。以当事者满意的程度为标准，我多年阅世加内省，认为可以分为四个等级：可意，可过，可忍，不可忍。"

五斤，你说这个老先生说的有没有道理？我觉得是有道理的。

我是在网上看的，是别人引用张老先生的话。这个网络作者在文章结尾写了一段话，我看了很扫兴。他说：可意的婚姻，是天上的花朵；可过的婚姻，是地上的花朵；可忍的婚姻，是尘埃里的花朵；不可忍的婚姻，是牢狱里的花朵。

可意的婚姻，是天上的花朵。这话怎么理解？不是间接地否认了可意婚姻的存在吗？但对于我们来说，倒又似乎说出了一点真相。是不是说，可意的婚姻，老天也会妒忌呢？

唉！真是无语！

6. 再读《彷徨》

五斤，告诉你一件好玩的事。前一阵路过废品收购站，看到那里堆了一大堆旧书。出于好奇蹲下来翻了翻，竟然意外地发现了一捆鲁迅的书，是那种薄薄的版本，七几年出版的。看了前言才知道，毛主席曾说过"我跟鲁迅的心是相通的"，号召要"读点鲁迅"。这些语录发表后，才专门出版了这套丛书。买下这套书才花了几块钱，是按废纸的价钱给我的。我非常开心。我们以前在一起，也曾读过鲁迅的书，我现在还记得的只有《呐喊》《彷徨》和《朝花夕拾》了。

鲁迅的文章都很短，我记得以前看他的小说，最喜欢的是《孔乙己》《阿Q正传》，因为好玩。而且喜欢的小说大多是《呐喊》里的。这一次再读，五斤，我发现一个现象，以前不在意的小说，这一回看了，觉得蛮有意思的。譬如《孤独者》《在酒楼上》中的人物，魏连殳、吕纬甫，都是孤独的人。

五斤，也许我也是孤独者的缘故吧？你在那边也孤独吗？

7. 儿孙满堂

五斤，如今你儿孙满堂了，你应该知道的吧？每年的清明，每年你的忌日，全家人都是去烧纸的。那些小孩子你都见过的，一个个都蛮可爱的。

昨天是招娣六十大寿，所以远妮、远克、远丽、远新，都带着孩子回来了。招娣生小孩早，所以才六十，连远新的小孩都上幼儿园了。要是远新早点结婚，小孩都上小学了。唉，我生小孩也早，生远强的时候还不满二十。远强结婚晚，生小孩也晚，小孩才上中学。

五斤，几个孩子都还好，虽然没有哪个大富大贵，但平常日子过过，也蛮安逸的。尼勒克这个地方，气候好，风景好，也不是什么发达地区，挣大钱是难的，但过日子是不难的。老胡家原来开的服装厂生意不好，也早就关了。但家康从此做上了服装生意，听说还可以的。远克呢，单位效益不好，自己辞了，也做生意，我看也还过得去。远丽大专毕业，在医院里做医生，也是稳定工作，不需要担心的。远新在乌鲁木齐，所以就在那里成家了，公婆也是延州过来的，条件比尼勒克这边要稍好一些。我们家五个孩子，都是读书出来的。这一点我们应该感到安慰。

五斤，我在写这段文字的时候，是在台灯下，夜已深了，什么声音也没有。不知怎么的，写着写着，我又产生幻觉了，好像我不是一个面目丑陋的人，一个一事无成的人，而是一个戴眼镜的事业有成的读书人，有点像教书的，也有点像医生，总之是个文化人。这么想着，我心里又难过起来了。我难道没有读书的天赋吗？难道我没有能力成为一个读书人，成为一个事业有成的人吗？

在寂寞中，唯有读点书，我才不感到空虚。唯有跟你聊聊天，我才不感到孤独。

五斤，我的眼睛模糊了，今天就写这些吧。

8. 仙女湖

五斤，我今天出去玩了，是跟孩子们一道去的。本来我说要在家看家的，他们都反对，说门一锁就好了，要你看什么。

今天我们去了仙女湖，是家康和小毛开车去的。小毛是远新的先生。原来谁能想到，老百姓家里能买汽车呢？

仙女湖就在我们尼勒克，但之前没有去过。从我们家开车去，路上开了两个多小时，以前没有汽车，怎么去呢？仙女湖在阔尔克山上，当地人也叫它"阔尔克湖"。上山去还真不容易，爬上去要两个来小时，骑马也要一个小时的。起先他们都劝我不要上去，招娣也说不上去，说要在下面陪我的。我一下子就来气了，说：招娣，你不上去是你的事，我要你陪干什么？我不来吧，你们都劝我来，

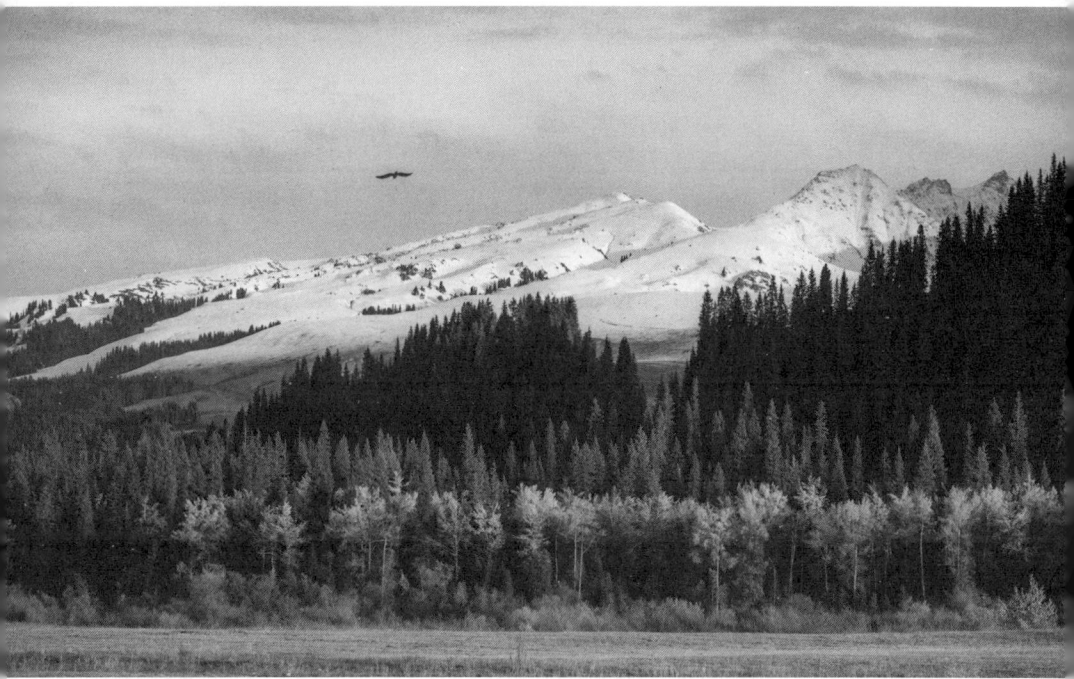

来了又劝我不要上去。那我来干什么？招娣见我生气了，就说都上去都上去。这样，我们就都上去了。我是骑马上去的，我说：走山路有什么意思，骑马上去还有点意思。后来是各取所需，骑马的骑马，走路的走路。招娣她不敢骑马，也就随她去了，是远丽陪着她走的。

仙女湖这个名字还真起得好。湖水清澈见底，一尘不染，非常纯净。仙女嘛，我想，就应该是这么清澈纯净才对。湖边的山上，云杉、冷杉围绕着仙女湖，树型也好看。再往远处看，是雪峰。雪峰上的积雪与湖光相映，浑然一体，非常迷人。

五斤，人间还是美的，看着这些美景，还有在身边玩耍的孩子，我就有点自责了。干什么要跟自己过不去呢？我这个人就是这样，想得太多，实行起来就又固执了。

9. 延州止园

五斤，我在网上看见一篇文章，提到一桩稀奇事，是关于老家延州的，所以特别想告诉你。你不晓得，现在一有什么新奇的东西，几分几秒钟时间，全世界都晓得了。

过去我们一说到江南园林就想到苏州。但这篇文章说：苏州园林是太平天国后才逐渐形成的。在这之前说到园林，名气更大的是扬州、南京，还有我们延州。在明代，延州园林的名气比苏州还大。

止园，就是明代延州园林的代表作。

奇就奇在，止园早就不在了，但留下了完整的图画：《止园图册》，共 20 幅。止园是依水而建的，水道可到达园林每一处角落，花草、树林、建筑，都看着养眼，我也不晓得怎么表达，只能用"美轮美奂"来形容了。《止园图册》在洛杉矶举办过画展，当时大家都不晓得止园在哪里，是不是真的存在过，甚至都有争议。但有一个美国老头，坚持认为《止园图册》不是虚构之作，是一座历史上真实存在的园林，并从此开始寻找止园。他是一位美国艺术史家，有一个中文名字，叫高居翰。

延州的园林既然那么有名，为什么后来没有了呢？文章说：因为与延州的遭遇有关。南宋末年，蒙古兵南侵，延州人抵抗得非常厉害。历史书上说延州人"不能望风迎降，所以衣冠文物，扫荡无余"。明清两代，延州又积累起了丰厚财富，但太平军与清军曾在此激烈巷战，书上又说："巨宅名园，焚烧殆尽。"

五斤，仔细想想，我们延州人还真是犟脾气。我们也都是犟脾气。你还好一些，我更犟一点。

止园，如今找到了，但原址上已建成超大居民小区了。

专家说，明代延州止园，是古代私家园林的杰出代表。

五斤，我想，园林跟人是一样的，再美再辉煌，总有消失的一天。如今居住在小区的人们，谁会想到几百年前，这里曾是一个美到极致的私家花园呢？

园林尚且如此，何况人呢？这就是悲剧了。五斤，你说是不是？

10. 慎终追远

五斤，昨天从你那里回来，夜里做了一个梦，梦见的不是你，而是你爹妈和我奶奶。从梦中醒来，我心里特别难过，就怎么也睡不着了。

我奶奶去世，是在我来新疆五年后，我们没有回去，丧事都是你爹妈给办的。后来我也曾多次想过，要是我不离开她，是不是可以多活几年呢？唯一让我安慰的，是远强参加了丧礼，而且戴了红帽子。奶奶有了重孙辈，也算是有福之人了。

　　你爹妈去世，我们也都没回去。本来你是要回去的，后来考虑到我。如果不一起回去吧，怕人议论。如果一起回去吧，我那个样子，怎么回？后来就都没有回去。我知道，你心里特别难过，我也难过。都是我拖累的你。我这一辈子欠你太多了。没办法，这是我们的命，不能不认。

　　古人说：慎终追远。这么一想，我们就是罪人了。唉，在那边你见了他们，把罪名推我身上吧。

秋天的一个梦

第八章

一夜秋风起，尼勒克披上了金色的秋衣，万木霜天，秋叶流金。胡杨和桦树披上了金黄的外衣，灌木丛像是被染过了一般，红一簇黄一簇的，山间苍翠的松柏与远山皑皑的白雪交相辉映。

无论是在哪里，尼勒克人都好像行走在一幅美得让人心醉的油画之中。恰是在这美得耀眼的季节，延州又有一批人来尼勒克了。这是一支"杂牌"军，有慰问援疆人员的领导，有来考察投资环境的企业家，有柔性援疆的医生、教师等技术人员，也有搭伴过来探亲的家属。我爱人匡若桐也来了。

我笑问："你算是家属还是医生？"

她说："都不是，我是来寻亲的。"

一句话，把我噎住了。她笑了，我却笑不起来。我的父亲母亲，我的弟弟妹妹，我在尼勒克的家人，我家的历史，若桐只是零零碎碎知道一点。我家的情况是有点复杂,正如远妮说的,可以写一本书。

我说：若桐,我给你补补课吧?

补课? 她听了,觉得莫名其妙。

当天晚上,说是接风,其实很快就结束了。回到房间,我把最近了解的,接触的,看到的,听到的,都向若桐和盘托出了。若桐是城里人,父母都是工人,家境一般,经历简单,读书,上学,当医生。看书也以专业为主。支边援疆这类历史,听我详细说了,她才知道了一点。

"咳,这么复杂啊,你们家?" 听了半天,她终于冒出一句话来。但若桐没有想到,或者说谁也没有想到,她来了之后,求医的人居然那么多。秋天来了,冬天也不远了。秋冬是进补的最佳季节,恰好来了一位中医,求膏方的就一下子多了起来。

若桐忙了好几天,才抽出时间跟家人见面。这一次是大聚会,小辈们也都来了。席设唐布拉大酒店,大包厢,两大桌。除了远在乌鲁木齐的远新,其他人都到了。大家都很开心,比第一次见面热闹多了。因为我来尼勒克有些时间了,大大小小的也都熟悉了。招娣妈妈最开心,说多少年都没这么热闹了。

我和若桐选了一个日子,给爸爸妈妈上了坟。若桐感慨万千,说想不到公婆是安息在这么遥远的地方,说以后扫墓就要乘飞机了。从墓地回来的路上,车窗外的秋色扑面而来,满山的树和草,满地的麦茬和玉米,满眼金黄金黄的。

也许是被尼勒克的秋色刺激的,也许是刚从墓地归来。这天夜里,我做了一个奇异的梦。

虽然我经常做梦,但这是最让我惊异的一个梦了。一早醒来,我迷迷糊糊坐在床上，满脑子都是这个梦。等我醒悟过来，便抓住这短暂的时光，把梦记录了下来。梦是这样的——

一只白色的大鸟在盘旋飞翔。它俯瞰大地，大地一片金黄。一条河流，闪着清亮亮的光，在山间奔流。山上有树，白杨、桦树、云杉。山上有草场，草场上开着各色小花。在高大的树和低矮的小草之间，是一丛丛的灌木。

大鸟好像在寻找着什么。我好像跟着大鸟在一起寻找。或者，我就是大鸟？

哦，大鸟向下俯冲了。飞得低了，低了低了。鸟的翅膀掠过山，掠过树林，好像发现目标了。鸟发出惊喜的叫声，嘎嘎嘎。我的呼吸也跟着急促起来。我的身体也想动起来，甚至想飞起来。但却没有一丝的力气，我的头，我的手，我的脚，什么也动不了。

哦，大鸟像是停在了空中。大鸟找到目标了。太阳升得更高了，天地之间更灿烂了。一家三口，父亲母亲，一个男孩。在树林里，在溪水边，在草丛间，他们也在找什么。

原来他们在找吃的，树上成熟的果子，掉落在地上的果子。哦，他们捡了一篮子了。小男孩欢呼着，跳跃着，父亲母亲脸上也挂满了笑。

大鸟像一架照相机，镜头拉近了，拉近了。我猛然发现，那位母亲，原来是那么漂亮，一头黑黑的直发，刘海却卷卷的，搭在光洁的额上。一双大大的眼睛，一对黑黑的眼珠，目光在丈夫与小男孩间温柔地游来游去。

"远强，过来，过来。"母亲的声音，怎么这么好听。那个叫远强的男孩，飞快地跑过来。"你看，这棵树下，怎么那么多杏干呢？"

远强抓过一把杏干就往嘴里塞。"慢点,慢点。"母亲笑着阻止说。

"让他吃吧,肯定是饿了。"父亲说。母亲也不说什么了。"你也吃吧,也饿了。"母亲说。父亲母亲一起坐下来,吃着篮子里的果子。

"以后,我们就要在树林里生活了吗?"小男孩问:"就只能天天吃果子了吗?"

"嗯,是的。只要我们在一起,生活在树林里,生活在没人的地方,就算天天吃野果子,也蛮好的。是不是,远强?"母亲搂着男孩说。

大鸟在空中盘旋,一旋,又一旋,飞出了树林,向着远方飞去了。

正在此时,我醒了。梦中的一切历历在目。我看见了母亲,活生生的,真实的母亲。她在走动,她在说话,她长得那么漂亮,声音那么好听。难道母亲的照片,在我心里,在我梦中,活起来了吗?

我没有跟任何人说这个梦,包括我的爱人匡若桐。在接下来的日子里,我的心,几乎被这个梦填满了。我不知道如何解梦,就是解了,也是瞎猜的,没有任何意义的。去跟谁说呢,说了又有什么意思呢?

好多天过去了,这个梦却一直伴随着我。我并不想摆脱,也摆脱不了。

不知为什么,这个梦勾起了我的另一个梦。

我在很年轻的时候,也许是十四五岁?我跟我的父亲母亲一样,都喜欢看书。我那时可以找到的书,还不如他们年轻的时候。也许是孤独,工厂那间宿舍里,常常就我一个人。也许是遗传了我父亲母亲的敏感基因,也许喜欢读书也能遗传?总之,在一个冬天的夜晚,我心里有了一个文学梦了。这也为我后来报考中文系埋下了种子。再后来，我教书，做行政，始终也没机会真正投入进去，只能趁寒暑假小打小闹，写几篇散文或者短篇小说罢了。

现在的我虽说年纪大了点，但毕竟有空余时间了。我的文学梦被激活了。在这个文学梦里，我的第一个梦想就是要复活我那美丽的母亲佟九妹，而不是在梦里。

一千个读者就有一千个哈姆雷特。怎么复活一个不在世的人，或者一篇小说或散文中的人？

也真是巧了。这个难题，没几天就迎刃而解了。

有一位延州企业家，叫汝志强，是一家年销售超百亿元的上市企业董事长。他这次也来尼勒克了。当然，他不是第一次来，据说投资项目已有一点眉目了。

汝志强不仅是我的学生，还是一个渊源颇深的学生。他高三那一年，母亲突发肺癌，从查出来到去世，才不到半年时间。在汝家，父亲高大威猛，但性子软；母亲矮小柔弱，但性子刚；母亲才是家里的主心骨。母亲一去，家里就乱套了。汝志强本来成绩不错，但好像是一下子蒙掉了，高考成绩一落就落到了分数线以下。这下子家里更乱了，丧母之痛，高考失利，加上父亲又不会安慰孩子。汝志强小小年纪，突然就陷入了人生低谷。当时我是班主任，虽然他毕业了，但我还是去家访了一次。我问他下一步怎么打算，他摇摇头，说没想过。问他父亲，父亲也没个主张。离开汝家后，我就自作主张给他在高复班报了名并交了费。到了新的学习环境，汝志强也慢慢走出来了，第二年考上了一所重点大学。所以虽然毕业多年，我们师生之间来往一直比较密切。

汝志强是做太阳能光伏的。在延州，有一家中国光伏巨头，所以延州的光伏就做得风生水起了。汝志强是其中的佼佼者。汝志强告诉我，目前有一项新技术，是在戈壁沙漠里做太阳能。说大片大片的光伏板落地后，由于大大减少了水汽蒸发，时间长了，光伏板下会长出草来。这样，既发了电，又治理了戈壁沙漠，一举两得。我开玩笑说：如果草长得太长了怎么办。他笑着说：那就养羊啊，那就一举三得了。我说：要是真搞成了，那经济效益社会效益就大了。汝志强曾告诉我，他之所以来新疆的，目的就是为了找项目。而一旦找到了，那就肯定是大项目，对于投资环境、项目可操作性、实施策略等需要长期考察。他说：我要是在新疆有什么事就交给他办好了。我听了，也没在意。但我没料到，事情还真的就来了。

那是一个礼拜六，早晨都睡了个懒觉。下午都有空了，许定辉说："大家忙了一个礼拜，辛苦了，今天我请大家吃烧烤。"半下午的，太阳还高高挂在天上，大家就坐了车，一起去了一个牛场。一眼望去，牛场约有近千亩大小，除了几片树林，几排房子，大片大片的就都是草场了。我们到达时，准备工作已有人做好了。一大片草场上，炉子里的火旺旺的，一大锅牛筋骨已炖上了。香气飘散，直往人鼻子里钻。牛肉串、羊肉串，还有各色蔬菜，也串成了串。牛场的人已烤成半成品了，见我们来了，就准备加热开吃了。凳子是零星摆放的，可坐，可站，可扎堆，也可独坐。

牛场场长叫伊永刚，祖籍陕西三原的，典型的关中汉子，很好客，很精干，也很会说。他说："今天一早起来，牛羊就显得特别兴奋。这些动物是有灵气的，感觉是最灵敏的。果然，许书记电话就来了。延州与尼勒克相距万里，今天延州贵客来了，许书记来了，是我们牛场的荣耀，所以连牛羊都感觉到了。"

伊场长说了几句客气话，就说："这里就是野外酒吧，趁着太阳在，还不冷，想吃啥吃啥。白酒、啤酒，自取。菜么，只要是熟了的，见啥吃啥，不要拘谨。"许定辉干脆说："今天大家都放开了啊，牛肉串、羊肉串，不要谦让，烤好了就吃，宁可抢，不要等。"

野外酒吧，还真形象。太阳照在草场上，大家两三个一堆，四五个一群，吃着，喝着，说笑着。

场长说："等天一黑就冷了，我们就转场进屋。"

汝志强自然跟我喝到了一起。我们虽然常见面，但大家都忙，并没有机会深入交流。我们边喝边吃，有了一场对话——

"志强，项目怎么样了？"

"正在考察。"说着，他突然转向我，"老师来了尼勒克，有啥想法吗？"

"我一个教书的……"话没说完，梦里那只大鸟突然撞了我一下，脑子里灵光一闪，"志强，有一个东西，让我有了一点想法。"

"哦，老师你说说看。"

"尼勒克太美了，气候又好，但知道的人太少了。"

"嗯嗯，是的是的。"

"现在旅游业这么发达，尼勒克不热起来，太浪费资源了。如果能够好好炒一炒，把这个点炒热了，再有资金跟进，把基础设施，譬如道路啊，宾馆啊，一点一点做起来，说不定就做成功了呢。"

"老师，这是一个大项目，系统工程啊，哪里是我们企业能做的呀。"

"我的意思是一个点一个点，政企联手，慢慢地做起来。"

正在这时，许定辉过来了。汝志强和许定辉是校友，汝志强是师兄，他来新疆找项目，与许定辉援疆也有关系。

"跟得意门生说什么悄悄话呢？"许定辉看着我，笑着说。

汝志强听许定辉说话酸溜溜的，就说："要是祁老师是你班主任，你肯定比我还得意门生呢。"说着，就把我刚说过的意思又说了一遍。

"想不到祁老师一个柔性援疆的，还能这么主动考虑长远问题。"许定辉听了，眉头微微锁了一下，接着就舒展开，笑着说："下次开县委常委会，我要专门汇报这个事，也要用来教育我们的援疆干部。"

"许书记不要搞得我难堪，让我在大楼里成了孤家寡人啊。"我忙摆摆手说："我想为尼勒克做点事，是真的，但主要是因为我出生在这里，我父母埋在了这里。"

许定辉见我说得动情，也认真了，说："唉，我说的也是真话。"

又说："我们来新疆，来尼勒克，除了牵线搭桥，引进项目，另一个重点就是调查研究，提出建议了。我们干不成的，还有下一届，再下一届。"

又指着汝志强说："像志强兄这样的大项目，哪里是短时间能干成的。"

"一旦项目定了，你可一定要帮我把头开好了。"汝志强盯着许定辉说。

"没问题。"说着，许定辉突然停下，朝远处挥手，拉住我说："老师，跟我去见一个人。"

远处走来一位大个子，身材很是魁梧，走起路来身体摆动幅度有点大。走近了看，满面红光，却又满头白发，一时不好判断年纪。那人见了许定辉，快步走过来，很矫健，与身材有点不匹配，让人一眼就看出，两人熟悉，且交情不浅。

"王主席，介绍一下，这位就是我电话里跟你说的祁校长，我的老师。"许定辉先介绍了我。

"幸会，幸会，祁老师。许书记的老师，也是我王强的老师了。"说着，伸出手来，紧紧握住我的手。

"王主席好，早就听许书记说起过您了。"我也客套说。

"哦，说我什么坏话了？"王强说完，先自哈哈大笑起来。

"说您是土生土长的干部，尼勒克的事，请教您就行了。"我跟他不熟，不好随便开玩笑。

"王主席之前是王县长，干了多年的常务，是尼勒克的活地图，祁老师有什么事，直接找他就是了。"许定辉比王强年轻得多，但看他的眼神却像是老哥俩。

"谢谢许书记信任，一定把老师的事体办好。"王强笑着说，又是一副玩笑的口气。但这一句话却说的是延州话，把我愣在了那里。

许定辉见了，笑着说："王主席这一招，一开始把我们援疆楼里的都骗了，以为碰上老乡了。"

"我从小生活在种蜂场，跟延州孩子一起长大的，延州话都会说。"王强调皮一笑，像个孩子。接着他又感叹了一句，"唉，现在说不好了。"

正说着话，我抬头一看，见等着跟他打招呼的人都围成一圈了。赶忙互留了电话，我就离开了。

汝志强在不远处等我，我们又往外围走了走，离人群更远了。

"不去跟王主席打个招呼？"

"我们熟悉了，就不去凑热闹了。"汝志强继续着刚才的话题，"老师刚刚说的，有具体想法了？"

"嗯，有了一个想法，还不成熟。"

"说说看呢，老师？"

"具体来说，先小投入，拍一个片子，就在尼勒克拍，把旅游元素植入进去。只要宣传运作好，网络运用好，譬如在经济发达城市，针对喜欢旅游的年轻人，有重点地宣传，总归会有成效的。"

"嗯，好，好。老师有具体设想吗？"

"我想找一个与尼勒克有关的人物和故事，写一篇小说，一个短篇就好了，然后改编成一个片子拍出来。"

"既然要拍片子，何不直接写剧本呢？"汝志强问道。

"唉，剧本没写过。小说写好了，让专业人士改编吧。"

"哦，我明白了，老师是有具体计划了。"汝志强看着我，一下子来了兴趣。

"志强，孟克特古道去过吗？那里是乌孙人赶走大月氏人，进入伊犁河谷的一条秘密通道。从此乌孙人在此繁衍生息，建立了乌孙国。汉武帝想联合乌孙夹击匈奴，听了大臣的建议，就派细君公主来乌孙和亲了。"我说完了，问他："听说过吗，这个故事？"

"啊，不晓得，不晓得，和亲嘛，我只晓得王昭君。"汝志强笑着说："老师是想写细君公主？"

"嗯，有了个初步想法。"

"既然是第一个和亲公主，别人就没想到写吗？"汝志强果然很聪明。

"当然，早就有人写过了，譬如网络作家。在一些影视剧里，刘细君也出现过，但都是一带而过。"我一条一条细细道来，汝志强不声不响听着。

"那，细君公主与尼勒克有什么关系吗？"

"有啊，自汉朝到晋朝，尼勒克都是乌孙国辖地。"

"哦，懂了。那老师准备怎么写？"

"这个嘛，我已有所考虑了。"见我笑而不答，汝志强似乎明白了，伸过手来，杯子在我杯子上轻轻碰了碰说："哦，明白了，明白了。老师，如果这个项目能上，我第一个投资。"

"谢啦。"我也跟他碰了碰。

"既为细君公主，更为了我的老师。"汝志强哈哈大笑，把若桐引过来了。

"笑什么呢，汝总？"

"师母，没笑什么，高兴，所以笑了。"汝志强说完，朝我一笑，走了。

"什么事这么高兴？"若桐看了看我，问。

"回去再详细汇报。"说完，我也端着酒杯走了。

尼勒克的酒文化挺好。先不劝酒，也不怎么喝酒，就是吃肉。羊肉串，牛肉串，大骨头，大骨头汤，等吃吃喝喝差不多饱了，才开始喝酒。伊场长敬酒了，许定辉却不急着回敬，等伊场长敬了一大圈，牛场又有其他人来敬酒了。总之，等主人都敬完了，我们才开始敬酒，再一圈一圈敬。嘿，突然发现，自己酒量还行。为什么？吃饱了喝酒，肚子里有垫底的了，酒量就猛然增大了。

尼勒克的酒文化还有一个好，就是酒席何时结束由客人说了算。酒席有开场，开场白是主人的事。酒席有收尾，总结就是客人的事了。看看天色不早，其实按尼勒克当地习惯，还早。许定辉就主动总结了，说，伊场长热情好客，牛羊肉鲜香好吃，伊力老窖好喝。连牛场的牛羊都那么懂事，我们激动了，也感动了。大家听了都笑。伊永刚说：欢迎下次再来。许定辉总结一完，大家就干杯、上车、挥手。汽车开动，离开了牛场，大家一路说说笑笑，好像感觉都蛮爽的。

夜已黑了，酒也喝了不少，我却异常清醒。虽然汝志强是学生，可算是自己人。但话既然说出去了，就要正经当回事了。回到家，还没有洗漱，若桐就凑过来了。

"牛场上跟汝志强窃窃私语些什么呀？"

她倒是单刀直入。我就只好把我的想法，一五一十，和盘托出了。

"你啊，一个业余作家，胆子可真大。"若桐嗔怪道。

"这有什么，以前我虽然写得少，文章发表的报纸杂志，档次可不低。"不能泄气，才刚开始呢，我想。"最多我写完了，请高手给我把把关，润色润色就是了。"

"剧本你可从没写过啊。"若桐说。

"我先写成小说就是了。"我早就想好了，写小说时朝着剧本的形式靠一靠，改成剧本时就方便了。

她点了点头。"那么，这个刘细君，你想怎么写呢？"

我笑着摇摇头，不回答。

"她长什么样？或者说……"还没等她说完，我抢过话头说："刘细君，应该长得跟我娘佟九妹一样美。你明白了吗？"

若桐一愣，一脸疑惑看着我。

"如果写成了，将来有机会拍成片子，我不要一分钱报酬，也没有别的要求，只要女演员像我娘，拍摄地在尼勒克，我就满意了。"

好像是有人要跟我抢着说话似的，我叽叽叽一口气就都说出来了。声音也好像变了，连我自己都听出异样来了。若桐终于听懂了，默默地走过来，抓住我的手轻轻拍了拍。

"如果那样，我娘那些照片，就派上用场了。"说完，我长嘘了一口气，继续说："刘细君长什么样我当然不知道，但跟我娘一样，都是大美女，那是肯定的。而且，她们的经历，也有许多神似的地方。"

"哦，此话怎讲？"若桐瞪大眼睛看着我。

"细君公主出生江都，也就是如今的扬州，与我们延州一江之隔，跟我娘算得上是老乡，是不是？"

"嘿，还真是的。"若桐也有点兴奋了。

"细君公主十六七岁远嫁乌孙，我娘佟九妹十八岁来尼勒克支边，性质虽然不同，但都是万里迢迢来西域，是不是有点像？"

"嗯，嗯。"若桐点点头。

"细君公主来西域五年死于产后忧郁症，我娘佟九妹来了五年惨遭毁容，都是悲剧人物。"

若桐又点点头，眉头皱了起来："你怎么知道她死于产后忧郁症？"

到底是医生，一说到专业就顶真了。"我查了历史资料推断出来的。"我老老实实说："文学嘛，只要合理，是允许虚构的嘛。"

"嗯，嗯。"她点点头，终于不再纠缠。

"细君公主跟我娘，都是罪臣之后，家庭出身也有点像……"还没等我说完，若桐就"啊"了一声。"刘细君父亲叫刘建，谋反不成自缢而亡。国民党战败，我外公佟茂祥逃往海外，是不是也……"

若桐听到这里，苦笑了笑，摇了摇头。

"还有呢，刘细君颇有文学才华，我娘也是。我娘散文写得不错，细君公主的诗歌至今还在流传。"说完，我自己忍不住先笑了。

"真的呀？"若桐见我说出这么多条条来，也觉奇了。我打开手机，查到那首诗给她看了，说：

"细君公主流传至今的这首诗叫《悲愁歌》，也叫《乌孙公主歌》，也叫《黄鹄歌》。"

若桐想了想，说："不知你妈晓得不晓得这个细君公主，要是晓得的话，肯定会感慨万千的。"

"嗯，而且也许会联想到远嫁的贾探春，那就又是一番滋味上心头了。"我们聊着，感慨着。

"有这么深厚的感情基础，你会写好的，我支持。"若桐这么一说，我们都笑了。

白家的故事

第九章

一个礼拜天，刚吃过早饭，小白在微信上发来了信息。

祁叔叔下午有空吗？她没头没脑地问。

我答：有空。

小白：我爸妈回来了。我爸想跟您见个面，方便吗？

方便啊，有什么事吗？

小白：他没说什么事，就是说要一起喝个酒。

喝酒就不必了吧？我犹豫着说。

小白语气坚决：一定要的，我爸把任务交给我了。

那好吧，你定时间。

好，下午五点我来接，先去喝茶。她发了个松了一口气的表情。

我茫然地想，这个老白请我喝酒，什么意思呢？

下午，太阳刚西斜了一点，小白发了一条信息：到楼下了。我拎着两瓶苏酒,两盒水果,匆匆下楼。上了车,小白从后视镜看见了,笑问:"怎么,到我家喝酒,还要祁叔叔带酒?"

"这酒是从老家带过来的……"话未了,小白抢白道:"祁叔叔,这就是您不对了啊。"

我知道她误会了,便笑着说:"这酒不是带给你爸的。"

"哦,那带给谁?"

"是带给你阿依奶奶的。"

"嗯?什么意思?"她瞪大眼睛回头看我。

"听说,哈萨克族老太太是喝酒的。"

"嗯,是的。"她点了点头。

"上次从你家回来后,我偶尔得知,阿依达娜曾是我妈妈的好朋友。"我尽可能平静地说,

"啊?还有这种事?也太巧了吧?"小白张大的嘴巴一时合不拢了。

我便把我家的事简要说了。小白听了,默然良久,说:"祁叔叔跟我爸的经历有点像,但方向正好反了。"

"是啊,你爸是从东向西,我是从西向东。哈哈。"说完,我忽然鼻子一酸,又说:"何止方向反了,你爸是喜剧,我可是悲剧啊。"

小白不再吭声。一路上,我也不说什么了。

种蜂场,老房子,我喜欢。我们车到时,老白已在院门外等着了。车在院子里停下,老白亲自过来拉开车门。我一下车,右手就被紧紧握住了。

"啊,祁校长,在老家我就晓得你了,无缘相识。哈,在尼勒克相见了,没想到,没想到。"老白握着我的手,语速非常快。

"白老板，久闻大名了，幸会幸会。"我也回应了一下。

"诺诺，你还跟我客套，啊，不好不好。"老白笑着放开我，"祁校长，我六十好几了，充个老相，称呼你一声老弟，不介意吧？"

"没关系，白老板，哦，老兄，老兄。"我们笑着往家里走。

"祁校长来啦，欢迎欢迎啊！"一位小个子女人，笑眯眯地迎出门来。她一头微卷的短发，戴一副白边眼镜，很精神，没有一点老态。小白介绍说，是她母亲。

"嫂子，你好，你好。打扰了，打扰了。"我嘴里打着招呼，跟着老白往屋子里走。小白奶奶在客厅，笑嘻嘻地看着我，我忙走过去："阿姨好啊，我又来啦。"

"来了好啊，多走动好啊！"老太太笑着说。

我进屋去看小白爷爷。还跟上次一样，见了我，又伸出食指勾了勾，告诉我他90岁了。

"伯伯好，90啦，不容易啊！"我重复了上次的话，上前跟老爷子握了握手。老爷子似乎还想说什么，老白拉了拉我，我们就出来，到了客厅。

"咳，老头子真是老了，咕咕噜噜说不清话了。"老白说着，拉我坐下，"前天刚刚回来，听燕琳说起你来过，很高兴，我就说一定要认识认识，喝个酒。"

我点点头，笑了笑。我发现这老白特能说，我决定还是老老实实做个听众吧。

"时间还早，我们先喝茶，怎么样？"老白说，语速稍稍慢了些。

"我想看看隔壁的哈萨克老人，不知在不在家。"我便把妈妈跟阿依达娜的关系又说了一遍。上次我只说佟九妹是我伯母，没说是母亲。好在小白奶奶不在身边，我也就不解释什么了。

"我先去打探一下。"小白像个小喜鹊，说完，马尾辫一甩一甩跑出去了。

老白摆开茶具，笑问："福鼎老白茶，怎么样？"

"随意，随意。我喝茶不讲究。"说完，发现不对，我又说："福鼎老白茶，可是好东西，一年茶，三年药，七年宝。"

果然，老白听了来劲了，满脸放光。"我这茶，正好七年了。祁校长来，特意找出来的。"

"太客气了，谢谢了。"

正夸着白茶呢，小白拉着阿依达娜进来了。我一见，忙站起身。我一眼看出，小白已经把我在路上跟她说的，都跟阿依达娜说过了。老太太见了我，有点激动，老远就伸出手，拉住我。

"唉，远强，远强，年轻辰光，就听你娘念叨你，终于见面了。"阿依一口延州话，比王强还要顺溜些。

"阿依妈妈，您老人家好啊！"我没说延州话，因为延州话里没有"您""老人家"这类敬词。我又用延州话说小白："应该我先上门看你阿依奶奶的啊。"

小白听了，一捂嘴，笑了，说："阿依奶奶，我说的吧，要挨祁叔叔批评了吧？"说着就跑开了。

阿依达娜也笑了。好像有约在先似的，阿依没说我妈妈，我也不提。什么叫心照不宣？这就是。由此我看出来，这是一位智慧的老太太。过去的事，她知道，我知道。当着他人的面，再说那些伤感的往事，就不是很合适了。

不知谁开的头，老白，阿依达娜和我，都聊起了各自的子女。

我最简单，就一个孩子，在国外读书。阿依说，她跟小儿子住一起，今天儿子儿媳和小孩子都出门了。其他子女或远或近，但都不在身边。听口气，老爷子显然是不在了。我突然想起妈妈说过的，阿依达娜的大儿子，是送回给爷爷奶奶的。如今命运如何？但初次见面，不敢贸然提起。我还记得她大女儿叫爱迪娜，我也不敢提。不知提起的，是喜还是悲。

"前几天跟县里的王强主席在一起，他说，他也是在这里长大的。"我突然说起了题外话。前几天我采访了王强，但我发现，他说起尼勒克的一切，都是了如指掌，对县情特别熟悉，对政策也非常了解。但对于他个人，却不肯说什么，除了知道他在蜂场长大，会说一口延州话，其他情况我就一无所知了。

"你说的是王县长？"老太太问我。看来，阿依达娜知道王强，但不知他转岗政协的事。

"是的，是他，王县长。"我答了，老太太却没有接话头。

"王强啊，这家伙，我小老弟啊。"老白接了话头，"我来尼勒克的辰光，他才这么点高，老跟在我屁股后头玩呢。"说着，对着桌子比画了一下。

"我打他电话，让他来喝酒。"说完，老白拿起了手机。我忙摆摆手说："先发个信息吧，我看他忙得很。"

"发什么信息啊。"老白的电话已拨通了。

"老弟啊，我是老白。"刚开口，老白声音就低下来了。"在哪儿忙哪？哦，不在尼勒克啊，噢，噢，那就下回吧。"

老白沮丧地放下手机。"在伊宁开会呢，也真是的，礼拜天开什么会啊。"

突然，老白脸上又放光了，对阿依说："阿依妈妈，爱迪娜呢，最近有没有回来看你啊？"

"唉，她也忙的，好长时间嬲回来了。"阿依回答时，掩藏着一丝自豪。我听出来了，爱迪娜也不在尼勒克，但发展得不错。

"嘿，祁老弟，你既然跟王强认识，那我告诉你一个秘密啊。"老白说完，指着阿依达娜说，"王强，差点就成了阿依妈妈的女婿啦，晓得吗？"

"嬲瞎说，人家是县长了。"阿依见老白提起王强，虽然嘴上这么说，脸色却好像生怕老白不说似的。

"嗲个嬲瞎说啊，王强跟你家爱迪娜，手牵手约会我都看见了。"老白看了一眼阿依老太太，继续笑着说道，"这个爱迪娜呢，跟王强，又是同学，又是邻居，是一起长大的。长大了呢，王强大块头，一表人才，爱迪娜呢，又漂亮又懂事，在班里两人成绩又好，眉来眼去的，就有那么点意思了。"

老白说到这里，看了一眼阿依，也看了我一眼。阿依不好意思地笑了笑。

"唉，老弟，你不晓得，爱迪娜小时候，蛮像一个女演员的。"说到这里，老白突然停下了，挠了挠头，"一下子想不起来了，就是，嘿，燕琳，上次说爱迪娜像嗲人的？"

小白跑过来，说："哦，你说的是佟丽娅吧？"

老白一拍大腿，说："对，就是她，《平凡的世界》里的田润叶。"

我一听，也兴奋了，连说："可惜了，可惜了。"

"什么可惜了？"老白问。

"哦，我是说，王强可惜了。"

"喏，就是这个老太太，死脑筋，把一对好小佬拆散了。"老白哈哈哈笑着，指着阿依达娜开起了玩笑。

"为什么不肯呢，阿依妈妈？"我接过话头问。

"唉，那个时候，哪里想那么多？"阿依达娜像是回到了几十年前，"当时就是想，我们哈萨克族人，生活习惯跟你们不一样，在一起会有麻烦的，所以就没同意。"

"可惜了，可惜了。"老白感叹道。"不过，王强小老弟不错，现在还常回来看望阿依妈妈的。"

阿依达娜听了，露出一丝羞涩的微笑。又坐了一会儿，眼看着到晚饭时间点了。

"嗯，我要回去了。下次再来玩啊。"阿依达娜说着，知趣地站了起来。我和老白也都站起来了。我让小白去车上把两瓶酒拿下来，我拎着酒陪阿依回去。到了院门口，阿依就让我回。我也就不勉强了，说："下次我单独来看你。"这一回我说的是延州话。她点点头。我把酒放在她手里，她没有推辞，只是说："谢谢你，看见你，真的蛮开心的。"我看着老太太进了院子，才回到老白家。

喝了一会儿老白茶，说了些闲话。我们移步餐厅。杯、碗、筷、冷盘，已摆上桌了。四个冷盘是：白切牛肉、熏鱼干、花生米、拌黄瓜。烤羊肉串、大盘鸡也一起上来了。

"还是按老家的规矩来啊。"老白说完，开酒。我听懂了他的意思，老家的规矩是先冷菜，再小炒，再大菜，再点心，再上汤，最后上水果。见我看了一眼烤羊肉、大盘鸡，老白就笑了，说：总要体现一点尼勒克特色的嘛。我笑了笑，转头看了看小白。老白明白了，说："我们先吃，先吃。"小白笑着去了厨房，老太太也走了。

"听燕琳说，祁校长也是疆二代？"老白一开口，就把我们的距离拉近了。他是典型的南方老板的样子，微胖，寸头，说话干脆，眼睛有神。

"嗨，别说了，我是逃兵，在尼勒克待了一年就回去了。"我摆摆手说。

"你不是逃兵，你那是回家。"老白笑着端起酒杯，跟我的碰了碰，"你1岁能当逃兵了？是跟着父母一起回去的吧？"

我没有正面回答，老白也没有紧追不舍。

"我才是逃兵呢，刚刚改革开放。一看有机会，我就带着老婆孩子回老家了。"

"你这不是又回来了嘛。"说完，我们又喝了一杯。"再说，你回去是创业，听说也给尼勒克捐过不少款呢，是不是？"

"不值一提，不值一提。"老白又端起了酒杯，"我跟你说啊，老弟，我们家的事体，复杂着呢。当初，你晓得我家老爷子为什么来新疆的吗？"他指了指里屋，"好写一本书呢，我们家的历史。"

"哦，是吗？"我竖起耳朵，看着他，像是在问：怎么个复杂法？

"听燕琳说，祁校长要写延州的老'支青'，那我就说说啦？"

"好啊，好啊。"

"其实啊，说上一辈，必定要扯到再上一辈，那是割不断的。"老白皱了皱眉，好像一位学者，在公布一个严肃的学术成果。

我点点头，非常认可。这句话，似乎一下子拉近了我们的关系。

菜一个一个在上，酒一杯一杯在喝，我和老白虽是头一回见，但都是爽快人，酒量也都还可以。一小杯一口，也不去计较多少杯，他讲我听。小白，还有其他人什么时候吃的，有没有上桌，后来我也记不起来了。一个晚上，老白只管讲，我只顾着听。我耳朵里只有老白的说话声，有时像机关枪连射，呱呱呱，呱呱呱，有时又像点射，嗖、嗖、嗖，把我的脑子都震兴奋了。哦，也许不是老白，而是酒的缘故。也许不是酒，而是老白家的那些事引起了我的共鸣。

"我爷爷是老革命。"老白一开口就说，"可他这个老革命啊，自己吃苦不说了，还害得子孙后代跟着倒霉。咳！"

我故意没有作声。如果我说一声，我爷爷也是老革命。那我这一打岔，不知又要添多少话了。

"我爷爷参加革命，是抗战初年，那辰光他年纪就不小了。两个儿子，喏，就是他，我爹，我叔叔，我爹其实是我伯伯，我叔叔是生我的亲爹。没把你弄糊涂吧？"

"没有，没有，我懂的。"上次小白说过了，否则真会弄糊涂的。

"那时，我爹他们都出生了。我爷爷是撑船的，认得几个字，在撑船的里头，是个说得上话的人。新四军挺进纵队过江，找的就是我爷爷。后来爷爷就跟着共产党干了。新四军北撤，那一段江面就归国军保安旅了。爷爷就奉命做了卧底。卧底么，你也晓得的，不仅危险，而且容易造成误会。"老白摇了摇头，"喝酒，喝酒，我们讲这些陈年旧事，也好比是搭酒菜了。干一个，干一个。"

"有一次，黑夜里，我爷爷护送一个干部过江，被敌人发现，噼噼啪啪打了起来。船上的护送人员，包括那位干部，就都跳江了。不跳江那就是一个死，而且我爷爷还会暴露，是不是？跳江了，还有一线希望。后来那干部死了，我爷爷却没死。就这个，一直也说不清。那时候离解放不远了。"

"爷爷不容易，一直到解放军过江，一直也没有暴露。旅长本来想逃出去，可是后来没有走掉。旅长的弟弟逃走了。旅长没走掉，听说是在妍头那里耽搁了。旅长被枪毙的时候，爷爷也被绑去了。但没有枪毙，是陪杀场了。"

"为什么？"我忍不住插了一句嘴。

"为什么？说明组织是英明的，既怀疑，又不随便冤枉一个人，想通过这个掏出爷爷的真话嘛。从杀场回来，爷爷一个人活着回来了。他心里既委屈，又抱希望了。因为没有枪毙他呀，说明组织上在考验他嘛。果然，后来组织上就展开调查了。但是呢，这个太难查了，为什么？没有证人了呀。人都死了么，哪里找人证明去？"

老白说到这里，停下了。端起酒杯，也不说话，就是喝酒，我也陪着。

"咳，查不清，就不能做结论，不能做结论，就只能当敌人管制着，是不是？组织上也没错啊。爷爷年纪大了，不撑船了，改在码头上做做杂活。可是害了小辈了嘛。屋里的，哦，就是我伯伯，是老大，在家没什么念想啊，老婆也找不到，就来新疆了。"

"所以，我们家要感谢新疆，感谢尼勒克。是不是？"老白哈哈哈笑了几声，"是尼勒克收留了伯伯，后来又收留了我。那年我16岁，看着伯伯没有小孩。我爹跟我说，去新疆吧，那里有饭吃，有面吃，管饱。你去不去？我们兄弟三个，我是老二，上有哥哥，下有弟弟。我一想，少我一个还真无所谓啊，怪不得我爹找我呢。这么一想，我心里也有了一股怨气，就撒憋气说，去，干啥不去？"

"新疆比老家好，真的，人少地多，不缺吃的。我来了，伯伯成了我爹，姆妈成了我娘，过了好几年才习惯了。伯伯跟我爹是亲兄弟，长得也像，在一起时间长了，好像就是亲爹了。他们待我也好，真的好。"

"那你后来，怎么又想到回去的呢？"我喝了不少酒，忍不住又插嘴了。

"那是一个意外，绝对是一个意外。喏，"他指了指灶间，"那时候我大舅子开了一个厂，需要有一个自己人帮忙，就一封一封信寄过来，拉我们回去。我们起先也没答应，说先回去看看吧。后来回去一看啊，我们那边的工业，真是红红火火。我们也眼热了。我们回去后，厂子干得不错，后来大舅子又开了一个新厂，上了新产品，老厂就留给我们了。"

"那现在厂还在吗？"

"在啊，儿子在经管着呢。"老白一副得意的样子。

"哦，你还有儿子啊，有儿有女，福气啊。"我眼睛去找小白，没有找到。

"燕琳，是罚款生的。"老白小声说，眼神更得意了。我朝老白跷了跷大拇指，没有说话。接着喝酒，我们一口气干了三小杯。

"阿嫂，过来吃吧，不要弄什么了。"我朝着灶间喊了一声，像是在自己家里一样。

"来了，来了。"嫂子说着，端着一碗韭菜炒鸡蛋上来了。

"这个鸡蛋，鸡是散养的吧？"尼勒克的鸡蛋金黄金黄的，看着就有食欲。

"我们这里的鸡都是散养的，也不怎么喂，自己找吃的。"老白吃着喝着，又说到了尼勒克。"所以呢，儿子接班后，我们就过来了，过来陪陪老的。陪着陪着，自己也老了，就顺带着自己也养养老。"老白可能觉得这句话说得蛮好的，也许是觉得自己的选择蛮对的，说完，就自顾自哈哈哈笑起来。

"爷爷后来呢，平反了吗？"我还是好奇。

"平反是平反了，但爷爷早死了。"

"怎么平反的？找到证人了？"

"嗯，档案里找到了物证，是爷爷写给上线的一张便条，是我托人在党史档案馆里淘出来的。后来又找到了人证，一桩老案子就结啦。"老白说着，打开手机给我看一张照片，"喏，就是这个，你看看。"

我侧过头去看，一张皱巴巴的纸，已泛黄了，看不清写了什么。老白见我看不清，也没认真看，就一字一句读出声来了："李老板台鉴：近来生意难做，已近倒闭，如贵处有商机，小弟当投奔而来。此间生意失败情形，当面呈。三十八年正月初九。"老白读完，哈哈哈笑了，非常得意，"我爷爷就读过三四年书，你看看，这封信，都是暗语，写得还真可以啊。"

说完，又在手机上翻开另一页，索性就直接读了："小弟信收讫，此次生意搞砸了，大老板大为恼火。相见日子定了，会及时告知。"

"这是上线的回复。"

"这么多年过去了，还能查到这个，不容易。"我有点半信半疑。

"是啊，只有一个字可以解释，那就是一个'巧'字。说起来比书上写的还巧。爷爷跟上线见面汇报后，就回来了。可是过了没多久，这上线就牺牲了。你说巧不巧？"老白头摇得拨浪鼓似的，大发感慨。

"哦，这样啊，那真是太巧了。"我有点信了，但还是觉得有点疑惑，"就凭这两封暗语信件，就平反了？"

"哪能呢，还有更巧的事呢。"老白越发得意了，喝了一口酒，哈哈哈又笑了。"旅长弟弟不是逃出去了吗？后来回来探亲，还给老家的小学捐了钱。我知道了，就去找老先生了。老先生还记得我爷爷，但对我态度很冷淡。"

"为什么？"

"为什么？老先生恨我爷爷，说我爷爷吃里扒外。哈哈，这不是正好吗？不是从反面证明了我爷爷了吗？我就死缠烂打，托了老先生留在老家的侄子，侄孙子，一起帮我做工作，后来也提供了证明了。"

听到这里，我举起酒杯跟老白碰了，表示祝贺。我们一连又喝了三杯。

"老头子啊，我们都晓得你立了大功啦，别老给你看给他看啦，谁关心你家那些陈年旧事啊。"嫂子在一旁嗔怪道。

"怎么啦，祁校长，哦，我老弟，我跟我老弟说说，又怎么啦？这件事，我就是得意，这是我一生最得意的一桩事体。嘿，要不是有我这个孙子，爷爷能平反？"嫂子白了他一眼，就又回厨房去了。

"老白，你见过爷爷吗？"我突然想知道，他与爷爷相处了多少年。

"当然见过啦。"老白笑了笑，摸了摸头，"那时我还小，不大记得了。爷爷死的时候，我才5岁。"

我听了，又朝他跷了跷大拇指。老白一见，似乎来劲了，说："那有什么，不要说爷爷抱过我，就是没见过，那也是爷爷啊，是不是？该我做的，还是要做的。"

我端起酒杯，站起身，郑重其事地敬了他一杯。老白一高兴，就刹不住车了：“那些领袖人物、英雄人物，你见过没有？都没见过啊，我们不是一样尊敬他们吗？”老白正滔滔不绝说着，嫂子又来了，指着老白说：“都是疆二代，让祁校长说说呗，我在厨房就听见了，一直是你在呱呱呱说。”

嫂子一说，老白似乎想起了什么，朝我做了一个“你请”的动作：“好，老弟说说，说说。”

“我没什么说的，离开尼勒克还小，不记得什么。”我笑着摇了摇头，向老白敬了一杯酒，又敬了嫂子一杯，“嫂子，我不能喝了，小白呢？”

小白一听，忙跑出来：“祁叔叔，不急，慢慢吃，我开车送你回去。”

“你，吃了吗？”我慢吞吞地问。

“我吃过了。”

“好，我们走吧，不早了。谢谢老兄，谢谢嫂子。”我晃晃悠悠站起身，脑子却异常清醒。老白也站起来，比我晃得要厉害一些，说话也快不起来了。老白硬撑着送我到院子里，嫂子在旁边还在埋怨。我们说了不少客气话，才互相挥手告别。我刚一钻进汽车，小白“呼”的一踩油门，冲出院子而去。

“祁叔叔，别见怪啊，我爸爸别的都好，就是喝了酒说话没完没了。”小白从反光镜里瞟了我一眼说。“为我太爷爷平反这个事，我不晓得听过多少回了。”

“没关系，小白，你有一个好爸爸，能干，爽气，有担当。”我说着，感觉这话是从心里喷出来的，一点没有夸张。

我又说：“小白，能把上上辈子的事都这么认真对待的人，你不觉得很稀少，也很可敬吗？”

"嗯，听叔叔这么一说，还真是的。"

"我虽然跟你爸爸是刚认识，但我估计像他这样的人，对子女，对家庭，肯定也是负责任的。是不是？"

"是的，祁叔叔。我爸爸宁可苦自己，对朋友，对家人，都是会尽全力的。"

车子一路开回去，我和小白都不再说话。

我心里想，我爷爷奶奶，我爸爸妈妈，我家的那些事，不仅是我心里的秘密，也是我心灵深处最神圣的一片园地。连带着，跟妈妈有关的人，阿依达娜，也都是那么亲切，那么美好。尼勒克的夜色像一幅幅画，从车窗外温暖地飘过，安静而美丽。我想，一个家，一个民族，一个国家，所有的历史都不是虚无的，也是割不断的。

喀什河论道

第十章

我在尼勒克有些日子了，采访了好多支边老人，也接触了些干部和企业家。但跟许定辉的交流却十分零碎。我曾约过他好几回，他也答应了，但往往临时又被什么事缠住了。在我印象里，他总是忙忙碌碌的。

那天是礼拜六，深夜了。我意外收到一条信息，是许定辉发过来的：老师，明天有空吗？如方便，我陪你喀什河钓个鱼？

我回复：好啊，几点出发？

答：八点，大门口，早餐和渔具我带了。

我一早就醒了。八点下楼，许定辉已在车里等我了。车子出了大门，一路向喀什河谷开去。到了一个绿树成荫的地方，停了车，许定辉下车，我也下了车。这里水流不大不小，也比较隐蔽。显然不是第一次来了，他找了一个落脚处，理出钓竿、鱼食、饵料之类。

一切准备就绪了，才拿出早点。

"吃饱了，开钓。"许定辉啃着面包，很兴奋的样子。

"许书记喜欢钓鱼？"

"唉，叫名字，老师。私下里，我们是师生，也是朋友。"他真诚地说。

"好吧。听说，儿子今年高考了？"

"嗯。"他应了一声。

"看来结婚蛮早啊！"我调侃道。

"唉，年轻不懂事，哈哈。"他笑了。

"小孩考得怎么样？"我又问。

"马马虎虎吧。"他轻叹了一声。

"跟你援疆有没有关系？"我推算了一下，他来新疆时，孩子才上高二，是高中最关键的时间点。

"这个嘛，老师是专家。谁能说得清呢？"他无奈地笑了笑。

"援疆干部不容易啊！"我也感叹了一句。

"谁容易呢，谁都不容易啊！"说着，面包吃完了，正式下钩了。

"老师刚才问我是不是喜欢钓鱼，老实说吧，我喜欢钓鱼，但又不是为了钓鱼。"

"哦？"

"说来话长，上大学那几年，暑假都是在河边度过的。不为钓鱼，为那种感觉。"他朝我看了一眼。

"什么感觉？说来听听。"我也来了兴致。

"郭老师跟你怎么说的，来新疆的时候？"他突然转了话题。

"老郭说跟你爸熟，是看着你长大的，所以一找就管用了。"我如实说道。

"哦,这个郭老师。也对。"说完,又说:"其实呢,是我主动找他的,我希望你来尼勒克看看。"

"这是为什么?"我觉得奇怪了。

"一直听说,在我们学校老师当中,祁老师的学问是最好的,想请你来写写尼勒克,也想借此机会跟你亲近亲近。"许定辉又朝我看了一眼,笑了笑。

"谢谢啦。"说完,我又摆摆手,"至于学问,实在谈不上。"

"老师别急着谦虚嘛。"他停了一下,说:"还是说我钓鱼的感觉吧。打一个不恰当的比方,或者说,吹个牛吧,王阳明当年是龙场悟道,那我也是在河边有些感悟的。"

"子在川上曰,逝者如斯夫。孔夫子也是在河边有所感悟的。"我笑着附和说:"你悟出了什么?"

"老师读书多不多?"他突然又转移了话题,再转过头看了我一眼。

"谁敢说自己读书多,这个标准不好定啊。"

"但我可以肯定,我是属于读书不多的,不是谦虚。"许定辉说完,看着水面。

又说:"我信奉的是:少读书,多翻书。读好书,品经典。"

"你这话有意思,有水平。"我真诚地说:"翻书其实就是读书,有点陶渊明'好读书,不求甚解'的意思了。"

"哈哈,老师把我拔高了。"

"那倒也不是。现在假装读书多的,太多太多了。"我感慨说:"再说,世事洞明皆学问。学问大小,跟读书多少没有绝对关系。"

许定辉"嗯"了一声，说："古人有六个字，是我感悟的开端，不知算不算学问。"

又说："这是我在河边想到，然后悟出了一点东西的，至今从未对人说过。"

我不说话，只是默默地听着。

"尊德性而道问学。《中庸》里的句子，除了一个虚字'而'，不是六个字吗？"

老实说，以许定辉的身份，他这句话惊到我了。说完，他又看了看我。我很想听他说下去，又怕他不说了，便直言道："说来听听。"

"有好多人，当官的，社会上的，甚至做学问的，读书很多，费时很多，最终学问不成，做事呢，也一事无成。为什么？"许定辉说完，又看了看我，我也看了看他，送过去一道期待的目光。

"在我看来，没有信仰的读书，就是乱读书。好像一堆珠子，没有一条线穿着，最终散乱一地。老师你看呢？"

尊德性，道问学，是古代道统文化的两个概念。前者是先信仰后学问，后者反之。

"我听出来了，你是尊德性一路，讲究先信仰，先立志。"他见我听懂了，理解了，很欣慰的样子。我从他眼神里看出来了，平时能跟他一起说这些话的人，可能太少了，也许还没有。

"毛主席是尊德性一路，蒋介石是道问学一路。毛主席的学问，像从喀什河顺流而下，势不可挡。蒋介石的学问，像从喀什河逆流而上，就力不从心了。是不是？"许定辉继续说道，且颇有几分自得。但我也承认他这话说得好。

"比较接近吧。"我笑了笑，不想简单评价这些大人物，又说："尊德性一路的，最适合当一把手啊！"

"见笑了，见笑了。"许定辉看定我，说："那老师呢，老师属于哪一路？"

"我嘛，哪一路都算不上。毕竟是在最基层，鸡毛蒜皮的事情多。"

"老师一谦虚，吓得学生都不敢说话了。"许定辉哈哈一笑，不再说什么。

但我来了兴致，想考一下他，便问：

"抛开老婆孩子来新疆，对援疆有什么感悟吗？"

许定辉投来一丝谦逊的目光，可能是感到刚才说得快了，说得多了。他没有立即回答。我们继续钓鱼。喀什河里鱼不多，即使有，也是小狗鱼，白鲦鱼，大多是小鱼。

也许是我提出的话题太敏感了，我想。

鱼没有动静，许定辉也没有说话。

"中央的政策是正确的。"过了好一会儿，他突然开腔说，像是自言自语，"政治、经济，当然非常重要，尤其在当下。但我个人最看重的，还是文化。从长远看，文化是关键，是核心。当然，这有一个融合的过程，发展的过程，也是一个漫长的过程。"

又说："祁老师来尼勒克，做的就是文化的事情，是很有意义的。"他突然又转了话题，"除了采访支边老人，还有别的打算了吗？"

"有一个不成熟的想法，本来也想找机会跟你汇报一下的。"我突然想到了那个小说。

"老师怎么又客气了？"

"哦，说顺嘴了。"我说着，便把细君公主和亲乌孙写成小说的想法，以及小说的故事梗概一五一十说了。

　　"好，这个好。"许定辉抿着嘴，点了点头，"自古以来，新疆的人口就是流动性很大的，好多族裔的人都在这里生活过。新疆是我国各族人民共同的家园……"

　　话未了，浮子一动，鱼儿上钩了。

《细君公主》

第十一章

注：《细君公主》是我写的一个短篇小说。细君公主即刘细君，是远嫁乌孙国的西汉公主，是我国有历史记载的和亲西域第一人。乌孙人也称她为柯木孜公主。柯木孜，意为"肤色白净美丽像马奶酒一样"。

序幕

一支打汉旗着汉服的队伍沿着乌孙古道，在西域群山间逶迤向东而行。天上飞鹰低旋，地上草木凋零。天地间弥漫着阴森肃穆的空气。

"公主，公主，醒醒，醒醒，醒醒啊！"侍女呼叫着公主，泪流不止。公主努力睁开眼，轻启干裂的嘴唇，低声问："到长安了吗？"

"快了，快了。"侍女只能说谎了。此地离乌孙国都赤谷城并不太远，但也快到乌孙夏都了。

一位军官和一位老太监站在一旁，眉头紧锁，时不时地耳语几句。

太监："看来公主是到不了长安了。"

军官："向东走就是了，能走多远走多远吧。"

太监："如果在半路上，公主不行了，怎么办？"

军官："还能怎么办？你说呢？"

两人互相看了一眼，又同时点了点头。这位军官姓谢，名旭，字晨阳，是追随张骞出使过西域的老臣。因为熟悉西域情况，5年前被委任为胡骑校尉，护送公主刘细君远嫁乌孙。太监姓江，名苇，大家都叫他老苇子。侍女叫小莲。

公主叫刘细君，是奉大汉皇帝之命远赴西域，嫁给乌孙国昆弥（国王）的。当她自知不久于人世后，就犟着一定要带着随从们回到故乡去，谁也拦不住。乌孙昆弥也不得不同意了。

当左右都在担心着公主时，公主的思绪却飞回到了5年前。那一次正相反，是自东向西而行。5年来的往事也如梦境一般，在她时而清晰时而模糊的脑海中，一幕一幕，缓缓飘过。

一

大汉元封六年（前105年）秋，唐布拉大草原（其时尚无"唐布拉"之名），一支庞大的队伍浩浩荡荡自东方而来。车队绵延数里，有骑马的，有步行的，有坐马车的，有官员，有兵士，有侍女，有杂役。在车队的中央，有一辆装饰豪华的驷马所驾马车，一看便知车中人的尊贵身份。

这支队伍离长安时，还是百花初放的春天。屈指算来，已走了将近半年了。一会儿，车中传来短促而激越的琵琶声，一位军官听见了，大喊一声"止"，同时做了一个停止的手势，队伍随之慢慢停下了。驷马豪车帘子一掀，走出一位年轻女子来。她一身锦绣，头饰煌煌，在侍女的搀扶下，悠然走下马车。

"这是到哪里啦？风景可真美啊！"女子轻启朱唇问道。

"启禀公主，这里离长安已八千里了。"胡骑校尉谢旭答道。这位被称作公主的，便是大汉公主刘细君。刘细君是景帝刘启的曾孙女，祖父是武帝刘彻之兄江都王刘非，父亲是江都王刘建。细君出生在江都，就是后来的扬州。她虽贵为公主，却是个苦命的女子。所有的苦命皆因她有一个荒淫无道的父亲。她的父亲刘建不仅荒淫无道，而且胡作非为，不自量力。元狩二年（前121年），刘建企图谋反未成后自杀，刘细君的母亲也被杀了。刘细君因年幼被赦免，从此成为罪臣之女。

"听说长安到乌孙是八千九百里，那不是快到了吗？"细君眉头微微皱了一皱。谢旭眼尖看见了，心里一紧，鼻子却酸酸的。他的小女儿与公主同岁，与公主在一起时，表面上他恭敬周全以尽臣子之道，内心深处却将公主当作孩子看待。小小年纪便没了爹娘，才16岁便万里迢迢远嫁西域了。乌孙国王（昆弥）他是见过的，那还是跟着张骞出使西域的时候，屈指算来昆弥应该有70多岁了。

"是啊，是啊，快到了，公主可免鞍马劳顿之苦了。"谢旭心里叹了一声，表面上却装作高兴的样子说。

细君瞄了他一眼，他便闭嘴侍立一边。其实细君心里是很矛盾的，她既希望快一点到乌孙，大家可以不必这么辛苦，但又怕到了乌孙，不知要面对怎样的局面。从谢旭的口中，细君知道乌孙国王已入老境了，她心理上也已有所准备了。但真的要面对时，她又害怕了。同样是君王，她听说过父亲的荒淫无耻，也见识过汉皇的雍容大度。父母双亡后，她被接到了长安。皇上念其年幼，可怜其遭遇，一切用途与公主一样。也专为她请了老师，教她琴棋书画，歌舞诗赋。临行前，为了她一路之上不至于太寂寞，皇上还选派乐工制作了一把琵琶。这种乐器本是西域传过来的，名叫"阮"，她在宫中早已学会了。

夕阳下的草原，草色金黄，树木参天，河水清澈。牧人赶着牛羊，悠闲散漫地走在归途中。

"此地风景甚美啊。"公主又一次感叹道，像是自言自语。

"公主，那就在此歇息？"老苇子请示道。他是一位老太监了，他从小在江都王府长大，王府里的人都叫他老苇子，细君公主也这么叫。老苇子来乌孙是他自己请求的，他说自己看着公主长大，陪伴左右也已习惯了。

"好吧。"公主一说，谢旭就传令下去了。在大汉境内，一路之上都是有驿站旅舍的，但到了西域就没办法了。这边指令一下，那边的杂役就忙开了。在太阳落山前，他们要搭起一座建筑来。这是一座临时木结构建筑，四壁、屋顶、地板，还有窗子，不需要一颗钉子，安装在一起都是严丝合缝的。公主由侍女陪着住屋内，其他人等，无论老幼男女，官职高低，一律露宿。天气渐渐凉了，公主也明白，再不赶到乌孙，露宿就吃不消了。

西域的太阳落山得晚，等公主欣赏完风景，用过晚膳，夜色才慢慢降临草原。在木屋里，侍女小莲安顿公主躺下，公主突然自言自语说：

"唉，不知乌孙的草原，是不是也这么美呢？"

小莲听了，"扑哧"一声笑了。

"如果也这么美，公主就愿意了？"小莲跟公主一起长大，说话从来就没大没小的。

"什么愿意不愿意，小莲你不要瞎说啊。依你这么说，我来乌孙是不愿意的了？"公主好像真生气了，又说："陛下待我恩重如山，我一个小女子无以为报，如今终于有了机会，你说，我还能说不愿意吗？"

小莲知道公主最讲道义伦理，就怕人家说这类昏话了，等公主说完，便朝自己脸上轻轻打了两下，说："唉，瞧我这张臭嘴，好好的话也让我说歪了。"公主看了一笑，又说起了别的闲话。

细君从江都被接到长安，就认识了小莲。小莲的娘也是宫里的，等小莲长大一些，就来陪她了。说起来是丫鬟，但在细君心里，小莲就是玩伴，是小姊妹。细君是在孤独中长大的，大家都晓得她是罪臣之女，也有势利的人，并不把她当公主看待。细君从不多言，也不告状，能忍则忍。但小莲和她母亲，对她一直是忠心耿耿的。虽说是坐在车里，但毕竟颠簸了一路，也是累了。说了一会儿话，细君和小莲就都睡了。

也不知道是不是错觉，细君觉得西域的夜要短一些，白天要长一些。一觉醒来，天已大亮了。小莲出门回来，说乌孙国派了一支人马过来迎接了。细君想，看来乌孙国是不远了。

不一会儿，谢校尉来报，乌孙国来使求见。细君心里想，我是嫁到乌孙的新娘子，还没见夫君呢，怎么能随便见乌孙男人？细君想了想，对谢旭说："你告诉来使，我身体不舒服，暂时不便见面，有什么话跟你说就是了。"

谢旭一听就明白了，就说："启禀公主，这乌孙国与大汉习俗不同，见一面也无妨的。"

细君听了，微微点了点头说："好吧。"

二

送亲队伍在乌孙使者的引导下，沿着唐布拉草原向西而行。车队走了一段，就进入了一条峡谷。后人把这里叫作孟克特山峡，或者孟克特古道。

山路狭窄崎岖，公主的车走不快，谢旭由乌孙使者和一位翻译（那时叫"舌人"）陪着，一路缓缓而行。这位舌人去过长安，跟谢旭认识。说来话长，他们的认识都是拜张骞所赐。武帝元狩四年（前119年），张骞劝汉武帝联合乌孙共御匈奴。武帝命张骞为中郎将，率300人，马600匹，牛羊金帛万数，浩浩荡荡再次出使西域。张骞到达乌孙后，请乌孙东返故地河西走廊，说如果"乌孙能东居故地，则汉遣公主为夫人，结为昆弟，共拒匈奴"。这时，乌孙昆弥猎骄靡已年老，大臣们也惧怕匈奴，又认为汉朝太远，都不想再迁徙。更为要紧的是：乌孙国正闹分裂，昆弥猎骄靡的实力大不如前了。原来，猎骄靡太子早逝，太子弥留之际请求立其子军须靡，猎骄靡答应了。但军须靡叔父大禄不服气，乃拥兵万人自立，造成了乌孙国的分裂。所以猎骄靡为难地对张骞说："年老国分,不能专制。"张骞一听就懂了,老国王连内部都搞不定,哪里还能内迁呢。但张骞没有就此罢休,万里迢迢的,既然来了总得有所作为吧。于是张骞派遣副使分别赴附近的大宛、康居、大月氏、安息、身毒、于阗等国展开外交活动,足迹遍及中亚、西南亚各地,最远到达地中海沿岸的罗马帝国和北非。

三年多过去了,武帝元鼎二年(前115年),乌孙国昆弥配备了翻译和向导护送张骞回国,同行的还有数十名乌孙使者。这是乌孙人第一次到中原。乌孙王送给汉武帝数十匹天山骏马,武帝见这么远的客人来访,龙颜大悦。乌孙国以前不了解汉朝,来了才知道,原来汉朝军威远播,财力雄厚,这么厉害啊!于是乌孙对汉朝关系才重视起来,也同意张骞之前提出的主张了。过了几年,乌孙国又一次遣使汉朝,这一回,带去了千匹西域良马,作为昆弥迎娶汉家公主的聘礼。

如此一来,才有了细君公主远嫁乌孙王的万里西行了。也许是出身家庭、成长环境之故吧,刘细君人如其名,是一位敏感细心的女子。在内心深处,她自己最清楚,难道能没有一点怨恨吗?陛下自己那么多公主,为什么不选一位远嫁乌孙呢?谁还心里没个数呢?从随从官员、内侍,乃至兵士眼神里,她也知道,大家心里都明镜似的。

但是,细君毕竟是一位在宫中长大的孩子。也许还是因其身份吧,陪伴在侧的,无论是官员还是侍者,特别是教她读书的夫子,都是教导她要忠君,一切以大汉的安危为重。细君是个懂事的女孩,她有时想,要是碰上一位残忍的昏君,她是不是还能活在人世呢?

不要说别人了，如果爹爹坐在皇位上，能这么仁慈吗？但一想到自己心里有了这么一种假设，想象爹爹刘建坐在了龙椅上，她便觉得已经是犯下不可饶恕的大罪了。她看看四周，什么人也没有，而且自己只是在心里想象，并没有说出口，心里便也释然了。她暗暗发誓，无论到什么地方，一定要忠于大汉，忠于陛下，一定要谨言慎行。

谢旭走在古道中，乌孙使者和舌人陪在两侧，策马而行。使者走在山峡中，显得特别兴奋，话不断地说，而且说得很快，舌人摇摇头，简直没法翻译。谢旭看了看舌人，舌人说："使者是在讲述昆弥驱逐大月氏的辉煌历史，等他说完了再一起翻译也没事。"好不容易说完了，使者这才发现，舌人并没有翻译，便怒目而视着，嘴里咕噜咕噜又说了些什么。谢旭知道舌人挨批评了，便朝他笑了笑，算是安慰。接着，舌人便向他介绍了昆弥西迁，打败大月氏人的那段历史——

乌孙昆弥猎骄靡的父亲，是乌孙老昆弥难兜靡。难兜靡统领的乌孙是一支游牧部族，规模还不大。乌孙和大月氏族杂居在黄河以西地区，分居于东西两端，西为乌孙，东为大月氏。后来，大月氏突然向乌孙发起了攻击，乌孙战败了，昆弥难兜靡也战死了。当时，猎骄靡才刚刚出生。乌孙残部无奈逃往匈奴。

也是老天保佑，乌孙命不该绝。因为这个叫猎骄靡的婴儿非常人也。乌孙国破家亡之时，猎骄靡的傅父（保育、辅导贵族子女的男子）布就翎侯带着他秘密逃亡。在路上，为了去找食物，布就翎侯便将其藏于草丛中，然后就离开了。等他返回时，看见了神奇的一幕：一只母狼正为猎骄靡哺乳，又见一只乌鸦在猎骄靡旁边飞翔，嘴里衔着一块肉。布就翎侯大吃一惊，感觉这是神灵在护佑这孩子，也是乌孙不该绝的征兆。布就翎侯到达匈奴后，便将猎骄靡交给了匈奴单于，并将所见神异告诉了单于。

此时的匈奴单于是冒顿，是匈奴族雄才大略的军事统帅。他杀父自立，首次统一了北方草原，建立起了强盛的匈奴帝国。冒顿单于听了也以为奇，就收养了这个神灵眷顾的乌孙王子。猎骄靡长大后，冒顿单于便将原乌孙子民交给他统领。在匈奴的帮助下，猎骄靡带领乌孙人向西攻击，赶走了在伊犁河流域的宿敌大月氏人。后来又经过多年的征战，乌孙国在猎骄靡的统率下，成了西域三十六国中最强盛的国家。

使者见舌人翻译完了，便朝脚下指了指，又咕噜咕噜讲了起来。舌人一边走、一边翻译说：

"这一段山峡非常险峻，也非常漂亮，这里是当年昆弥追击大月氏人的一条秘密通道，在我们乌孙人心里，它是非常神圣的。"

使者见舌人说得简单，又补充说："后来我们昆弥摆脱了匈奴，匈奴人就攻击了我们，但大败了。匈奴也承认，我们昆弥非常人，乃神人也。"

谢旭听舌人说了，朝使者跷了跷大拇指说："我会把昆弥这段历史讲给公主听的。"

三

山路越来越窄了。驷马变成了骈马，也无济于事了，最后改成了一匹马。这是一匹枣红马，是马队里最强壮的，但也还是不行。一匹马拉不动车，路窄也走不了车。细君坐在车里，也被颠得够呛。

老苇子掀起帘子，轻声问："公主，要不下来我背你？"公主笑着说："我不是小时候啦，老苇子背不动啦。"老苇子见公主心情不错，心里也就放松了，便指着小莲说："公主别急，老苇子背不动，还有小莲子呢。"说完，斜眼看着小莲，捂着嘴偷笑。小莲瞪着眼，冲过来小拳一顿乱捶。老苇子装作很疼的样子，噢哟噢哟一阵乱嚷。细君在车里听见了，也捂着嘴笑了。这两人是一对活宝，打闹起来活像是爷爷跟孙女逗乐。细君心里晓得，都是为了她开心。

正好是一个上坡，枣红马吭哧吭哧，老苇子和小莲他们都在后面帮着推，但还是爬不上。细君轻声喊："小莲，让车夫停下，我要下车。"马车停下了，小莲搀着细君下来。老苇子对车夫说：让马歇一会儿，公主也歇一会儿吧。细君眼光扫过，心里想，谢校尉呢，哪儿去啦？正疑惑着，抬头一看，谢旭带着几个人，步行往这边来了。

"公主，前面的路还要难走。"谢旭说着，指了指身后说："乌孙使者为公主准备好肩舆了。"

细君循声看去，见两个壮汉扛着一张竹椅，竹椅两头伸出长长的竹竿，搭在壮汉肩上。壮汉见了公主，放下竹椅，示意她坐上去。谢旭点点头说："这就是肩舆，公主坐上去了，他们就可以扛着走山路了。"细君起先还迟疑，但抬头见一条羊肠小道直向着山顶而去，看不见哪里是个头，便也顾不得了。细君一咬牙，撩起裙子，跨上了肩舆。壮汉拎起竹竿，放在肩上，晃晃悠悠朝山上去了。细君起先还有点紧张，走了一段，觉得还蛮舒服的。小莲和老苇子轻轻扶着，一起朝前走。走了一段，老苇子又闲不住了，问细君："公主，怎么样，这个肩舆？"

细君点点头，轻声说："蛮舒服的。"

老苇子朝小莲看了一眼，对细君轻声说："公主，小莲说她也想坐一坐。"说完就侧过身体，生怕小莲来捶他。

这时候，细君听见两位壮汉说话了，咕噜，咕噜，咕噜。她一句也听不懂。说着，走在前的壮汉还回头看了她一眼，走在后头的高声说了一句，好像是在骂他。是骂他无礼还是骂什么？谢旭问舌人他们说了什么，舌人哈哈笑了起来，悄悄对他说："这两个小伙子说，公主太漂亮了，皮肤太白了。他们说：公主的皮肤像是柯木孜。哈哈。"

"柯木孜，什么意思？"谢旭听出来了，柯木孜，并没有不敬的意思。

"柯木孜，就是说公主肤色白净，美丽得像马奶酒一样。"舌人笑着，又说："说得真好，我们要禀告昆弥，以后我们就叫她柯木孜公主好了。"

谢旭低着头想，汉人都是用美丽的鲜花来比喻女子之美的。这乌孙人却把女子比作什么马奶酒，看来是一群贪酒的人。又想，这个地方没什么规矩，下人怎么能随意给公主起绰号。但又一想，启程前，陛下一再交代，一定要入乡随俗。说大汉之所以派遣公主来结亲，与乌孙结为兄弟，是为了断匈奴右臂。还告诉他说，如果不随俗，恐有性命之忧。他一面想着，一面不忘脚下。脚下尽是卵石，稍有不慎，就会滑倒。

队伍到了一处开阔地带，也到了休息开饭时间了。谢旭护在公主身边，老苇子和小莲则忙着给公主弄吃的。抬公主的乌孙壮汉，另外找吃的去了。公主看着谢旭，突然问：谢校尉，刚刚那两个乌孙人说什么呢？谢旭一愣。公主说：你不是也跟着笑了吗？谢旭一听，反应过来了，又笑了起来。公主盯了他一眼，假装生气的样子。他不敢说谎，就把"柯木孜"解释了一下，并提醒说，如果将来有人叫柯木孜公主，叫的就是公主了。细君其实对柯木孜也不反感，她从小就知道自己长得好看，皮肤细腻嫩白。女孩子有哪一个不在乎自己的长相呢？又有哪个女孩子从别人的眼神，尤其是男人的眼神里读不出自己的美丑呢？想到这里，细君暗自笑了。哦，柯木孜，皮肤白，像马奶酒。马奶酒是白的，那该是什么味道呢？

随着队伍一路向西，大米少了，面食多了。有时也会吃中原没见过的食品。每一次小莲尝过一种食品，如果好吃，请示过江苇子和谢校尉后，也会请细君公主尝一点。细君心里很清楚，将来这些食物，也许就是自己的主食了。这里一路戈壁沙漠，即使是绿洲，也以长草为主，哪里还有米饭吃呢？细君出生在江都，那里紧靠长江，是鱼米之乡，她最喜欢吃新鲜的江鱼，吃软软的米饭了。到了长安，她不得不适应长安的口味，馍馍也是慢慢才吃得惯的。不过，馍馍泡在羊肉汤里吃，味道还真是不错。

吃完了午饭，太阳正挂在中天。江苇子报告公主，说乌孙使者告诉他，前方不远处有一处温泉。细君想骂老苇子一顿，但看着他满脸的皱纹，心又软下来，问："什么意思？"

小莲在一旁笑道："启禀公主，老苇子脚上起泡了，想去泡温泉呢。"说着便躲在一边。谢旭在一旁见了，也跟着笑了。公主身边有这么两个活宝，每天能惹公主笑一笑，倒也是好事，否则就太寂寞无聊了。

小莲一番话，让细君的怒气都消了，她的调皮劲儿也上来了，就说："好，小莲，你去陪老苇子泡温泉吧。"小莲一听，尴尬地愣在了那里，不知说什么好。周围的兵士侍女太监们，闻声都笑了起来。小莲脸红彤彤的，又不敢违背公主旨意，就拉着老苇子走了。谢旭看着他们的背影，对公主笑着说："让他们闹去。"细君也跟着笑了。

也不知老苇子和小莲去哪里转了一圈，细君也不去管是不是去温泉了。一会儿，队伍又出发了。

四

一汪深蓝色的水面，突然展开在面前。细君公主见过扬子江，见过黄河，但没见过大海。听说大海是深蓝的，海面浩瀚无际。难道这就是大海？乌孙使者向公主禀告，这里是净海。

谢旭是南方人，在云梦泽边长大。他也见过大海，大海是看不到边的。

"乌孙国还有这样的海吗？"谢旭问。

"有啊，在赤谷城西北，还有一个更大的，叫热海。"使者自豪地回答道。谢旭听了，笑了笑，心里有数了。他禀告细君说，净海，应该是这片水域的名字。但这是湖泊而非大海。大海是望不到边的。见公主对湖水感兴趣，谢旭下令队伍停下。

围绕着湖水的，是缓缓的山坡。虽有一大片水域，山坡上却树木稀少，牧草疏朗，草色枯黄。细君下了车，挽起裙子，走向水边。小莲和老苇子护在两侧，谢旭紧随在身后。湖水清澈见底，水波轻轻荡漾，水底铺满了鹅卵石。

"听说，乌孙人住在什么地方，是不固定的？"细君站在湖水边，像是自言自语道。谢旭没有回答，也不知道怎么回答。这一路上，公主不知问过多少遍了。

"听使者说，昆弥已在夏都等着了。"谢旭安慰公主说："说已经不远了，等接到了我们，就要回国都了。"

"什么国都啊，我听说，乌孙人逐水草而居的。"细君嘟着嘴说。

"公主别急，急也没用。我问过了，虽然乌孙国都不能跟长安比，但听说有山有水，水草丰茂，牛羊成群，也还是蛮好的。"谢旭把自己的想法又说了一遍："到时候看看，要是公主实在住不惯，我们就建一座汉宫。"

细君点点头，朝东方看了看，脸上露出笑意来。陛下赐给的妆奁实在是太丰厚了，不要说建一座宫殿，就是建一座城，也不是不可以。

车队继续向西行进。风景一日胜过一日。乌孙的马队一天比一天多了。有探望的，有传旨的，有送物资的。车队弥漫着喜庆的气氛，大家都期盼着安定的日子能快点到来。细君心里更多的是忐忑。她不止一次在脑子里盘算过了婚礼仪式：

第一步是"亲迎"，乌孙王要亲来迎接。

然后是交拜礼、对席礼、沃盥礼。

接着是"共牢合卺"，夫妇共食一鼎之肉。

再接着是"合卺礼"，夫妇各执合卺杯，相对饮酒。

然后是"解缨""结发"，新夫解下新妇头上许婚之缨，剪取新夫新妇一束头发，以红缨梳结在一起。

最后就是"执手礼"，入洞房了。

礼器，礼服，礼宾，都是从长安带过来的。细君不知多少回想象过乌孙昆弥的模样，只听说是老头子了，也不知老成什么样子了。

是像谢校尉那么老呢？还是比老苇子还老了呢？如果真是那样，该怎么办呢？嫁鸡随鸡嫁狗随狗的道理，细君是懂得的。但真要面对，她心里又不知怎么办好了。

那天的夜晚似乎格外寒冷些。乌孙使者禀报，次日就要到达夏都了。这里的昼夜温差大，使者带来了昆弥旨意，请公主注意保暖。细君谢过了。使者走后，细君抱着琵琶叮叮咚咚弹奏起来。老苇子和小莲侍立一旁，从琵琶声里听得出，公主的心绪很乱很乱。

次日一早，细君早早便起来了。夜里她没有睡好。小莲也没有睡好。小莲也有心事了。按照大汉习俗，像她这样的陪嫁丫鬟，最终是要被收房的。她不知道乌孙是怎么样的，听说乌孙昆弥年老了，那会怎么样呢？要是昆弥死了，要不要陪葬呢？心里越想越害怕，又不好去问谁。如果问老苇子，他会知道吗？老苇子会不会故意吓唬自己呢？她见公主醒了，便翻身起来，去准备洗漱水去了。公主洗漱完了，小莲便把备好的礼服、头饰，一一摆放好。主仆俩微皱着眉，穿戴好礼服，简单用膳后，便登上马车。

车队沿着一条辙印深深的古道，向着乌孙夏都出发了。道路越来越宽敞了，路面也更整洁了，路边的毡房在阳光下显得越发漂亮了。

远远的，马蹄声声，一支马队迎面而来。一位英俊威武的乌孙小伙，骑在一匹高大的白马上，蹄声得得，朝着大汉车队过来了。谢旭护卫在公主马车一侧，他看了一眼乌孙使者，使者双眼放光，兴奋地大喊：

"军须靡！军须靡！军须靡！"

谢旭愣住了。这小伙子就是军须靡？他跟随张骞来乌孙时，并没有见过军须靡，即使当年见过，那时的军须靡还小，此时也不认识了。使者告诉他，军须靡是昆弥猎骄靡的嫡孙。谢旭当然知道军须靡是猎骄靡的嫡孙，只是他看见了军须靡，马上想到了猎骄靡。乌孙太子早逝后，猎骄靡立长孙军须靡为太子，军须靡叔父大禄不服，拥兵自立，造成了乌孙国的分裂。这也是张骞联合乌孙抗击匈奴无功而返的原因。

军须靡没有下马，只是在马上朝公主和汉使行了个礼，咕噜咕噜说了一段话。舌人马上对谢旭翻译说：军须靡说了，昆弥已在王宫等候多时，请公主和大汉使者随我来。

军须靡的马队转身而去，在前引导。公主马车和车队跟着乌孙迎亲马队，朝着乌孙王宫行进。走了不数里，来到一片开阔的广场。广场中央矗立着一座高大的毡房，毡房门口站着一位老者，显得有些瘦小。谢旭一眼就认出了，那正是乌孙昆弥猎骄靡，身上穿的礼服还是汉使张骞赠送的，是一件暗红色绸缎汉服。猎骄靡须发皆白，满脸沧桑，见车队来了，便朝这边走了几步。谢旭跨下马来，车队随之停下。

"拜见乌孙国昆弥！"随着谢旭一声喊，大汉车队里发出了整齐的喊声："拜见乌孙国昆弥"。

猎骄靡回了礼。细君由小莲搀扶着，下了马车，朝猎骄靡走去。周围人群中发出噢噢噢的惊叹声，有人小声说着什么。小莲能猜到他们说了什么，脸上露出了得意的笑容。

昆弥猎骄靡也露出了笑意。人群中突然发出整齐的呐喊声：柯木孜，柯木孜，柯木孜。

细君还没来得及细看，便随着昆弥走进了毡房。毡房虽然高大，

但毕竟不能跟汉家宫殿相比，而且刚从外面进来，眼前猛然黑了下来，什么也看不清。细君微微闭了闭眼，等稍稍睁开，便见一位老者正对着自己微笑着。老苇子在一旁撩衣跪倒，高声道：拜见乌孙国昆弥，行礼。细君公主行礼。大伙儿也跟着行礼。

行礼毕，席地而坐。众人渐渐散去。

毡房内只剩下昆弥猎骄靡、细君公主，老苇子和小莲子，舌人。

尽管早有心理准备，细君还是吃了一惊：猎骄靡太老了。

在细君所有认识的老人中，他可能是最老的老人了。

乌孙国白天时间长，阳光充足。谢校尉跟她说过，这里的人显老。但细君觉得，昆弥就是老了，跟显老没有关系。

猎骄靡太老了。但却是一位慈祥的老人。他们语言不通，但猎骄靡始终笑眯眯的，看她的眼神不像是夫君看新娘，而像是爷爷看孙女。从年纪上看，也确实是爷孙了。在细君的想象中，面前坐着的就是乌孙爷爷了。

大家枯坐着，不知说什么好。有时，昆弥也跟舌人说些什么，舌人有时摇摇头，有时就跟细君说些什么。说是舌人，其实汉语说得也不好。倒是谢校尉还能说几句乌孙话。此时的谢旭，跟乌孙护卫一样，都站在了毡房门外。

细君看着脚下，毡毯虽然粗糙了点，但图案还是蛮好看的。

五

刚出锅的馕软软的，香香的，好吃。细君吃过馕，长安人叫胡饼。马奶酸酸的，有股馊味儿。烤羊肉，烤牛肉，是用金黄色的铜盆装的，也都上来了。细君也不管，反正看见别人吃，就也跟着吃。等到吃得差不多了，才见上酒了。细君心想，喝酒是男人的事，就闷着头不理。但舌人转告主人的话告诉她说：马奶酒是每个人要喝的，公主刚来，还算是客人。在这里不喝马奶酒就是看不起主人。细君看了一眼，马奶酒果然是白白的，便想起这里的人叫她柯木孜公主，就对这种酒陡然生出些好感来。马奶酒的香气闻起来也很好，心里想，既然必须喝，就喝一点也无妨吧。她看了一眼老苇子和小莲，他们侍立一旁，笑呵呵的。细君叫舌人问，能不能叫他们一起喝。昆弥听了点点头，同时她感觉到一束慈祥的目光，正从对面照过来。她站起身向着对面低了低头，算是行了礼，端起酒杯，一饮而尽。哦，酸酸甜甜的，还算喝得下去。

　　吃完晚饭，或者说吃完了肉，喝完了酒，感觉不早了，但太阳还在天上亮亮地照着。一干人陆陆续续退出去了，小莲看了看公主，细君示意她留下。从小到大，细君睡觉都是小莲服侍的。她生怕小莲被赶出去，但没有。昆弥洗漱完了，就把自己的侍女支出去了。偌大的毡房只剩下昆弥、细君和小莲。小莲学着把毡房收拾干净，把毡毯重新铺好了。细君想，这就是洞房花烛夜了？她有点伤心。在她对洞房花烛夜的想象中，那是人生最重要最美好的一夜，尤其对于女人来说。难道就在这么个毡房里，陪着一个很老很老的老头，就是洞房花烛夜了？细君虽小，但对男女之事也不是一无所知。在宫中，因为她无父无母孤身一人，她身边的侍女老妈子，说话就会随意甚至放肆些。过年过节的，看着听着外面的热闹，难免会说些俗话甚至粗话。有时说过了，她们会掩着嘴嘿嘿地笑，她就知道那是些什么话了。潜移默化中，她也约略懂得些了。

当今陛下是她的大恩人。从小到大，无论宫里人，还是宫外的人，都是对她这么说的。但在夜深人静时，她就时不时地会有些别的想法了。但她心里非常矛盾，一旦想到自己是在怨恨陛下，一股负罪感就油然而生，一种畏惧感立即向自己扑过来。但她总是掩不住这种想法，特别是在孤独无依的时候。

天，突然黑了下来。细君脑子里乱糟糟的。脑子一乱，心里就烦，也就顾不上别的什么了。她向昆弥示意，要睡觉了。昆弥只是笑了笑，没有说什么。说什么也没人懂，舌人已不在了。哪里有舌人侍候昆弥睡觉的？语言不通还真是大麻烦，以后在一起怎么说话呢？

睡吧，睡吧，她对小莲说着，就大着胆子躺下了。小莲不敢睡，也不知道睡哪里。昆弥见了，指了指细君旁边，嘴里呜呜地，好像是在说，就睡那儿吧。小莲看了看公主，就也睡下了。

也许是累了，细君公主呼呼大睡，月亮上来了，她也不知道。毡房虽然比不上皇宫，但比临时木屋还是舒服多了。昆弥睡在毡房另一头，那里的毡毯要更大一些。细君做梦也没有想到，她的新婚之夜就是这样度过的。

天刚蒙蒙亮，细君就醒了。她翻了一个身，感觉身子酸酸的，看看小莲还睡着，昆弥正轻轻地打着呼噜。她想继续睡，却怎么也睡不着，却又莫名地想起自己的身世来。想想自己生在江都，父母双亡后，承蒙陛下厚爱，把自己接到长安，过上了公主的生活。但身边却一个亲人也没有。幸亏还有小莲和老苇子陪着，日子也还有些快乐。随着一天天长大，心里也慢慢有了些念想。不曾想，又漂泊到了这个地方。一路走来，半年有余。黄沙漫漫，满眼戈壁。即使风吹草低见牛羊的美景，也是陌生的，单调的，心里空落落的。

不说江都温柔富贵之乡了，就是长安繁华的街市，各色美食小吃，也是一去不复返了。即如今，她想起床，又能到哪儿去呢？她闷闷地想着，不知不觉间，两行清泪顺着脸颊悄悄地流下来。她小声嗅了嗅鼻子，侧过身子，背对着小莲。

"公主，你怎么了？"不知什么时候，小莲已起来了。

"这里太闷了，我想出去走走。"细君没有看小莲，她怕小莲看见自己的泪痕。

"好啊，那我们起来就是了。"小莲说着，就过来服侍细君了。

昆弥那边没有了呼噜声，不知老头子醒了没有。细君和小莲悄悄出了毡房，喔，外面好冷啊。毡房外的卫士见了她们，只是咕噜咕噜说了什么，也没有阻拦，可能是不知怎么办好吧。

其实，昆弥早就醒了。人上了年纪，睡得就少了。这些年来，看着军须靡一天天长大，他的心里不再像当初那么伤感了。当初，太子刚去世，他心里那个空虚啊，简直能装得下一座天山。他永远也不会忘记，太子咽气前拉着自己的手，请求立军须靡为太子的情形。可是大禄那小子又来捣乱，唉！都是儿子，他心里也能理解。其实在心里，他还是喜欢这个儿子的。大禄就是像他，敢想敢为敢冒险。要是自己碌碌无为，乌孙还能复国吗？如今还不是寄人篱下？大禄有才，能带兵。作为父亲，其实是欣慰的，可惜他不是太子。当初，自己宁可国分，也不忍杀大禄，也是有苦衷的。万一军须靡不行，大禄不是可以顶上吗？不说匈奴，也不说宿敌大月氏了，即使西域三十来个小国，稍不留意，说不定哪天就有崛起的强国。君弱则国弱。自己老了，能不多留个心眼？

好在如今军须靡长大了，从体魄到胆魄，都还不错。如今又与大汉联姻了，只要处理好与大汉与匈奴的关系，乌孙就可保无忧了。但国无论大小，需要决策的问题，似乎每天都在发生。唉！细君公主从长安出发不久，匈奴那边就知道了。也派来了使者，说汉有公主，我们就没有公主吗？说也要派公主来联姻。对乌孙来说，与东方的大汉，与北方的匈奴，都是亲戚了。这固然是好事，但若处理不好，就是坏事了。

猎骄靡如今考虑的，是如何处理大汉公主与匈奴公主的关系。孰高孰低？也就是说：哪一位是左夫人，哪一位是右夫人？大汉公主来了，可以先看看再说。等匈奴公主也来了，就大致可以定夺了。当然，夫人本身还不是第一位的，首先要考虑的是国力。据跟随张骞回来的使者说：大汉军强国盛，可就是太遥远了。可匈奴就在北方不远处，而且冒顿单于对自己有养育之恩。猎骄靡就这么想来想去，一整夜也没怎么睡着。

出了毡房，细君和小莲漫无目的地走着。不得不说，乌孙夏都的景色还真是美。细君早就打听过了，所谓夏都，就是自春末至入秋，这里水草丰茂、气候宜人而已，并无什么宫廷建筑。往年此时已往赤谷城去了，今年是专为等自己，所以延迟了。听说赤谷城被高山环抱着，西北又有一个大湖，湖水终年不结冰。那里夏季不太热，冬季漫长，且不太冷，所以非常宜居。只是不知那里可有宫殿，如果还是住毡房，细君肯定受不了。

细君在前面走着，小莲在后跟着。她们迎着太阳，就这么走着走着。也不知走了多远，太阳升起老高了，细君也感到身上热腾腾的了。不知什么时候，小莲发现后头跟了好多人，偷偷一看，有大汉卫兵，有乌孙兵士，老苇子也在。小莲悄悄拉了拉细君："公主，你回头看看,好多人啊。"

细君回头一看,莞尔一笑,知道是宫廷规矩。但突然之间,她发现军须靡也在。她只得停下了。后边的队伍也停下了。她回过头去,见军须靡走进来,双手抱拳,一弯腰,嘴里咕噜咕噜说了什么。旁边一个舌人说:军须靡请公主回去,要陪昆弥用早膳了。细君笑了,心想,兴师动众的,不就是吃个早餐吗?天底下哪里的早餐还能比得上江都的早茶?这时老苇子跑过来了,他一脸紧张的样子,低头对着细君说:这顿早膳是有规矩有讲究的,请公主速回吧。不知什么时候,那些卫士都围过来,远远地围成了一个圈子。

细君由老苇子和小莲陪着走,军须靡在前引导。旁边几位军士,手里牵着马,也跟着走。军须靡牵过一头马,把缰绳交给细君。舌人忙说:"军须靡请公主上马。"细君摇摇头。舌人对军须靡说了什么,回头又对细君说:"军须靡说,在乌孙,不会骑马是不行的。如果公主愿意,他愿教公主骑马。"细君又摇了摇头,她想,军须靡是昆弥的孙子,是自己的孙辈了,怎么能让他来教自己。军须靡见她摇头,也没有说什么,自顾自跨上一匹白马。突然一转身,军须靡轻舒猿臂,一把揽住她的细腰,把她抱上了马背。细君吓得"哇"的一声,脸色都变了。老苇子和小莲也吓了一跳。但谁也不敢说什么。军须靡紧紧搂住细君,两腿一夹马肚子,白马得得得向前飞奔而去。卫士们也噢噢噢地叫着跟在后头。细君伏在马背上,不敢动弹。军须靡嘴里也噢噢噢地叫着,向着毡房的方向跑去。不一会就到了,军须靡翻身下马,再把细君抱下马来。不知是因为骑马吓的,还是被军须靡的无礼气的,细君面色苍白,娇喘吁吁。更可气的是:猎骄靡就在毡房前站着,见了军须靡,不仅没有生气,还笑眯眯的。

"蛮夷！蛮夷！未开化的蛮夷！"细君在心里骂道。

六

细君公主似乎还生着气，对小莲也没什么好声气。她也不知是生谁的气，按理说当然是生军须靡的气了。他太无礼了。但过后回忆起来，好像又不怎么生他的气了。后来打听了，军须靡只比她大3岁。她又在心里暗暗原谅他了。在这个年纪，男孩子正是调皮捣蛋的时候。但不生气似乎又不合她的身份，所以就一直虎着脸。心里却老是想着军须靡抱着她，在马背上驰骋的样子。反正她心里乱乱的，谁也别来烦她。如果哪一个没脸色，那就别怪本公主不给脸了。

老苇子是老精怪了，在宫中几十年，就是靠鉴貌辨色吃饭的。但这次不知为什么，却自己撞上来了。

队伍浩浩荡荡向西而去，细君依然坐在车里。小莲还是在一旁服侍。车子一摇一摆的，摇得细君都瞌睡了。这时小莲突然笑了笑，又把她笑醒了。

细君："怎么了？"

小莲："这个老苇子。"

细君："老苇子怎么了？"

小莲："他特意问我，公主第一夜，跟昆弥是怎么过的。"

细君："你怎么说的？"

小莲："我什么也没说。"

细君："什么叫什么也没说？你装哑巴了？"

小莲："那倒是没有，我只是说，各睡各的。"

细君："这不是说了吗？"

小莲低着头："嗯，说了。"

细君皱着眉："老苇子什么意思，他说什么了？"

小莲又低着头："老苇子的意思，是问昆弥有没有跟公主睡。"

细君："你怎么回答的？"

小莲摇摇头："我说没睡。"

细君突然脸红了，又问："老苇子又说什么了？"

小莲："他叹了口气。"

细君："嗯？"

小莲："老苇子叹了口气后，又说：昆弥不知是老了，睡不动女人了，还是另有算盘呢？"

细君又"嗯"了一声，眉头皱得更紧了。

"听老苇子说，匈奴那边也派公主了，已在来的路上了。"小莲又说："要是匈奴公主来了，昆弥也不睡，那就是真老了，要是……"

小莲看看公主的脸色，没有说下去。细君对男女之事，是有一点数的。以前身边一位老宫女，曾机缘巧合经历过男女之事，在她出嫁乌孙前，偷偷跟她说过的。但一想起真跟老昆弥行男女之事，细君心里就恶心起来。更要命的是，脑子里竟然出现了军须靡的样子。她脸一红，假装看外面，不再说什么。但匈奴公主要过来的事，一下子又引起了她的警觉。

车子停下，要开饭了。老苇子跑过来，跟小莲一起伺候着。不知为什么，细君居然脸红了。她转身往草原上走去，小莲跟上来。乌孙不像汉家那么讲规矩，女人抛头露面也没什么。细君也弄不清这是好还是不好。突然，军须靡骑马飞驰而过，见了她没有停下，只是回头看了一眼。也许是马骑得太快，停不下来吧？正呆想着，军须靡又回头了，朝着她嗷嗷叫了两声，做了一个手势。细君看懂了，是要叫她上马的意思。她忙摆摆手，拉着小莲就回去了。细君想，再也不能让他抓住了，羞死人了。军须靡走远了，后头跟着几个随从，一会儿就不见人影了。

细君见老苇子也在看军须靡，就低下头不看了。这时老苇子没头没脑冒出一句话来："听说匈奴人，不分男女，个个会骑马。"

"公主，用膳吧。"小莲说完，又说："老苇子，说了上句没下句的，什么意思？"

老苇子剜了她一眼："我说什么，还轮不到你问讯。"

细君谁也不理，自顾自吃起来。

七

赤谷城果然是个好地方。但令细君失望的是：这里果然也没有宫殿，还是毡房，连片的毡房。猎骄靡住的毡房只是大些高些而已。那个"洞房花烛夜"之后，从夏都回赤谷城的路上，猎骄靡再也没有跟细君睡一个毡房。到了赤谷城也没有。细君算是放下心来。不管昆弥是能"睡"还是不能"睡"吧，看来细君是自由的了。没事儿的时候，细君就看看书，弹弹琵琶。周边住的都是从长安带过来的人，除了住的吃的不一样，就来往的人而言，简直就是在长安。

匈奴毕竟离乌孙要近，到赤谷城没几天，匈奴公主就到了。细君猛然想起，为什么"洞房花烛夜"后第二天就急着回来，原来是为了这位匈奴公主。她心里有一点失落，一种不祥的预感也随之而来了。正这么想着，谢旭来了。进来后，他使了个眼神，细君就让老苇子和小莲出去了。

"启禀公主，有要事禀报。"谢旭刚开了个头，细君"扑哧"一声笑了。谢旭停在那里，不知怎么往下说。

"叔，坐下说吧。"细君轻声细语说。在这之前，她也没有想到自己会叫叔。但就在一刹那间，她想起一路之上的种种，到了乌孙后的种种，她觉得在这里，在这个万里之遥的地方，谢旭让她陡生亲近，有了一种靠山的感觉。

谢旭却愣在那里，脑子一片空白。他怀疑自己听错了。但细君又说了一遍："叔，坐下说吧。这里没外人。你不是说过吗？你小女儿跟我一般大，我叫你一声叔，也不为过啊。"

谢旭往下一跪，深深磕了一个头，然后站起身再遵旨坐下。

谢旭："公主，匈奴公主来了。"

细君点点头，没有说什么。

谢旭："公主，大事不好啊，听说昆弥要册封夫人了。"

细君"嗯"了一声。

谢旭："但左夫人竟然是匈奴公主，公主只是右夫人。真是岂有此理。"

细君："怎么说？"

谢旭："乌孙以左为贵。这样一来，匈奴公主就压公主一头了。"

细君默然不语。谢旭又说："即使不为公主着想，也要为大汉考虑。匈奴公主来得晚，后来居上，于理不合啊。"

细君："昆弥为什么要这么做，你想过吗？"

谢旭低下头，说："我想，应该有两个原因，一是乌孙怕匈奴，毕竟匈奴近而大汉远；二是匈奴冒顿单于对昆弥有养育之恩。我想不出还有第三条理由。"

细君点了点头："会不会是昆弥喜欢匈奴公主，而不喜欢我？"

谢旭摇摇头："不可能。"

细君："为什么？"

谢旭："启禀公主，也有两条理由，一是公主温柔美丽，匈奴公主绝不能及；二是国与国之间的事，也不会以公主本身的条件来衡量。"

"这第二条叔分析得对。"细君又点了点头说，"那你有何策？"

谢旭："我想近期回长安，向皇上禀报，请求对策。"

细君点了点头，接着又摇了摇头，正色道："谢校尉不能走，你走了，这里就没有主心骨了。还是派一个可靠的人回去吧，你可将乌孙之事修书一封上奏陛下。"

谢旭："好吧。"

细君："对不起啊，叔，害得你不能跟家人团圆了。"

谢旭："这是臣职责所在。"

细君："要不就将家人接过来，如何？"

谢旭没有说话。细君又说："来了不喜欢再走也行，就当是探亲，来看看西域风光，不好吗？"

谢旭："谢谢公主！"

八

细君第一次见匈奴公主，是在一个黄昏。或者也可以说，细君只见到了一个女子骑在马背上，从毡房前飞驰而过。面目如何，完全没有看清。天气渐凉，匈奴公主穿着胡服，哪里瞧得清。但军须靡也跟着，细君看见了。她想，这个乌孙国也真是的，一点也不讲究人伦纲常，乱七八糟的。

接下来的一件事，也证明了乌孙的"乱七八糟"。那就是册封夫人。册封夫人就如大汉册封皇后一般，当然应该是大张旗鼓、举国欢腾的。但乌孙倒是好，冷冷清清，册封仪式之后，就只是大家喝了一顿酒。细君和匈奴公主，也得了些赏赐，是几件衣裳，几匹马。谢校尉说：是好马。但细君不会骑马，也不想学。她也不是没骑过马，那还是在长安的时候。她还小，看见人家骑马，看着蛮神气的，就嚷嚷着要骑，是老苇子带着她骑的，一点也不舒服。后来就没骑过。到了乌孙，让军须靡抢到马上，那就算不得是骑马了。

细君不知道除了马、羊、牛这些牲口，乌孙还有些什么。到了这里，她简直就是大富豪了。临行前，陛下赐给她的东西，简直可以堆成一座小山。

册封第二天，细君邀请昆弥来吃了一顿饭。这是老苇子提出来的。老苇子说：我们汉人嫁女，是要吃回门酒，就是请女婿来喝酒的。虽是在乌孙，礼数不能少了。谢旭也同意，说正好要跟昆弥说一下回长安的事。

昆弥来的时候，把匈奴公主，哦，应该叫左夫人了，和军须靡都带来了。昆弥一进毡房就说：本来就想一起聚聚的，还是右夫人想得周到。一听右夫人这个称谓，细君既觉得陌生，又觉得屈辱，不为自己，为大汉。但自己来时，陛下交代过，好多长辈也都交代过，要忍辱负重，要处处为大汉着想。

匈奴公主叫什么，细君没怎么听懂。反正她也不会当面叫她名字，也不会叫她左夫人。她想，就叫她胡姬吧。细君朝昆弥拜了拜，也朝胡姬拜了拜。虽然心里不高兴，但礼数不能少。抬起头看胡姬，面容还算顺眼，只是眼睛虽细，却藏着一丝凶光，不像是女人的眼神。军须靡就很无礼了，他没有拜细君，只是朝她做了个鬼脸，嘻嘻一笑。猎骄靡竟视若无睹。

谢旭看了看细君，意思是说：可否禀报昆弥，细君点了点头，心想，回长安有什么可瞒的。要不是陛下交代过，自己也要回一趟娘家呢。

谢旭跪下，行过礼，说："启禀昆弥，臣有事要奏。"舌人翻译后，昆弥听了说："说吧，谢校尉，何事？"

谢旭："启禀昆弥，公主乃大汉皇帝至亲，来乌孙国时，陛下交代，待公主安顿后，须回长安禀报一切。"

昆弥："好吧。何时动身？"

谢旭："一切准备就绪，过几天就走。"

昆弥："那就辛苦谢校尉了。"

谢旭："启禀昆弥，我不回去，是臣派手下回长安。"

昆弥："留在这里照顾右夫人，好，好，好。"

昆弥说完了三个"好"，宴席应该就要开始了。但细君突然想起建汉宫的事。

细君："启禀昆弥，臣妾也有一事禀告？"

昆弥："何事？右夫人请讲。"

细君："臣妾来乌孙有些日子了，住毡房实在不习惯。我想，趁着有使者回长安，回来时带上长安的建筑师，在赤谷城建一座汉宫。"

昆弥："哦，这个好啊。"

细君："汉宫建好了，如果昆弥喜欢，也可以为昆弥建一座。"

昆弥摇摇头，笑了笑："谢谢右夫人美意，我老了，也住惯毡房了。"

军须靡插话道："我没去过长安，没见过汉宫，要是我喜欢，右夫人也为我建一座，如何？"

细君只得说："好啊。"

事情说完了，宴席就开始了。除了服侍的，其余人就都出去了。

按乌孙规矩，细君是请客的主人，应该细君先敬酒，一个一个敬。当然还是马奶酒，白白的，喝起来酸酸甜甜的。昆弥、胡姬、军须靡，细君每人敬了三杯，一圈敬下来，就有点吃不消了。语言不通，就只有喝酒吃肉了。

轮到昆弥敬酒时，细君就有点不胜酒力了。但细君没有想到，胡姬一把夺过她的酒杯，一饮而尽了。昆弥和军须靡就鼓起掌来。细君心里很复杂，有点感激，又有点尴尬。胡姬来自敌国，但在乌孙，身份却是她的姐姐，因为她们共侍"一夫"。

猎骄靡老了，但每次喝酒都是一饮而尽。但礼节性的程序一结束，就不再举杯了。军须靡和胡姬却特别能喝，最后就成了他们俩对饮了。起先是对饮，喝着喝着，两人竟对唱起来。也许唱的是情歌吧，一边唱，一边手舞足蹈，眉目传情。细君脑子里突然闪过一个念头，哦，军须靡和胡姬好般配啊！昆弥只是笑眯眯地看着，也不说什么。

胡姬喝醉了，军须靡还在劝酒，昆弥也不阻止。细君在长安是不喝酒的，但在乌孙，如果请客的人不喝酒，那就是对客人的不敬了。

但她给自己定了一个规矩，就是不能喝醉。汉人重礼，女子喝醉了，形象就不好看了。但胡姬喝醉了，昆弥倒好像还蛮欣赏的。

军须靡和胡姬都烂醉如泥了，是被卫士驮着回去的。

宴请终于结束了。细君松了口气，还好，没有丢人。礼物是早就准备好了的。细君吩咐下去，昆弥、军须靡、胡姬的手下，驮着从长安带过来的丝绸、茶饼、铜镜、瓷器，还有各色小玩意儿，高高兴兴地回去了。

一觉睡醒，天还黑着。细君却怎么也睡不着了。她喝了一杯小莲端过来的蜂蜜水，又继续躺下睡了。她想起昆弥，想到他的慈祥，想到他传奇的复国经历，细君想象不出他当年的英武雄姿。她想，是不是人老了，就都这样慈眉善目了呢？大汉陛下老了会不会这样呢？她怕陛下老了，就没有征战沙漠灭胡靖边的雄心了。谢校尉说过，我们此来乌孙，目的是联合乌孙对付匈奴。可事实上，昆弥也娶了匈奴公主啊，乌孙是要在大汉与匈奴之间搞平衡呀。

细君问过谢校尉，既然如此，那么，她此来乌孙是不是就没啥意义了？谢校尉安慰她说：怎么会呢？如果公主不来乌孙，那怎么建立起大汉与乌孙的关系？即使如今匈奴公主也来了，那乌孙至少对大汉和匈奴，还是基本平衡的啊。细君是聪明孩子，她知道，既然是陛下做出的决定，即使错了，也是不能说错的。更何况以目前的情形，说是错是对还为时尚早呢？

九

不知是什么缘故，近来细君总觉得恹恹的。回长安的人走了有好一阵子了，想来应该到长安了吧。路上一个来回，回去看看家人，再办点公事，怎么着也该要一年吧。至于昆弥对自己的态度，她也说不清好还是不好，反正就是这么着，不仅吃住不在一起，见面也是难得。但谢校尉告诉她，胡姬是经常出入昆弥毡房的，跟军须靡也来来往往，亲热得很。也不知真实情况如何。有时候她想，匈奴跟乌孙，都是骑在马背上逐水草而居的，胡姬跟这里的一切自然就是亲近的，自己怎么能相比呢。

除了跟谢校尉、老苇子、小莲说说话，其余的时间就是看书弹琴了。前几日做了一首歌，随口弹着琵琶唱了一回，老苇子和小莲听了，都流泪了。谢校尉也听了，他说：这首歌太让人伤感了。这么想着，细君让小莲把琵琶拿来，她斜靠在毡房柱子上，又边弹边唱起来——

> 吾家嫁我兮天一方，
>
> 远托异国兮乌孙王。
>
> 穹庐为室兮旃为墙，
>
> 以肉为食兮酪为浆。
>
> 居常土思兮心内伤，
>
> 愿为黄鹄兮归故乡。

刚刚唱完，谢校尉进来了。是老苇子领着进来的。

细君："谢校尉有事？"

谢旭："没事，就是看看公主。"

细君："忙些什么呢？"

谢旭："不忙。就是太闲了，所以无聊得很。"

细君把琵琶给了小莲，叹了口气说："我害苦大家了。"

大家听了，都连声叹息。

老苇子："公主，可不敢这么说。"

小莲："公主，你有什么就说出来，不要憋着。"

谢旭："公主，还记得陛下的嘱托吗？"

细君点了点头："怎么不记得？要不是为了陛下的大业，早就撑不住了。"

"这就对了。"谢旭说："你唱的歌，太好听了，好多长安过来的，都学会了。"

细君："哦，真的？"

老苇子："公主，这首歌啊，又简单，又不简单。"

细君："此话怎讲？"

老苇子："简单呢，是说容易懂，容易学。不简单呢，是说意思不简单，说到大家心里去了。"

说了一会儿闲话，大家都没有退下的意思。细君看了看谢旭，笑了笑，谢旭也笑了笑，说："公主，春天来了，今儿个天气好，出去走走吧？"

细君："好啊，大家在毡房里也憋坏了吧？"

细君出门一看，阵仗都已摆好了。公主一上车，队伍就出发了。走了好一会儿，却还不见停下来的意思。细君让老苇子去问问。一会儿，老苇子屁颠屁颠地回来了，脸上挂着笑意。

老苇子："禀公主，谢校尉是想给公主一个惊喜，所以没有说。"

细君："什么惊喜，搞得神神秘秘的？"

老苇子："谢校尉看中了一块地，是用来建汉宫的。"

细君一听，也高兴起来。原想着等建筑师从长安回来再说的，不曾想谢校尉却提前想到了。细君想，也不枉了私下里喊他一声叔，还真是想到她心里去了。关于汉宫建成什么样，谢校尉之前问过，当时她只是简简单单说了一句，照着我长安住的宫殿建就是了。

车队走了快两个时辰了，却还没有到。细君忍不住想问问谢校尉，这时车子停下了，掀开帘子，谢旭已站在车下了。

谢旭："公主，我看中一块地，就在前头了。下来走走，我跟你说道说道，怎么样？"

细君："好啊。"

小莲子搀扶着公主下车，一干人都原地等着。谢旭陪着公主在前走，老苇子、小莲等人跟在后头。

翻过一个缓坡，眼前是一汪绿水，清澈荡漾。细君知道，在高山深处，这种湖泊虽不大，却非常难得。也搞不懂在这么缺水的地方，这汪绿水是怎么来的。

谢旭："公主你看，就在这个水旁边，北侧，有一片空地，虽不能说大，但也算空旷了。再往北是一座山坡，虽不算高，但也足以为'靠'了。"

细君听了，没有说什么。其实她也不懂。老苇子见了，忙解释说："公主，谢校尉的意思，这里有山有水。我们汉人看宅居也好，坟地也好，都讲究个风水。有山有水是最好的，有水就有了灵气，有山就有了靠山。"

谢旭白了老苇子一眼，他马上按住嘴，明白自己不该提到坟地。但细君却没有责怪的意思，也不知是宽宏还是没懂。她顺着谢旭的意思，再放眼看去，确实，湖水湛蓝，水天一色。湖水往南，是一片旷野，视线好。湖水往北，是一层层的山坡，层次分明。

谢旭：“公主，在下自派人回长安后，已经走了许多地方，选了好多地块了。这里是我最满意的。公主如果不中意，还可以看看别的地方。”

细君：“谢校尉费心了。我很满意这里。”

谢旭听了，心里一阵喜悦。又说：“我问过当地牧民了，这里冬暖夏凉。冬暖是因为背后有山，夏凉是因为前头有水。”

细君：“我懂了，谢校尉，真的谢谢你。你想得太周到了。”

谢旭接近细君，悄悄说：“公主，有一点我还不敢确定，这里是不是离昆弥那里太远了？”

细君笑了笑，不说话。过了一会儿，又一笑：“远一点不是很好吗？远也有远的好处。”

谢旭：“我懂了，公主。”

十

随着细君远嫁乌孙，大汉与乌孙之间，与西域诸国之间的往来，就成倍地增长了。汉朝使者经乌孙之南到大宛、月氏的，不绝于路。陛下每年都要派使者慰问公主，赏赐各种宝物珍奇，细君心存感激。为了广布大汉皇上恩德，那些财物又大多被细君赏赐出去了。

公主没有想到的是，回长安的使者，以出人意料的速度又回到了乌孙。不仅带来了建筑师，而且带来了乌孙缺乏的建筑材料。昆弥猎骄靡对汉宫的建设也很支持，但他并没有去看过。细君说："等汉宫建好了，昆弥可一定要赏光啊。"昆弥也答应了。如今昆弥真的是不大出门了，有啥大事都是委托军须靡去。

等汉宫真的建好了，细君就想着该起一个好听的名字。但多次请昆弥，都没有答应。昆弥说的也有道理，他说：乌孙是个逐水草而居的部落，没什么文化，起名还是请大汉陛下为好。

选了一个风和日丽的日子，昆弥猎骄靡终于起驾去汉宫了。

细君最满意的，是汉宫跟长安她住的宫殿几乎一样。只是更大更高，周围环境更好些。住在那里，不看外面，她简直怀疑回到了长安，她自在得很。昆弥和乌孙的人，就像看稀奇了。他们没有想到，汉宫是这么雄伟，而且建设的速度那么快。

胡姬来看了，也啧啧称奇。军须靡则问细君，如果他喜欢，这里能不能住？细君笑了笑，没有回答。如果在大汉，这就是大逆不道了。

但很快她就知道，军须靡也不是随便瞎说的。

参观完了汉宫，吃过丰盛的酒席，军须靡和胡姬都走了。

昆弥没有走。他今天就住在汉宫了。

细君心里说不出是喜欢，还是不喜欢。总之她有一种预感，昆弥好像要对自己做什么了。细君学会了简单的乌孙语了，但正式的交流还有困难。本来，以细君之聪明，学会乌孙语是没有问题的，但细君平日里接触的，主要还是长安来的人，跟乌孙人说话不多。就是昆弥，也是难得一见。昆弥也懂几句汉语了，譬如"喏""否""陛下""公主"之类。

果然，昆弥支走了所有人，包括小莲，老苇子。房间里就剩下了他们俩，昆弥和细君。细君想，难道昆弥虽老，还能"睡"女人？她便照着在长安学的，按"程序"侍候昆弥洗漱，昆弥也没有拒绝。

一切完毕，细君想让昆弥宽衣解带，自己也宽衣解带时，昆弥摆了摆手，让细君坐在旁边。他捋了捋胡须。那是一捧白胡须，连灰色都少见了。他张了张嘴，想跟细君说事，却一时不知怎么说好。他拉过细君的手，握在自己手里抚摸着，却像爷爷抚摸孙女，没有一丝邪念。接着，他指了指自己的头，又指了指细君的头，做了一个动作，又做了一个动作，细君看来看去，却怎么也看不明白。

昆弥终于失望了，摇了摇头。他朝外头喊了一声，一位舌人进来了。昆弥像是松了一口气，对舌人说：

"我说一句，你跟公主用汉语说一句，不准有一个字的差池。"

舌人听了，忙跪下，双手向着天，嘴里咕噜咕噜，好像是在对天起誓了。

昆弥："公主啊，按照乌孙规矩，我死了，你要嫁给继承我昆弥之位的人，你明白吗？"

细君愣在那里，像是没有听明白。她可从没听说过，世界上有这么荒唐的事。大汉的皇位是父子相传的，难道父亲的后宫，儿子也能继承吗？她把这个意思跟舌人说了。舌人点点头说：乌孙就是这样子的，并提醒她，专心听昆弥说就可以了。

昆弥继续说："我的继承人已定了，就是我的孙儿军须靡。"

舌人翻译给细君听，细君不吭声。她脑子里又一次想到"蛮夷"二字。

昆弥："我今天之所以提前跟你说，是想在我死之前，就把你们的婚事办了。公主，你看怎么样？"

昆弥是骑马打仗的人，是从不多言的。他虽老了，但威风还在。今天他说话，与之前跟细君说话有点不一样。威严多于慈祥，完全没有否定或反驳的余地。舌人见细君不说话，焦急地看着她，脸上的表情好像在说，快快答应啊，快快答应啊。在乌孙，如果违背昆弥旨意，是随时随地有杀身之险的。

细君想了想，终于开口了："启禀昆弥，承蒙不弃，让我改嫁军须靡。但依大汉礼仪，那是不合礼数的。我要禀告大汉陛下，听陛下旨意，才能答应昆弥。如有冒犯，请昆弥治罪。"

细君想，昆弥虽老，还算有良心，没有跟自己行夫妻之实。但在名义上，他们已是夫妻了。所以嫁给军须靡就只能算是改嫁了。估计陛下是绝不会同意的。自陛下执政以来，罢黜百家，独尊儒术。儒术是最讲礼义廉耻的。嫁给了爷爷，又再嫁给孙子，岂不是乱了纲常人伦？

舌人听了，吓了一跳，又不敢随意改动公主的意思，就只能战战兢兢照直翻译了。

昆弥听了，不说话，闭着眼睛。舌人紧张得直冒汗。细君倒是无所畏惧，她已想通了，如果因此而引来杀身之祸，那也是死得其所了。

过了好一会儿，昆弥开口了："公主，大汉有大汉的习俗，乌孙有乌孙的规矩，以我看，你人在乌孙，就要按乌孙的规矩办。请示大汉陛下，就不必了吧？"

细君听了，转过身，对昆弥行了一个长长的稽首之礼，一字一顿答道："启禀昆弥，昆弥之言有理。但我出身大汉皇家，大汉的礼仪习俗，亦不可稍有违抗。祈求昆弥开恩，允准细君所请，否则虽死不从。"

细君说完，闭上眼睛，不再看昆弥，好像也暂时与这个世界隔开了。舌人疙疙瘩瘩地翻译着，昆弥是什么表情，细君不知道，也不关心了。

　　不知过了多久，时间仿佛停滞了。终于，一个声音传过来，好像非常遥远，是昆弥的声音："行吧，听听你们大汉陛下怎么说吧。"等舌人翻译结束，昆弥摆摆手说："退下吧。"

　　舌人如获赦一般，逃也似的出了门。细君睁开言，见昆弥已躺下了。她见昆弥没什么表示，也不敢靠近，便也自顾自躺下了。

<h1 style="text-align:center">十一</h1>

　　汉宫虽好，却也格外寂寞了。细君的琵琶就此忙开了。她几乎每天都要弹奏一曲。天气晴好，便坐在湖边，边弹边唱。有时是她弹琵琶，小莲唱一曲。还有一回，老苇子居然唱了一支江都小调。她听了，懵懵懂懂好像回到了江都。她离开江都去长安，实在还太小，记忆是模模糊糊的，零零碎碎的。但不知为什么听了江都小调，就是觉得亲切。她吩咐老苇子又唱了一遍，琢磨了一会儿，照着曲调她也能弹奏了。她有时抚摸着琵琶，心里对琵琶说：感谢你啊，琵琶，要不是你，这日子就过得更寡淡寂寥了。

　　汉宫的建造，不仅忙坏了建筑师们，跟随自己从长安来的随从们，也忙死了。那时，无论什么人，什么身份，都投入到宫殿建设中了。谢校尉变身成了工程监理，老苇子也成了管后勤的，连小莲也忙个不停。细君很是感动。但小莲告诉她，这些人都是自愿的。说："公主平日对大家好，大家愿意出力流汗。"又说："有活干的时候，就少想家了，也不孤单了。"细君听了，当时没说什么，夜里却悄悄抹了泪。自己在乌孙过这种日子不算，还害得这么多人跟着受罪，真是太过意不去了。但有时一想到胡姬，想到大汉与匈奴，与乌孙之间的复杂关系，一种对故乡，对大汉的神圣情感就油然而生了。她想，既然我来了，既然已做出了牺牲，那就奉陪到底吧。

去长安传书的使者，是一支精干的马队。每个骑手两匹马，为的是一个快字。细君写给陛下的书信，是精心措辞的。既报告了此间情形，也对再嫁军须靡，表达了委婉拒绝的意思。不知大臣们听了，会做怎样的议论。陛下读了信，又会怎么处置。

在等待陛下回信的时间，细君一直待在汉宫。期间只请昆弥来过一次。昆弥照理是带着军须靡来的。军须靡对细君的态度有点微妙。似乎有一种想亲近的意思，但又有一点未来新昆弥的威仪。细君感觉这种威仪是装出来的，而那种亲近却是想努力掩盖的。昆弥来汉宫一趟，一来一回要一天时间。吃饭喝酒之后，昆弥要回去了，这边少不得是要送礼的，对手下是要赏赐的。陛下每派使者来乌孙，不仅要给细君厚赏，对昆弥及军须靡、胡姬及宫中高官，也是有赏赐的。时间一长，也成习惯了。

陛下的回信终于来了。细君更衣沐浴，行礼如仪，仿佛回到了长安，见到了陛下。陛下在信里说了好多安慰的话，对她勉励有加，还给乌孙的汉宫起名为江都宫，以此纪念细君的出生地。但最后的意思，细君也读懂了。陛下说：大汉联合乌孙的目的，是要与乌孙联合消灭匈奴。虽然暂时有些困难，尚难以毕其功于一役，但只要坚持不懈，就一定能达到目的。陛下最后说：为了大汉的长治久安，为了百姓的安居乐业，希望公主服从大局，随从乌孙国风俗吧。

细君读完陛下的信，把自己关在房里，哭了几回，眼睛也红肿了。细君想，陛下的话已明明白白了，遵旨是一定的。但心里似乎还想等一等。哪怕多拖延几日，也是好的。

细君与军须靡，从初见面到被他抱上马背，再到后来的种种，感觉还是亲近的。但自从胡姬来了，她与军须靡就有点疏远了。主要是她碍于辈分，碍于大汉礼仪，不仅不主动接近，而且是有意回避的。但胡姬似乎在昆弥的默认下，早已与他打得火热了。按乌孙习俗，昆弥后宫是要被继承人继承的。那么，胡姬怎么处置呢？是跟自己一样，昆弥生前就嫁给军须靡呢，还是要等昆弥离世之后呢？但又一想，这跟自己有什么关系呢？

不等细君报告，就接到昆弥的旨意了，要她速去禀报大汉皇上的意见了。细君从昆弥那里回来，心里是很不开心的。昆弥得知大汉陛下的态度后，一笑。那一笑的背后，意蕴实在是太丰富了。是得意，是轻蔑，还是什么，细君一时还悟不透。

细君因为心里不开心，就大着胆子问了一句：

"昆弥，臣妾大胆问一句，匈奴公主也要嫁军须靡吗？"

昆弥先是一愣，接着哈哈大笑："乌孙的规矩，对谁都是一样的。毋须公主多虑。"

又对大家道："大家赶紧筹备吧。"

细君退下了，正准备上车，军须靡来了。他嘻嘻一笑，笑完了就要过来牵她的手。细君一甩，把他的手甩掉了。军须靡脸上的笑容瞬间消失，一副怒目圆睁的样子。可回头一看，谢旭已站在细君身边。军须靡哼了一声，掉头走了。细君猛地冲上车，嘴里轻声骂着"蛮夷"，眼里的泪水再也止不住。心里想，这事要是传回长安，不知要怎么遭人耻笑呢。可她也明白，这事是肯定会传到长安去的。这次使者回来，说她在乌孙唱的那首歌，也传回长安去了，陛下也晓得了。使者说：陛下听了，眼睛也湿润了，对公主很同情，也很感慨，就传下旨意说：一定要重重赏赐细君，要经常派人去看望。

十二

军须靡娶细君的婚礼，比刚来乌孙那次要隆重得多。细君此时就想，也许昆弥早有此意了。所以那次就只是一个欢迎仪式，并没有婚礼的意思。

细君依然是右夫人，军须靡的右夫人。她当了一回猎骄靡的右夫人，这一回又当了孙子军须靡的右夫人。她坐在湖边，一曲琵琶终了，对小莲说：

"小莲，按乌孙规矩，要是军须靡死了，难不成我还要嫁个他儿子吗？"

小莲"扑哧"笑了。小莲最近特别喜欢笑。当然，小莲喜欢笑是有原因的。小莲结婚了。她嫁给了一位军官，是谢校尉的随从，也是谢校尉一手操办的。细君为她高兴。但有时看她没头没脑地笑，心里也会有一丝酸意。这个小蹄子，她倒是有福。小莲结婚后，细君对谢校尉说：那些从长安来的，该回去就回去，该结婚的就安排结婚，不能耽误了。谢校尉答应了，但一时哪里能办妥。老苇子听说，随从里也有怨言的，就告诉了公主。细君听了也不好过。世事不是她能左右的，大汉有陛下，乌孙有昆弥。她着急有什么用呢？但她心里暗暗下了个决心，要为属下回长安尽一份力。而自己呢，她想，嫁鸡随鸡嫁狗随狗，恐怕活着是回不了长安了。只要不再嫁给小昆弥，不再贻笑天下就心满意足了。但谁也没有说，死了不能回长安啊。

细君依然住在汉宫，如今叫江都宫了。军须靡有时也来住一阵子，但大部分时间还是住在他自己的毡房里。细君并不喜欢军须靡来住，虽然他们还是新婚，甚至还在蜜月里。因为新婚之夜给她留下的，不是美好的记忆，而是痛苦甚至是屈辱的记忆。

无论喜欢不喜欢，既然嫁给了军须靡，他就是她的夫君了。新婚之夜，细君是顺从的，也是期待的。细君还是处子，而军须靡是老手了。尽管没什么经验，但细君感觉到，军须靡把她压在身下，不是温柔体贴，不是缱绻缠绵，而好像是充满了恨意，甚至充满了敌意。当他用蛮力一下一下冲击着她的身体，她感觉自己像是在被强暴被蹂躏，她上身喘不过气，下身一阵阵钻心似的疼。她觉得比死还难过。她想，难道男欢女爱就是这样的？当军须靡气喘吁吁从她身体上滚下来时，她又看到了他那熟悉的坏笑。她什么都明白了，差点把肺气炸了。

猎骄靡不久就死了。

乌孙之前实际上是分成三块的，猎骄靡、军须靡、大禄，各有各的地盘，各有各的军队。猎骄靡死后，地盘、军队都归了军须靡，胡姬也归了军须靡。乌孙是不讲究服丧多久之类礼仪的。

军须靡与叔叔大禄的关系也有所改善，与大禄的儿子，军须靡的堂弟翁归靡也恢复了往来。国家的分裂局面一时得到了缓解。

细君与军须靡的关系，却一直是不冷不热的。当然，因为大汉公主的身份，军须靡也不好太冷落了细君。

虽说军须靡与细君是在猎骄靡老昆弥活着时就结婚的，但生孩子细君还是落后了一步。胡姬比细君早生了大半年，而且胡姬生的是儿子，取名泥靡。细君生的是女儿，取名少夫。细君为女儿取这个名字，也是别有一番深意在里头的。

细君的病症是生下少夫后出现的。

坐月子的时候，她经常失眠、出虚汗，还莫名其妙地紧张，当时也没怎么注意。小莲也不懂，乌孙也没人懂。细君也知道自己的想法不对，有什么好紧张的呢？江都宫外是一层层的卫士，谢校尉尽心尽力，为了她始终没有回长安，他的家人来过又回去了，但他没有要求回去。想到谢校尉，想到那些万里迢迢随自己来乌孙的随从，内疚之情又溢满了心田。

细君想，要是自己不久于人世了，那这些人不就可以回家了吗？自己不就可以避免再嫁的命运了吗？泥靡那个小东西，是少夫的哥哥，只比少夫大1岁，如果自己活得足够长，等军须靡死了，真的要嫁给这个小不点？一想起未来，一想起乌孙种种可笑又可怕的习俗，细君就睡不着觉。越是睡不着就越累。越是累就越出虚汗。一阵虚汗出过，人就像水里捞出来似的，浑身乏力。越是四肢无力，细君就越会想到死。一想到死，她就又怕起来。少夫还这么小，自己死了，她怎么办？军须靡是不会管的，小莲会管吗？唉，她管得了吗？而且少夫是乌孙公主，会让她管吗？

细君整夜整夜睡不着，身体日渐虚弱。等少夫满月时，她已瘦了一大圈了。

唉，不如带着少夫一起死了算了。细君被自己的想法吓坏了。她侧过头去看看，少夫正睡得香。她悄悄松了一口气，终于沉沉睡去。

注1：

细君公主到底没能撑到回长安，而是在自乌孙回故乡途中香消玉殒了。汉宣帝本始二年（前72年），宣帝命田广明等五将率领15万骑兵，乌孙昆弥翁归靡亲率5万骑兵，夹击匈奴，获得大胜。此后，匈奴由盛转衰，逐渐退出西域，乌孙成为西域最强大的国家。翁归靡决定摆脱匈奴，与汉朝结盟。

汉武帝派张骞联合乌孙"断匈奴右臂"的计划经过整整半个世纪的经营，终获成功。汉朝取代了匈奴在西域的控制权。公元前59年，汉朝设西域都护府，长官都护负责管理西域事务。西域都护府的建立迫使匈奴打消了称霸西域的雄心，标志着汉朝政府对西域各国开始了有效的管控。

注2：

太初四年（前101年），在乌孙生活5年的刘细君病逝。刘细君死后，汉朝又派楚王刘戊的孙女刘解忧为公主嫁给乌孙昆弥军须靡。刘戊乃历史上著名的"七国之乱"的发动者之一。刘解忧亦罪臣之后也。

军须靡临终时，其与匈奴夫人所生长子泥靡尚幼，于是立叔父大禄之子翁归靡为继承人，并与其约定将来还国与泥靡。乌孙于是重归统一。

导演和主演

短篇小说《细君公主》年底写完了，过一段时间再看看，不甚满意。自己想，到底是业余作家。又想，要是改编成电影，好像戏剧冲突还不够激烈。想改，一时也改不出来什么。汝志强却似乎很感兴趣，听说初稿完成了，就要去看了。过了些日子，回了一条信息：老师，一切我来安排，放心。

柔性援疆结束后，我回到延州，主要做教育督导工作，有事则忙，无事则闲。我们家的资料是远妮编辑整理的，包含三部分：妈妈的自述，远妮的回忆，爸妈的笔谈。我写了一篇长文，叙述了我的特殊经历以及我所知道的这个家的种种，算是代序。题目是我起的：《尼勒克之恋》，不算太满意，但为了突出"尼勒克"三个字，也实在想不出更好的了。

写完了《细君公主》，我把在尼勒克的采访资料做了整理，发给了郭老，也算是完成尼勒克之行的使命了。郭老反应很快，过了不久就来电话了，说书稿都看了，让他觉得欣慰。他提议先印出来内部征求意见。我说,本来就是你提议的,书稿怎么处理就也随你了。

但不知是什么原因，我对那个短篇小说，却始终念兹在兹。又是一个夏天来了，儿子翔翔拿到了博士学位，回国休假。但是留国外还是回国，是继续博士后，还是参加工作，暂时也还没定下来。就在这个时间节点上，汝志强来电了。他说在尼勒克的项目有望落地，而且他在北京找到了一个导演，说如果方便，让我再去尼勒克一趟，大家一起见见面。

"是不是太正式了？"一听我说这话，他就知道我没啥信心。

"来见见有啥关系，尼勒克这么好，就当是来避暑休假吧。"

这话我爱听。反正是暑假，学校也放假了。跟家里一说，若桐第一个赞成，说正好带儿子去看看招娣奶奶，还有姑姑、叔叔，那么多亲戚在呢。翔翔听了也很愿意。我跟汝志强一说，他很当回事，说一切他来安排。说完，又加了一句：

"刚刚得到消息，还有另外一个惊喜呢。"

我问是什么，他嘻嘻笑着说：天机不可泄露。

我在尼勒克家人微信群里发了一条信息。远妮留言说：终于可以见到博士侄子真人了。

我和翔翔从伊宁下了飞机，计划住一晚。许定辉也在伊宁，说当晚要见几个尼勒克籍朋友，问我可否一起参加。我说：认识新朋友，好啊。大家见了面，热热闹闹喝了一顿酒，说了许多有温度的话。让我意外的是：在席中我居然见到了爱迪娜。一问，果然是跟王强从小一起长大的那位。哦，原来爱迪娜就在伊宁啊。她看上去

50来岁，一头短发，黑黑的，微微卷着，身材苗条，不像哈萨克中年妇女的发福体态。仔细看，还真有一点佟丽娅的影子。我们用延州话交流了一番，话题是她母亲阿依达娜，还有王强。我没想到的是，当初她学的是会计，因长得标致，又能歌善舞，成了单位的文艺骨干，后来就调到文化部门工作了。从酒席上看出来，在伊犁州，她已是文化条线的知名人物了。

第二天上午，远克开着那辆二手车来接我们了。一路还是去年旧风光，但我的心情却大不一样，完全是回家的感觉了。翔翔看着窗外说，原来尼勒克这么美啊，要是不说，我还以为到了北欧了呢。

汝志强是大忙人，夜里给我发了条信息：已安排，派车接。明晚见。

接着又是一条：不好意思，急了点，后天要去北京。

我回了一条：可以，谢谢！

接着又问：到底是什么惊喜，可以说了吗？

他发了一个捂脸的表情，答：不急，明晚就知道了。

汝志强在尼勒克时间虽不长，但与当地干部企业家却都熟悉了。他把晚宴安排在喀什河上游，一个叫天蕴有机农业有限公司的食堂里。说他陪导演在看一处外景，稍晚一点到，让公司张总先陪我们走一走看一看。

我们的车子刚停下，张总就迎上前来。一攀谈，他单名一个"秀"字，浙江人。张秀带着我们看了公司，边走边介绍，原来这是一家用喀什河冷水养三文鱼的公司。我之前只知道三文鱼是长在海洋里的。

张秀是个自来熟的人，他跟我讲了他在新疆创业的艰难历程，讲了与尼勒克的缘分。在公司转了一圈，我们就好像是老朋友了。

张秀不仅自己成功了，也带动周边群众脱贫了。我们延州人都知道，浙江人能吃苦，有闯劲，会做生意。

一桌子的水果先上来了。尼勒克的水果又好吃又便宜，是吃饭喝酒前的标配。张秀说："人还没有齐，边吃水果边等吧。"

翔翔跟几位早到的客人在喀什河里骑摩托艇，我和张秀坐着闲聊。虽说是南方人，但张秀身材健硕，肚子不小。在新疆多年，他皮肤颜色晒得也有点深了。他是个敏感机灵的人，见我盯着他看，就知道我啥意思了。他拿出手机，翻来翻去，翻出一张旧照来给我看。我一看，照片上的他约在二十出头的样子，瘦，且略显苍白。我看得很仔细，看看他，看看照片，再看看他。他笑了："怎么，祁老师要给我看相？"

我摇摇头，说："不是看相，是看你相貌的变化。"

"有啥说法吗？"

"有。譬如，你年轻时，完全是一副江南青年的样子，秀气，甚至有点柔弱。"

"现在呢？"他好奇地问。

"现在是北方大汉。"

"又有啥说法呢？"他又问，似乎来兴致了。

"有。说法有二：一，南人北相，主贵；北人南相亦然。二，说明一方水土养一方人。长期在北方生活，南方人也长成一副北相了。"

"哦，那我长成这样，还贵了？"他拍拍肚皮，哈哈大笑。

"说明张总事业正旺，还会更旺。"我也大笑着说。

"借您吉言。"张秀朝我作了一个揖。

说说笑笑之间，时间过得很快。正说笑着，抬头一看，见一个人不声不响坐在门边。我忙站起身来。

"什么时候到的，王主席？"我问。

"来了一会儿了，正听着呢。继续，继续。"王强轻轻挥手，微笑着说。

"王主席对我们公司很关心，是天蕴的恩人哪。"张秀一副很抱歉，却又心照不宣的样子。

王强见状笑了，说："你少给我灌蜂蜜啊，我是刚从蜜蜂小镇来的。"

我听到蜜蜂小镇，马上想到了阿依达娜，想到了老白，也想到了爱迪娜。

"主席，有一事要向您汇报。"我故意装作正经的样子说。

王强和张秀都朝我看，不知什么意思。

"主席，我在伊宁，见到爱迪娜了。"我看着王强说。

"哦，真的？"他果然很是惊讶，"你怎么认识她？"

"爱迪娜是谁？"张秀插嘴道。但我们都没有理会他。

"一个朋友介绍的，也刚认识，就吃了一顿饭。"我说着，一边看着王强。

"好，好。"他一副平淡的样子。

"爱迪娜问您好，还怪您去伊宁也不去看她。"我临时编了一句瞎话。王强一听，突然大笑起来，用手指着我，哈哈哈，哈哈哈，只是大笑，却不说什么。我也跟着哈哈哈大笑起来。我从王强的大笑声里，知道他和爱迪娜应该是经常在伊宁见面的。张秀站在旁边，莫名其妙地看着我们。

客人们陆续到了。汝志强一干人是近九点才到的，但太阳仍挂在天际。汝志强进来了，张秀忙迎上去，像是老友相见，紧紧拥抱在了一起。我眼睛盯着的，自然不是汝志强，而是他身后那个长发长须，大脑门，一看就是艺术家的人。汝志强放开张秀，忙拉过那个须发皆长的大脑门，走到我面前说：

"这位是祁老师，我的恩师。"

那人伸出手来，跟我紧紧握住，问："恩师？"

汝志强一笑："当然，我高中班主任。"

那人听了，又握着我的手摇了摇，忽然一弯腰，恭恭敬敬道："老师好！"

我也一弯腰："龚导好！"

汝志强曾跟我说过，导演姓龚，祖籍浙江，在北京长大，说是龚自珍的后人。

"这位是王主席，尼勒克'当方土地'。"汝志强介绍说。

"哦，明白了，王主席好！"龚导又一弯腰，说："将来电影开拍了，王主席是要当我们顾问的。"

"一定做好服务。"王强笑着应道。

接着我又把儿子翔翔介绍给了大家。还有几位作陪的尼勒克朋友，一看就是企业家或者官员，也都一一见过。

先吃水果。再吃菜。接着喝酒。几杯酒下肚，龚导就提起了我的小说，说认真研究过了。我忙站起身，轻轻鞠了一躬，坐下说：

"小说写得不好，改成剧本更难，还请海涵。"

龚导扬起大脑门看着我："改成剧本更难，什么意思？"

我忙说："戏剧冲突不够。"

龚导哈哈哈笑了,问:"祁老师,我问你,你知道分镜头脚本吗?"

我笑了笑说:"听说过,好像就是导演剧本。"

"对啊,这不就结了吗?"龚导拍了拍手说:"对于我们来说,只要有故事,冲突算什么,要多少有多少。"

又说:"譬如你小说里写的新婚之夜,就是公主跟那个孙子的新婚之夜,不是跟老头的那段,虽然文字不多,但到了电影里我就能让它成为高潮。"

又接着说:"再譬如你最后写到公主产后忧郁症,虽然很难用场面表现出来,但我们可以用音乐,用画外音,用字幕,把公主的孤独、思乡、抑郁,表达得淋漓尽致。"

龚导刚一说完,不知谁起的头,啪啪啪掌声就响起来了。

汝志强说:刚才迟到,是去仙女湖了。又说:龚导准备把江都宫的拍摄位置放在仙女湖,有山有水,拍摄成本还低。

汝志强刚说完,导演举了举手,说:

"为汝董事长等投资者考虑,我们决定拍一个小成本电影,演员尽可能找新人,甚至是电影素人。"

汝志强说:"倒也不是完全为了省钱,导演说:那些大明星,露脸太多,观众也审美疲劳了。"

又补充说:"导演还说,用名演员,往往用三十多岁的演十几岁的,跟角色年纪相差太大了。"

龚导又举了举手说:"张艺谋不是拍过这类电影吗?效果不是挺好吗?"接着又说:"我刚见了祁老师,我看把妆化老一点,演那个乌孙老昆弥,就没有问题嘛。"

我听了,忙又站起身,惶恐地说:"不行,不行。我演不了,演不了。"我这么说着，突然想起演细君公主的女演员，当初提出要像母亲的，照片也给了汝志强，龚导肯定也看过了。但一看一桌的人，都是一副眼神茫然的样子，就说："龚导，其他朋友还不知道怎么回事呢，我们是不是别光顾着谈剧本了？"

龚导睁大眼睛，瞪了瞪，说："那怎么行？我来尼勒克，就是为了电影，不谈电影谈什么？"

汝志强说："对，导演说得对。"说完，就把我写的小说，是怎么一个故事，龚导想拍成电影，并且主要拍摄地就在尼勒克等一一说了。

又说："也欢迎各位老总踊跃投资啊。"

虽然龚导谈电影兴致很高，但被我一打岔，也一时不知说什么了。大家就借此机会敬酒、喝酒，闹得不可开交。正在这时，汝志强对龚导耳语了一番，随即拿出手机打了一个电话：

"小蓉，到哪里啦？哦，都在等着呢。好，好。"打完电话，就对坐在对面的助理说："去门口接一下。"

一会儿，门开了。助理先进来，伸手做了一个"请"的动作。接着进来一个女孩子，跟着又进来一位中年女子。

龚导先鼓起掌来，大声说："我们的领衔主演，细君公主到啦！"

大家见了，也跟着鼓起掌来。女孩子嫣然一笑，有些腼腆的样子。中年女子很老练，朝大家笑了笑，就招呼女孩子坐下。

汝志强介绍说："电影主演，小蓉，草字头，下面一个容易的容。旁边是小蓉的妈妈。"

张秀说："不好意思，我们先开吃了。"

小蓉坐定后，大大方方看了大家一眼。大家的目光也自然聚焦在她身上了。这是一个让人感觉惊艳的女孩子。汝志强朝我耳语道："惊喜来了，就是她。仔细看看，符合要求吗？"

我听了一愣，再仔细一看，大吃了一惊。这个小蓉，除了头发比较现代，从面容上看，皮肤白皙娇嫩，比瓜子脸丰满，比鸭蛋脸秀气，简直跟我妈佟九妹一模一样。我既惊叹于造化的神工，也感激汝志强的用心。我没有说话，就这么看着小蓉，正好大家也在看，也不显得突兀。眼睛的余光看一眼翔翔，感觉他看得更投入。用一句延州老话说，就是眼珠子都要掉出来了。

汝志强又耳语道："表演系的，大三，21岁，八分之一俄罗斯血统。看看怎么样？"

我点点头，又点点头，什么也没有说。汝志强看出了我的满意，站起身说：

"啊，各位，我先敬四杯酒，事事如意啊。"说着，斟了满满四杯酒，排列在面前的桌上。"敬完了再敬大伙儿。"

"第一杯敬领导，我们尊敬的王主席。"说完，"嗞"的一声干了。王强也一口干了。

"第二杯敬我的老师，《细君公主》的原创作者。"仰头一口干了，我也陪着干了。

"第三杯敬龚导，为了电影专程来尼勒克，辛苦了。"说完，又干了。龚导也干了。

"第四杯敬小蓉和小蓉妈妈，预祝电影圆满成功。"小蓉站起来，端起酒杯沾了沾唇。小蓉妈妈代表，一口干了。

汝志强敬完了，我站起来要敬酒，被汝志强和张秀拦住了。张秀说："祁老师，尼勒克规矩，您是贵客，正式敬酒要最后，还要总结讲话呢。"

我只得坐下，看张秀敬酒，看龚导敬酒，看小蓉母女敬酒，看尼勒克的朋友们敬酒。每一次有人敬我，我都一干而尽。翔翔也是，一杯接一杯，绝不偷懒。

张秀提醒该我敬酒了。我感觉他黝黑的圆脸，在我面前晃来晃去，好像在笑，又好像在坏笑。我刚才准备了一段话，但此刻却什么也不记得了。我站起来，端起酒杯，在龚导面前晃了晃，又朝着小蓉和她妈妈晃了晃，又看了看儿子翔翔，终于开口了：

"我是搞教育的，大半辈子了。写小说是玩玩的，写得也不好。我写这个东西，是为了留住尼勒克的美好，更是为了留住我生命中最珍贵的，但我却比较陌生的一个形象，一个美好的形象。"

说完，我突然愣在那里，下一句不知说什么了。

汝志强啪啪啪带头鼓起掌来。大家一鼓掌，我就坐下了。这一阵掌声后，我就断片了。

我不知道自己是怎么离开天蕴公司的，也不知道是怎么跟大家告别的，跟小蓉有没有单独说过话。总之，一概不知。

第二天睡醒了，睁开眼睛，见翔翔正坐着发呆。我尴尬地笑了笑，问：

"儿子，昨晚我是怎么回来的？没有失态吧？"

翔翔没有回答我，突然问："那个小蓉，哪个大学的？"

我摇了摇头："不晓得，只知道在北京上学，是学表演的。"

翔翔："几年级？"

"大三。21岁。"

翔翔："哪里人？"

我又摇了摇头："让我问一下吧。"

翔翔："不必了，我随便问问的。"

"我昨晚酒喝多了，本来我也要问的。"说着，打了一个电话给汝志强。汝志强回答，小蓉是北京某某大学的，尼勒克人，属于疆三代，祖籍是江苏扬州的。哦，真是太巧了。细君公主不是出生在江都，也就是扬州吗？

吃过早餐，翔翔说要出去走走，问我去不去。我说：我不去了，想再躺一会儿。翔翔一出门，我就躺在床上给若桐打了一个电话，把昨晚喝酒情形一一说了。当然，重点是小蓉。最后，我说：

"小蓉的照片我要了发给你，昨天好多人拍照了，我一个老头子，没好意思拍。"

若桐："翔翔拍了吗？"

"他出去了，我问一下。"我又说："可能也没拍，这小子眼睛都直了，可能忘记拍了。"又把翔翔一早起来的情形说了。

若桐哈哈大笑说："既然那么中意，娶回来当儿媳好了。"

"你胡说什么呀。她那么像我妈，在一个家里天天看着，那是什么感觉？"

若桐又笑："那是演员，是演细君公主的，跟你妈有多大关系？你也真是的。"

尾声

过了一天，已是深夜。

汝志强发来一条微信：龚导突然跟我说：小蓉的气质不够忧郁，

演细君公主可能有点不合适。

我回复：莫名其妙，小蓉不是他找的吗？

汝：老师，这事儿怪我。小蓉是我找来的。

我愣了愣，问：你又不在电影圈，你怎么找到的？

汝：小蓉是我"悬赏"找来的。

我：啥意思？

汝：老师，别问那么细了，好吗？

我：即使是你找的，也不能说变就变啊。

汝：老师，不好意思，我把您爸妈的故事说给龚导听了。

汝：龚导听了，也动情了。当即表态说：这个故事更感人，也更有戏，说可能要拍这个，不想拍《细君公主》了。

我：哦？

汝：龚导说：如果故事变了，主角就不是细君公主，而是佟九妹了。

汝：但依然是小蓉演主角。

汝：龚导说：想听听您的意见。

我愣在那里，一时不知怎么回复了。

后记

　　我自小就对"支边"二字不陌生。因为在我们那个只有三十多户人家的小村子，1959 年就有两位青年支边去新疆了。从我有记忆起，就听说他们俩了。他们是一男一女，都姓周。男的家里是富农成分，听说新疆环境宽松，所以去了。女的是家中老大，从小丧父，为了不跟弟弟妹妹争吃的，去了新疆。后来，这两位又都回来了。女的是过了没几年嫁回老家的，男的是 20 世纪 80 年代举家内迁的。

　　为了创作《尼勒克之恋》，我查阅了许多资料。其中有一份重要文件，文件告诉我们，动员广大青年支援边疆是党中央的重大战略决策。

　　这份文件就是《中共中央关于动员青年前往边疆和少数民族地区参加社会主义建设的决定》，发布日期是 1958 年 8 月 29 日。

　　文件中说，中央决定自今年到 1963 年 5 年内，从内地动员 570

万青年到这些地区去参加社会主义的开发和建设工作。这570万人的分配如下：从河北动员去内蒙古50万人；从河南动员去青海65万人，去甘南15万人；从湖南、湖北、安徽、江苏动员去新疆200万人（其中湖南60万人，湖北40万人，安徽40万人，江苏60万人）。从浙江动员去宁夏30万人；从四川东部动员去四川以西地区100万人；从山东动员去东北三省80万人；广东动员30万人去海南和南路。

文件还说：动员的对象，主要的应该是本人自愿、政治可靠、身体强健、家务拖累不大的青年，也应该动员一部分有较多生产经验的壮年；男女人数应该大体相等。应该配备一套包括各行各业人员的班子，除了大部分是农民外，还须有一定数量的工人（包括手工业工人）及商业、教育、卫生和各种服务业的人员。边疆和少数民族地区在生产建设"大跃进"中所要外省支援的劳动力，都从这些人中解决。同时，还必须配备一定数量的干部和党、团员，其中一部分从地方组织中挑选，一部分由军委调配部队军官及班级人员。

经过层层传达，广泛动员，武进县第一批支边青年到达新疆的时间，是1959年9月15日。2019年，武进区领导曾去拜访过支边老人们，报道说：魏村、安家、小河、百丈、圩塘等108位武进儿女，不远万里，一路奔波，来到了祖国西部边陲火箭公社（现霍尔果斯市伊车嘎善乡），积极投身西部边陲屯垦戍边的伟大事业。60年过去了，他们有的已经故去，有的迁至外地，更多的人依然发挥着余热，带领着儿女扎根边疆，传承着"献了青春献终身，献了终身献子孙"的屯垦精神……

报道中提到的五个乡镇，魏村、安家、小河、百丈、圩塘，当时叫公社，都处于武进县北乡。为什么都是北乡的？因为武进北乡比南乡要贫穷一些。我的家乡就是安家。2021年7到8月，我采访了一些当年的"支边青年"，但比较少，他们大多故去了。即使活着，听和说也有障碍了。我只能主要采访他们的子女——"疆二代"了。

有一位叫包仁娣的"支青",是报道中着重提到的。她是我老家隔壁村子包家塘的,她的经历最为典型。

2019 年的报道是这样写的——

包仁娣,82 岁。聊起往事,包仁娣一脸愧疚:那天离开常州上火车时,弟弟抱着我,哭得像个泪人。我到新疆一直当妇女主任,重活脏活抢着干,别人都敬佩我,是实实在在干出来的。包仁娣说:干活我是拼命三郎,获得了县里、州里、自治区的先进工作者,最后荣获了"全国三八红旗手"荣誉称号。可是心里苦啊,天天盼着武进来信,不管是谁的信,收到一封大家都抢着看。有一天,收到一封电报,晓得父亲去世了,可是我不能回去尽孝……包仁娣一边说,一边止不住地抹眼泪。

但是,仅仅过去了两年,今年我去采访时,老人已不在了。她儿子告诉我,老人是去年走的。他说:那一代人,年轻时做得太苦了,把身体搞坏了。

《尼勒克之恋》是小说,小说当然是虚构的。但小说来源于生活,来源于援疆的武进儿女,也来自援疆的溧阳儿女。在尼勒克,有一个"溧阳村"。据纪实文学《天边——寻访 1959 年溧阳进疆支边青年》说:仅 1959 年,就有 800 多名溧阳青壮年来到了新疆。溧阳与武进如今同属常州市,无论是武进儿女还是溧阳儿女,都是常州儿女。感谢接受我采访的武进和溧阳的"疆一代""疆二代"们。《天边》一书给了我很多启发,也提供了不少素材,感谢《天边》的作者邓超、沈佳宾先生。

2021 年 10 月